U0523507

凝视集

李 壮⊙著

中国言实出版社

图书在版编目(CIP)数据

凝视集 / 李壮著. -- 北京：中国言实出版社，2023.3
ISBN 978-7-5171-4406-9

Ⅰ.①凝… Ⅱ.①李… Ⅲ.①中国文学－当代文学－文学评论－文集 Ⅳ.①I206.7-53

中国国家版本馆CIP数据核字（2023）第058038号

凝视集

责任编辑：张馨睿
责任校对：郭江妮

出版发行：	中国言实出版社
地　　址：	北京市朝阳区北苑路180号加利大厦5号楼105室
邮　　编：	100101
编辑部：	北京市海淀区花园路6号院B座6层
邮　　编：	100088
电　　话：	010-64924853（总编室）　010-64924716（发行部）
网　　址：	www.zgyscbs.cn　　电子邮箱：zgyscbs@263.net
经　　销：	新华书店
印　　刷：	北京铭传印刷有限公司
版　　次：	2023年5月第1版　　2023年5月第1次印刷
规　　格：	880毫米×1230毫米　　1/32　　10.375印张
字　　数：	218千字
定　　价：	76.00元
书　　号：	ISBN 978-7-5171-4406-9

文学批评与"我"
（代序）

一

编辑老师让我交文章，说谈谈批评观之类，要跟批评话题有关，"其余就自由发挥"。作为一个以文学批评为职业的人，我一向是喜欢并善于在文章里"自由发挥"的：相比于稳如泰山地掉书袋，我更喜欢把自己的诗人习气带进评论文章的写作之中，但凡有机会就"放飞"一下，时不时还喜欢让我自己的情绪或者经历甚至形象直接"穿帮入镜"。然而在评论文章里"放飞"、"发挥"，跟平地"放飞"又不太一样。评论文章有一个具体、实存的对象，你要围着它转圈、围着它说话，你的活动范围是大致规定好的。然后，你有几个自选动作，你有某些即兴的灵感，你有一股强烈的激情，你还胆大包天地把它展示出来了……再然后，有人说，这段蛮精彩。又有人说，唉，李壮又开始"浪"了。

而我自己是欢喜的。文学评论不仅是一种生产，也是一种创造。在理性和知识的必要基础之上，应当有足够的生命体验和生命激情介入其中——至少，我是这样坚信。

然而现在，离开那具体、实存的评论对象，我忽然发现，"自由"似乎更多了，但"发挥"也跟着更难了。如果说在评论文章里"放飞"属于撑杆跳，那么此刻抽掉了杆子，"放飞"其实已经变成了"起飞"。难度没有降格反而加码了。我不知道该怎么从自己的身上下手谈批评。我翻阅了电脑硬盘里自己写过的东西，把能够参照的文本摆出来，脑中忽然回荡起鲁迅先生的声音。

——我的电脑里找到两个文本，一篇是批评观，另一篇还是批评观。

但两篇都只有一千字左右篇幅。并且，不能自己抄自己。

除批评观之外，还找到一篇诗歌创作谈，今年新写的。我不由得回忆起奉命写出它们的那些时刻。那是真正的抓耳挠腮。我大概真的不善于谈论自己。因为想要谈论也能够谈论的部分，在谈论别人的时刻，大多已经谈完了。

好了，现在我宣布，我"放飞"的部分暂且到此为止——大约700个字。熟悉我的朋友会识别出我的套路。现在我要谈一些正经的话题，而话题已被我顺利引了出来：谈论别人与谈论自己。

二

说到底，文学批评，就是一件"谈文学"的事情。而"谈文学"，又终究是一件维度很广、弹性很大、可能很多的事情——这恰恰也是文学本身该有的样貌。在我看来，通过谈论文学的"对象"或曰"表征物"、谈论一部出自他人之手的客观存在的作品，而能最终涉及并展示出评论者对文学本身的理解、对世界或生活或人本身的理解，应当是一种较为理想的状态。我们会很容易将文学评论的对象文本当作是评论行为的"靶子"，但与此同时，对足够好的文学评论实践来说，所谈论的文本又不仅仅是"靶子"，还可以是"杠杆"。我们的言说要瞄准它、围绕它，要最终以自圆其说或说服读者的方式去抵达对它的解说、分析、判断、阐释，但仅仅如此或许还不够。我们还应当在"抵达它"的同时，争取能"通过它抵达"——抵达一些更远更无穷乃至更不可言说的事物，并与对象文本一起撬动它们。在这个意义上，好的文学批评文本，与它所言说的作品向来是"同路"乃至"同构"的。

因此，当谈论"它们"（作品）和"他们"（作家）的时候，评论者实际也是在谈论"我"和"我们"。这包含着作为评论书写个体的那个具体的人，也指向想象中同文学相关的共同体。其背后是一个已经被反复提及的词：对话。

无论如何，文学评论首先当然是一件技术活，没有技术，这件事情将无从成立；然而，它又不能仅仅止步于技术活。文学评论要从技术问题、形式问题出发（如果不能够很好地从这些地方出发，一篇评论文章将很容易变成读后感式的"注水货"，或者车轱辘话来回说的"假大空"的东西），并最终经由技术分析和形式分析，抵及精神问题和价值问题的领域。

进而言之，除了涉及"我"的识见，"我"的格局，"我"的感受力、表述力及思想能力，文学评论还涉及"我"的个性风格，例如腔调、音色、行文的方式和节奏感等。好的文学评论文章，不仅要负责"审美"，其自身也应当是美的。

三

当然我也清楚，许多话说起来是简单的，甚至可以是滔滔不绝、理所当然的；真正的难度，却在于"做"、在于"实现"。

个性风格的张扬，无法离开总体的行业气氛。而文学批评在今天所处的状态，多少有些尴尬。文学批评的影响力似乎有所式微，"一呼百应"的场面大抵是不敢奢求了，"百家争鸣"里面的"百家"尚可列举、至于"争鸣"（此处强调的是"争"）已经不多。退而求其次，有时只好相互勉励，说一定不要搞成"自说自话"——诗歌界总是有一种"自说自话"的焦虑，其实要我看，文学评论界在这方面面临的危机比诗歌界只多不少。

这种情况的出现，当然有总体性的，甚至文化文明层面的原因。我曾在不止一篇文章中分析过当下年轻作家小说中的"话语失控"问题。

使用语言描述世界、阐释世界，乃至经由语言理解世界，正变得越来越困难。这当然已不仅仅是小说的事情，如果说小说写作尚能够将"话语失控"、"不可解"或"不可译"转换为叙事形式本身，那么文学批评在此受到的冲击则是近乎本质性的。许多事情正变得"相对化"、"流体化"，许多重大的认知根基和价值框架都在摇晃。这种总体状态传导至文学领域之初，还会出现系统性的理论爆炸和文学思潮涌动，但是如今，当"不确定"、"不可解"已成为常识，大家对此日渐麻木，文学思潮的兴起和话语系统的大地震、大更新也已很难再出现——

剩下的唯有碎片。因此某种意义上，网络自媒体这类不稳定、碎片化的话语生产场域能够"夺得话筒"，具有相当的必然性。文学批评的艰难状态，实际是文明危机的表征之一种。

当然，也有许多更具体的原因，来自文学批评本身。例如高度精细化的学科分野所带来的问题。韦勒克在《文学理论》里提道："在文学'本体'的研究范围内，对文学理论、文学批评和文学史三者加以区别，显然是最重要的。"在学理层面上的区别非常必要，但现实逻辑层面，区分得过于清晰、过于"工具理性化"，多少会有副作用。今天，在中国当下的学科建制框架内，文学理论很好落脚（对应文艺学学科）、文学史也很好归位（中国现当代文学或比较文学等学科），唯有文学批评去处存疑、颇有些"日暮乡关何处是，烟波江上使人愁"的感觉。许多年轻批评家面对的难题，是没有办法拿出更多精力来搞批评的，一些文学批评成果难以得到高校系统的认可。同时，作家协会系统和社科院系统对文学批评力量的重新重视和重新培养，也还需要一定的时间和过程。这一问题是系统性的，有些还属于历史遗留问题，能否解决远非一日之功。但至少在此问题上，近年来各大高校创意写作专业的迅速兴起、文学界官方对文学评论工作的反复强调，的确是令人有所期待的事。

四

与学科分野相关联的，还有更年轻一代文学评论家的成长问题。

之所以强调"我"，当然不是因为自恋。说到底，还是期待在年轻的同行、在我自己的同龄"小伙伴"们身上看到更多鲜活的、个性的、非流水线化的、最终足够以独立的审美生命力或思想穿透力存留下来的批评实践。

这当然又是一件不容易做到的事情。何平教授在《批评的返场》序言里说:"二十世纪八九十年代和新世纪之后新入场的学院批评家在成长道路、精神构成、知识结构和批评范式等方面大不相同,新入场的文学批评从业者没有前辈批评家'野蛮生长'和长期批评文体自由写作的前史,他们从一开始就被规训在基于大学学术制度的'知网'论文写作系统里。"这样的状况的确会限制一代评论家的总体境界"上限"。我有时会想起在北师大读研究生时,去中国人民大学杨庆祥教授那里"蹭课"时的情形。那时杨庆祥刚刚写出了《80后,怎么办》,当时1980年前后(1975—1985年)出生的那一整批青年评论家都风头极盛,可谓扎堆出现、组团爆发,其中许多人如今已经成为评论界的核心力量。到现在差不多10年过去了,我们这批人也已大致抵达了他们当初的年纪。目前看,1990年前后出生的这一批年轻评论家,其中优秀者甚多,大有"再爆发一批"的态势,但我个人觉得,从总体看,我们还未达到兄长辈同年龄时的水平和影响力,也还未出现足够多具有标识性的个体。

原因当然很多,但研究路径相似、话语资源撞车、个性风格不够鲜明,多多少少是病症之一。代表性人物要有代表作,而代表作的背后要有代表风格。想想我们的前辈们——师长辈,以及兄长辈——吧!闭上眼睛,是有东西可以自然而然地对应浮现起来的:一篇文章、一个名句、一种腔调,或者仅仅是开会发言时一个惯用的手势、一种说话的表情,甚至一条围巾、一副眼镜、一只烟斗。它们就在那里，它们和他们都是明确的。而在此意义上，我们这批"青批"，似乎都有点像"晚熟的人"。

"晚熟"不要紧，重要的是，我们相信自己"会熟"。这并不是一种虚妄的自信。此前有一位前辈问过我一个问题，说"你们这批年轻人，平时私下聚在一起，还会谈文学吗？"我几乎是肌肉记忆式地答了"会！"紧接着许多画面涌了上来：在大马路上，在食堂，在烧烤店，在胡大小龙虾馆，甚至在KTV里……年龄相近的我们居然在谈论乃至争论某一篇最新的文学作品。我甚至还说得出在哪一家KTV里我们争论的是哪一篇。这画面平时想起会觉得荒诞，此刻想起，却觉得温暖。至少，我们依然真诚而强烈地葆有着"谈论"的欲望和激情。这是一切的起点，是"批评"一事的根本希望所在。

也想起同样是在北师大读书时，我的导师张柠先生对我说过的一句话。那时正是秋天，我送老师下课回家，走到师大小南门，银杏叶三三两两在脚底翻动着。张柠老师对我说，真正的批评家，一定是谈起文学，有讲不完的话要讲；而不是谈起那些看似跟文学有关、实际跟文学无关的事情，有讲不完的话要讲。

我一直以此自勉。此刻，也与读到这篇文章的同行伙伴们共勉。

（原发《文学报》2022年10月27日，有改动）

目录

第一辑　明月潮生

三十岁的钙化灶：关于青年写作的"折旧"问题　　/ 3

"现实"与"现况"：有关"日常琐屑"的一些思考　　/ 19

从"悬置的天堂"到"异质可能"：关于"南方写作"　　/ 30

历史逻辑、题材风格及"缝隙体验"：关于"新乡土叙事"　　/ 44

现实主义文学"理想性"：从"时间的呐喊"到
　"空间的彷徨"　　/ 61

"当下性焦虑"与"虚伪的材料本位主义"：有关青年
　创作的一种反思　　/ 71

"非秩序化"的动作及其隐喻　　/ 87

碎片的找回与想象的重构：1990年代前后文学中的
　　"新人"书写　　　　　　　　　　　　　　　　　　／97
大历史观、大时代观与新时代诗歌创作　　　　　　　／118
"天经地义"与"困难重重"：关于现代诗歌的
　　"人民性"问题　　　　　　　　　　　　　　　　／132
"新工业诗歌"："常识的奇迹"与"内化的历史"　　／144

第二辑　河汉观星

好故事不等于好小说：评余华《文城》　　　　　　　／163
"上天入地"与巨大的不可解
　　——赵志明论　　　　　　　　　　　　　　　　／175
时代林荫路上的纸箱坦克：论石一枫　　　　　　　　／202
从西郊的屋顶上能望到什么
　　——评徐则臣小说集《北京西郊故事集》　　　　／219
荷尔蒙的诗学，或"不离开"
　　——评路内《关于告别的一切》　　　　　　　　／226
蛮荒及其消逝：林森小说中的海与人，兼及
　　"新南方写作"　　　　　　　　　　　　　　　　／234
"说"的悖论，或"有效的莫名其妙"
　　——关于郑在欢《还记得那个故事吗？》及其他　／246

变宽的时间与平静的直觉：从宋阿曼《堤岸之间》
《白噪音》说起 / 253
瓢虫的凝视：关于三三的两篇小说 / 259
写实的自然，隐喻的自然：评张柠长篇小说《春山谣》 / 268
失控的话语与弱者的孤独
——以阿乙、赵志明、郑在欢小说作品为例 / 275
L.华兹华斯先生在东土城路 / 301

| 第一辑 |

明月潮生

三十岁的钙化灶：关于青年写作的"折旧"问题

一

如今是2020年。作为当下青年写作的"主力部队"，"80后"作家已全面"奔四"、"90后"作家也已开始迈入"三十岁"的年龄大关。我想，有些事情，值得以此为契机，展开谈一谈。

几年前，《诗刊》主编过一套大型的"90后"诗选，被称为是中国诗坛对"90后"诗歌群体的第一次大规模检阅。我当时以评论家身份参加了那套书的首发研讨会，一边听着身边评论界老前辈们激情满怀地谈论文学代际更新的历史性意义，一边回头看着平日里相熟到随意互黑的小伙伴们（被这套书收录的年轻诗人代表）一脸正经地端坐在台下、傻盯着座签，忽然被一连串同时带着兴奋和茫然的问号围拢：一段新的"历史"、一种新的文学想象，是否正在我们之中酝酿成形？那么，如果我说我暂时还没有辨识出那些足以预估为风暴的预兆，问题又是出在哪里，是固有的思维审美习惯钝化了我们的判断触角，还是预想中的变革本身尚未来到？进而言之，所谓"一时代有一时代之文学"，在多大程度上能够落实为必然？

这些问题，我思索至今也没有确定的答案。唯一能够"落实为必然"的，只不过是时间不曾止息的流逝本身。那套诗选的名字，叫《我听见了时间》，那时候我二十多岁。现在，我已经三十多岁了（尽管只"多"了一丁点）。而就在前不久，我又一次清晰地"听见了时间"。只不过这次，我不是从文学那里听到的时间，我是从体检医院的大夫那里听到的。

当时，体检大夫盯着彩超的检查屏幕说，左肾钙化灶，阴影边缘清晰，直径 0.77 厘米。

我吃了一惊，问，大夫，这是个什么玩意儿？

大夫说，就是你肾脏里面出现了钙质沉积，一般不用管它，但以后如果继续变大脱落，有可能会形成肾结石。

我说，这是说明我有什么病吗？

大夫说，那倒不是，肾脏之前如果得过病或者受过伤，痊愈后都容易形成钙化灶。有时身体的自然损耗也会出现这种情况。

我愣了，说我没得过肾病，之前体检也从没说我有钙化灶……我明明身体很好，活蹦乱跳，一星期要踢三场足球比赛，朋友们说我壮得像头牛。

大夫看了看我的体检表，又看了看莫名惊诧的我，宽慰地笑了笑，说，不用担心，年纪大了，这种情况很正常。

——年纪大了，他说我年纪大了！我看了看体检表上标注的年龄（31岁），又看了看大夫，终于闭了嘴。这是个此前从未见过的年轻体检大夫，他很可能今年刚刚毕业，甚至可能是实习生。他的年龄大概只有二十多岁。

今天，当我要再一次地谈论青年写作的话题，我发现自己面对的其实是一群像我一样的"年纪大了的年轻人"：即便我们把已经开始"经典化"的"70后"作家群体暂时挪移到"青年作家"那界限不清的边缘，我们依然会发现，"80后"作家的笔下正越来越多地出现"中年感"（当然，这并不是一个带有价值判断倾向的词），年纪最大的"90后"作家也已进入"而立之年"的全新经验坐标之中。在当下的时代氛围里，三十多岁，其实已经是一个开始"折旧"的年龄了；然而在文学世界中，这个年龄又同现实生活中拥有着截然不同的意味。

因此，一个或许被长久忽略了的问题是，文学语境里的"青年"概念本身，似乎正在出现裂纹。如果我们把已经取得一定成果、至少是已获得主流文坛注意的青年写作者作为讨论对象，我们会发现，当今社会对"青年"的判断尺度，同文学的尺度之间存在着明显的"高度差"。或者说，青年作家身承载的"文学想象"与他们自身的"现实身份"之间，出现了微妙却重要的"错位"。

在今天，各种社会思潮的出现与发展，以及科学技术的爆炸式进步，共同作用于我们的现实，使日常生活世界的存储更新获得了令人眩晕的加速度，更使得"青年崇拜"问题在现实社会中出现了远比在文学世界里更突出也更严峻的表征——在大量前沿行业里，四十岁甚至三十岁的年龄已经与"淘汰"紧密相连，例如第一代互联网人被大量甩出行业列车的事实，已经印证了"你正被你的同龄人抛弃"并不仅仅是贩卖焦虑的话语策略。生产模式、消费模式甚至思维话语模式的加速更新,正被投射为年龄减法的运算冲动;当下消费主义与科技爆炸相媾和的时代语境,使得"青年"想象的界限不断前推。

同时,相对于现实社会的狂奔速率,文学世界的内在时间,则依然大致延续着曾经的节奏。如果我们把网络文学、类型文学等与消费文化紧密相关的领域暂时刨除,那么我们会发现在传统文学的世界里,创作者依然是"晚熟"的,或者说,年龄(时间)依然是"保值"的。写作者仍旧需要十几年甚至更长的时间去吸收传统的养分、练习创作的技巧、在"习得"中尝试"创生"、逐步形成自己的艺术特点并使之壮大为趋势性潮流。

于是——

三十岁上下的年纪,在真实生活中或将面临"淘汰"焦虑的一代,在文学世界里却承担着"新可能"的酝酿和生育。一群"青年感"存疑的人,正在为"青年"的身份光环奋笔疾书甚至立传代言。

生理年龄、社会年龄与文学年龄的隐秘撕裂——或者说,"青年"身份的加速缩水、折旧——成了这一代青年写作者面临的"新问题"。文学世界里"青年",对应的却是现实中已经被高度"制度化"、"规训化"的群体,这也成了文学在近些年才面临的"新尴尬"。投射于文本,身份想象的微妙错位,也会导致自我认知的犹疑感,进而关联于情感体验及经验表达的模糊与保守。

二

相对于身份想象的折旧,青年写作面临的更内在的问题,可能是经验感受的折旧。

这是一个老生常谈的话题:技术进步和生产力发展,使得今天的世俗经验变得空前富饶,并且更替迅速、难以捕捉。大量的新鲜经验,从开始出现到普及为常识,可能只需要短短几年时间,甚至在它还来不及得到深入解剖、来不及被文学书写纳入我们的审美谱系之前,这类经验便已经过时、消失掉了。这一话题在此已无需再展开,我想说的是,这种眼花缭乱、却往往在精神世界表层高速掠过的"经验流"模式(这是当下高度典型的经验生产及消费模式),与年龄阅历的自然增长合流在一起,形成了某种"叠加"甚至"叠乘"的效应,最终放大了这一代青年作家的"经验感受危机":一方面,五花八门的经验大量甚至是过量地涌入我们的身心;另一方面,这些经验因无法长久驻留也难以深入消化,正在透支我们的感受力、抬升我们的感觉阈值(即感受器被激发有效反应所要求的刺激强度)。"经验"与"感受"正在分离,"注入"的结果可能是"抽空","占有"在同时意味着"折旧"……这其实构成了对当代青年写作者"缺少生活"这一老话题的另一种阐释。

我想,关于这一话题,我们可以回到我的体检大夫那里。"钙化灶"和"钙质沉积",实在是很好的意象。它提供了某种"疾病的隐喻",让我联想到地层、石灰岩和鱼化石——感谢我"年轻时"学过的知识,我知道地层的沉积、化石的形成,和我左肾的钙质沉积在某种意义上是同构的。进而,我不得不承认,这种沉积石化的过程的确也出现在我——以及我的同龄人——的精神世界(而不仅仅是肉体结构)中。随着经验的日益累加,我们对世界与生活的理解不断深入(很大程度上,这种理解也是源自知识、思考、话语的相互确证,是一种"习得"的理解),我们自身被用旧了、磨钝了,激情缓缓消退,好奇心和惊喜感都越来越难获得,甚至变得不容易冲动。与之相应,认知(以及表达)在渐渐固化,我们对自身及世界形成了一套较为稳固的看法,一切不再陌生,面对一切我们可以依据理性甚至惯性来从容应对。我们不知不觉间变得像沉积的钙质一样,麻木而坚固。

老实说,这并不是谁的错,而是古老而自然的生命进程:麻木来自于熟练,而熟练保证了我们得以顺利地存活下来。这是进化的法则。我们不能简单地要求一个诗人到三十岁的时候仍然活得像一个孩子,或者说,我们不能以诗歌之名简单地要求任何人到三十岁的时候仍然活得像一个孩子——这太残忍,除非有些人主动选择放弃成长。在正常的情况下,一个三十岁的人所面对的,的确就是一个高度熟悉的世界和一个高度熟练的自己,万物的光泽褪去,我们对自我的想象与期许,在不断实现的过程中也在不断地破灭。

因此,三十岁的写作者与文学的关系显得有些暧昧:诗的活动要求我们重新擦亮那些被用旧了的、褪色的经验和词语(借用什克洛夫斯基的说法,文学就是"陌生化"),但要完成这任务的，却是不可避免正在褪色的我们。既已形成"熟练"，又还未及抵达"超逸"、"通透"之境，这是三十岁的尴尬，也是三十岁的焦虑。人在这个年纪似乎会不可避免地陷入某种"不可爱的成熟"：激情爆炸是年轻的产物，我们有点后继乏力；而大彻大悟是年长的特权，我们一做就显得矫情（甚至客观上不免浅薄）。仿佛三十岁的人就只该少说多做、闷头犁地似的，可惜文学本身便是一件"说"的事业。或许古往今来的作者在三十岁上下都会面临着相似的麻烦，就像蒋捷的《虞美人·听雨》，少年听雨歌楼上，暮年听雨僧庐下，一个想着爱、一个想着死，就唯独壮年听雨是在客舟中，脑子里想的大约是功名前程、尘世抱负，似乎离诗是最远的。没有办法，就像我之前说过的那样，进化的逻辑就是这么设定的，不要说人了，就连猫，都是奶猫阶段最可爱。

当然，全然甩锅给进化论，达尔文先生也许会有意见。事实上，我们这代人的三十岁也的确有自己特殊的处境。我们所经历的是繁荣、平稳的历史，身处其中的是一套长期稳定、被普遍接受的文化逻辑和社会结构。因此，我们与时代经验、时代精神、时代语境之间，似乎陷入了一种过分融洽的状态——柔顺得像用洗发水洗过一样。

重述我在其他文章里多次强调过的一个判断：在我看来，我们"80后"、"90后"这批作家，可能是"中国历史上第一批在作为常识的现代生活里集体成长起来的文学人"。这也许是我们的机遇，但目前看来更多的是挑战。我们该如何书写这些已经成为常识的事物呢？我们该如何表达那些并不意外的情感呢？

与我们的人生相关联、相绑定的东西，好像从我们出生的时候，就一直在那里了。不是说我们没有经历过历史的发展变化，而是说，这种变化在我们的生命经验中不是颠覆本质的、断裂式的变化，而更多是微观的、渐变的、马赛克式的局部替换。并且，这些小变和渐变，大都是在同样的消费逻辑、消费文化旗帜下展开——例如通信工具从家庭座机变成大哥大再变成手机。因此，对于这一切，我们很难产生强烈的反应甚至是刺痛感。这跟更老一代作家不一样，他们中许多人是经历了从嗓子到电话的过程的，他们拥有过马尔克斯笔下那种"见识冰块的下午"。面对现代生活经验，当下青年写作者或许会常常感受到丹尼尔·米勒所提到的"客体的谦卑"，物对人生活世界的参与、影响、建构，是无处不在而又难以觉察的，显示出"它的极端的可见性和它的极端的不可见性"。[1] 由此导致的是，对于诸多看似新鲜的经验（或者情感，或者物），我们都能够迅速地（几乎是无意识地）做出判断，将它们置入固有的知识/价值框架内进行运算处理（这一框架本身是稳定甚至专制的）——立刻凸显出来的是它们的使用价值，而不是审美价值或象征价值。某种意义上，丰盛的经验因此变得"不可见"了。[2]

更何况，经验的匮乏及趋同，确实是我们这代人面临的严重问题。经历过多次青年写作主题的研讨会，每每扫视会场里的言说者与被言说者，我都会发现，我们各自的人生轨迹，相

---

[1]［英］丹尼尔·米勒：《物质文化与大众消费》，费文明、朱晓宁译，江苏美术出版社 2010 年版，第 105 页。
[2] 参见李壮《呼唤常识中的犄角：青年写作关键词》，《南方文坛》2020 年第 3 期。

似、重复的部分非常多。我们的经验体验——或者干脆说,我们所看到和理解的世界——不可避免地存在同质化问题。这个话题文学界也已经谈得足够多,我在此多说亦无新意,不妨只借用前人的两个文本。布罗茨基的《小于一》里有一段话(尽管这段话本身讲的是俄罗斯的民族性格,但如果将其"误读"为现代人生存境遇的整体隐喻,似乎也颇准确):"对我们来说,一个单位公寓是要待一生的,一座城市是要待一生的,一个国家是要待一生的。因此永久感也更强烈;同样强烈的,还有丧失感。"① 可以与之对照来读的,是卡瓦菲斯的诗作《城市》:"你不会找到一个新的国家,不会找到另一片海岸。/ 这个城市会永远跟踪你。/ 你会走向同样的街道,衰老 / 在同样的住宅区,白发苍苍在这些同样的屋子里。"② 两个文本放在一起,就是当下全球化图景里面我们这代年轻人所面临着的非常生动的困境。一切都是趋同的(尽管并非完全相同):童年,故乡,青春,甚至我们各自经历过和正在经历的人生……以及更重要的,我们由此被塑造的对世界、对自我的想象。这一所公寓与另一所之间,这一座城市与另一座之间,你的人生与我的之间,在很多时候并没有本质性的区别。因此,"永久感也更强烈,同样强烈的,还有丧失感"。

---

① [美]约瑟夫·布罗茨基:《小于一》,黄灿然译,浙江文艺出版社2014年版,第412页。
② [希]卡瓦菲斯:《卡瓦菲斯诗全集》,黄灿然译,河北教育出版社2002年版,第21页。

三

还有一种"折旧"的危机感,来自文学史的对比目光:我们的前辈们,在我们这个年纪都干了些什么呢?当我们这一代青年作家,离那道无形的、说不清具体位置但总感觉似乎存在的"历史截稿线"越来越近,我们是否已拥有了分量足够的大作家、拿出了符合期待的大作品?如果没有,这一代人写作的价值和重要性是否会打折扣?

这个话题深究起来会变得异常沉重。兰波十九岁就已经封笔不写诗了,这样的少年天才在历史上可为数不少。即使不往国外找,只看中国,五四时期大作家们写出自己代表作的年纪,都是多少?还有上世纪八十年代,那些开一代风潮、一口气把自己写进文学史课本的作家,他们出道时年方几何?回望历史,不少大作家在三十岁上下,都已经"会当凌绝顶"甚至"事了拂衣去"了。反观我们这代作家,距离这样的境界,的确还相差甚远。

然而我清楚,这盘牛角尖若是一直钻下去容易伤及生命健康,并且这样去钻也毫无必要。事实上,并没有哪一条文学律法规定过,如若到达某一个确定的时间还没有诞生大作家大作品,这一代作家就要被扫进历史的"旧货铺"甚至"垃圾堆",或者说就必须把文学期待的接力棒一了百了地转交给后来人。

我想,有关这个问题,我们应该老老实实地承认一点,那就是我们所处的并不是一个适合"年少成名"的时代。这个时代并不是所谓的"历史青春期",当今所处的这个时代不像青年,其实更像壮年。我们今天提到青年或者青年写作,背后常有潜在的坐标参照系,一是五四,一是上世纪八十年代。实际这两个年代同现今大为不同,那时候我们封闭日久,历史之门兀然敞开,光线所及之处,照亮的都是新天新地。我们有无限的好奇心、激情和想象力要去探索,也有大片的未知空间可以去开疆拓土。而在今天,文学领域的关键词已经不再是"开疆拓土"而变成了"精耕细作",文学世界已经高度繁荣、充分发展,哪儿有那么多的"处女地"、"新大陆"呢?

相应地,我们对当下青年作家的期待视野,也不能完全照搬。文学界一直在强调,希望在青年写作中看到更多的"冒犯"、"实验",大家都期望新的写作群体能像五四时期或八十年代时那样,一出手就开辟新天新地、一登场就卷动历史潮流。问题在于,我曾经认真阅读了一些被多次提到的、相当"冒犯"和"实验"的作者的作品,所得出的结论却常常是,他们的实验很多时候并不成功,我看不出他们的冒犯有多少超出冒犯本身的价值。他们的文字,他们对世界、对时代、对自我的理解与表达,并不见得一定就比那些按部就班、循规蹈矩的写作更加有效。

说得形象一点,事情或许是这样的:前辈们在三十岁时去做第一个吃螃蟹的人,他们因此名留史册。但在今天,螃蟹早被人吃过了,我们想干点不一样的事情,就只好去做第一个吃蜘蛛的人。但事实证明蜘蛛不好吃。而且我们也还真不一定就是第一个吃蜘蛛的人,之前或许也有人吃过,只不过因为不好吃，吃蜘蛛这事儿就没人再提罢了。

说这些的意思，当然不是抱怨，更不是嘲讽。我想说的是，在一个缺少历史断裂动能的年代里，我们不必强行把自己与其他年代的同行进行比较。我们的三十岁，与兰波不一样，与鲁迅不一样，与莫言、余华、顾城、舒婷也不一样。创新、冒犯、砸碎瓶颈、冲出三峡，对我们来说也许真的就是一件更困难的历史任务。我们不必为此自责、灰心，当然，也不能就此安于"温水煮青蛙"的状态之中。

这说起来简单，做起来难。但就像我前面所说的，三十岁难道不就该是一个少说多做、闷头犁地的年纪吗？

四

最后还是要回到文本。当我尝试从"折旧"的角度重新审视当下青年作家的创作，我意识到，许多文本其实完全可以看作这种"折旧体验"（或者说得大一点，"折旧语境"）的话语表征。甚至，"折旧"会直接成为作品的书写对象，而我们的写作者正是通过这种方式——这种具有代际特色的、充盈着时代气质，甚至携带有时代隐喻的方式——完成对世界和自我的记录解读。

例如王占黑今年的新作《去大润发》。我必须承认，当我在小说开头（尽管我同样必须承认，我对这篇小说开篇引入的方式持有一些保留意见）读到"教你妈的小学英语，去你妈坟头燃烧吧"这样情绪失控的号叫时，我不厚道地笑了——想不到这样古灵精怪得像该住在树上的女孩,也会对这样的时刻深有体验,就像我有时在浴室里将喷头开到最大然后狂飙脏字痛骂自己一样。而在个体情绪之外,更加打动我的,是小说对那些"历史遗落物"的关注书写:曾经火爆拥挤的免费购物巴士,曾经以现代繁华生活典型象征出现的大型购物场,作为往日时代(事实上这个时代并没有逝去多久)里极端高光喧闹过的象征符号,它们此刻已然游走在撤线和关张的边缘。

在我看来,这篇小说的推进,其实就是王占黑将记忆场景化、将时间空间化的过程:陌生的空间浸没与随机的人物奇遇,被熟悉的物所围绕,二者相互刺激,最终实现了对过往亲切记忆的召回。然后,在重新触碰、重新选址安放的过程中,生发出全新的甚至充满隐喻色彩的身心触感:"整部车像行驶在生死两界之间,平稳而茫然,黄泉路上,只剩几个陌生人沉默相伴。""最长的一声铃响起了。和中学晚自习的结束铃一样,它均匀、粗糙,但挡不住其中夹杂的兴奋……我们之间的白炽灯一排一排灭了,灯箱一只一只关闭,最后,远处暗了,近处暗了,整个大润发睡了。我的心瞬间安静下来。"[①]

我承认这些设计深深地击中了我。不仅仅是因为我本人对这类将死而未死、在废墟的预感(而不是废墟的事实)中兀自安宁着的空间怀有感情和兴趣,更是因为这种空间化、形象化的"荒废"与"折旧",能够准确地触及高分贝时代旋律背后那些复调的余音、探索到一派热闹的发展扩张图纸背后那些隐秘

[①] 王占黑:《去大润发》,《花城》2020 年第 1 期。

的角落——如同镜中的落花（像张枣写到的那样），或者水汪里的电汽月亮（像王占黑在这篇小说里自己写到的那样），逆行和悖谬的真实才是文学所应展示的真实。尤其当王占黑将"我"的童年记忆（也包括免费巴士上其他人的往日记忆）加入到城市区域兴衰的大坐标之中，那些孤单的货架和空荡荡的车厢便因了"人"的色泽和标尺被进一步地擦亮并填满。折旧的人与折旧的空间，在此实现了相互召回、相互阐释和相互安抚。时代经验的回收站，由此化身成了个体内心的观景台。这是一种双向的"遗落"和"捡拾"，它呈现给我们"折旧"后的"玉化"、失却里的获得、"丧"里的"暖"——依我看，这些内容，关乎当下时代经验和当代人情感结构中最微妙最敏锐的部分，然而能够触及于此的笔触，目前看来还远远不够多。

这种将时间空间化、将景观心灵化、在公共经验的废墟上展开自我想象构建的尝试，在王占黑笔下并非第一次出现。对于《小花旦的故事中》里逐渐褪色而又一再重现的"海宝"，我们同样可以做出类似的解读。评论家黄平已经对此做出过非常精到的分析，他认为，"'海宝'成为小花旦在都市空间中的定位，他以此无意识地把握这一个体无法把握的空间。在这一时刻，'时间'与'空间'彼此交织。'海宝'，作为空间中的被遗忘者，无数次地被小花旦所打捞，他打捞海宝就像打捞自己，象征性地抵抗'空间'对于'时间'的埋葬。"[1]

推而广之，我们可以从这一角度对近年来更多的青年作

---

[1] 黄平：《定海桥：王占黑小说与空间政治》，《小说评论》2020年第4期。

家作品展开解读。例如林森的《海里岸上》，倘若仅仅从发展逻辑、文化伦理、文明转型等宏大角度去展开阐释，我们会很容易与这部作品最动人的部分擦肩而过。事实上，这个故事的聚光点，恰在于历史大转身里的小落屑，在于个体生命（生理的和精神的）与文化价值的"折旧"、"悬留"状态。宋阿曼的《李垂青，2001》和《白噪音》，都在宽阔的、沉浸式的经验书写中突出了"节点/悬停"式的精神体验；与这种体验相伴出现的，是从叙述形式到精神气质的犹疑和不确定感，以及由之而来对所谓"真实"的幽微反思。进而，我们不妨说，周恺的《苔》所书写的，其实是那早为世人熟知的重大历史时刻，在漫长的预感中激起的先兆性震动。吸引我们的并非是作为事件的"革命"本身，而是那些震动中裂开的民间生活缝隙、因震动而掉落走失的人生故事，不是"勇立潮头"而是"偏航"乃至"湮没"："绝大多数河流终是汇入另一条河流，绝大多数人终是汇入另一人的生命里，借由另一条河流继续流淌，借由另一人的生命继续活着。"[①] 或许更典型的例证是书写东北老工业基地的几位年轻作家：双雪涛《飞行家》里的李明奇、《光明堂》里的三姑和牧师，班宇《双河》里的离异父亲，郑执笔下的王战团（《仙症》）和魏军（《蒙地卡罗食人记》）……这些带有浓郁"折旧"色彩的人物，与小说中更年轻一代对话者的精神世界发生着强烈的互动，在构建历史隐喻的背后，也以独特的方式不断激活着个体对生存的本质性体察。

[①] 周恺：《苔》，中信出版社2019年版，第497页。

"折旧"话题所引申出的,是人物形象的谱系,自我想象（或自我安放）的谱系,乃至于想象时代、想象历史的谱系。因此,再回到最初的起点,也许真正重要的,不是青年作家的三十岁应是何种样子,而是应该怎样去思考和书写三十岁。不是某种结算日期,也不是某种闹钟提醒,"折旧"的年纪和写作者对它的感知,本身便是文学的对象,它甚至能够同我们的时代精神之间构成貌离神合的阐释同构——这是一个不再年轻又还不够老的年纪,一个熟练自如却也不乏矛盾困惑的年纪,一个似该认命又依然不甘的年纪,一个风尘仆仆站在路口拔剑四顾心茫然的年纪。

就像钙化灶,就像从钙化灶发展而来的体内结石。多数时候,结石不过是毫无价值的、等待被排出体外的冗余之物。但在另外一些机缘中,事情会发生奇妙的变化。例如,在抹香鲸的体内,有一种结石类的存在,被称为龙涎香。[1]

---

[1] 如果说,"龙涎香"可用来比喻王占黑、双雪涛等人将"折旧"转换为经验题材或精神主题的内容处理方式,那么实际上,当下青年写作中还存在另一条相关话题脉络,那就是从"折旧"中引申出的、具有代际特色的话语表达方式。后一类创作,往往在高度异质性的话语及想象方式中锻造自己的风格,与时代的间离感、对现有世界及其价值的隔膜感（甚至拒斥感）,表征为文学表达的折叠、错位乃至破损。他们的笔下流淌出诸多"不可解"或者必须"另解"之物,展示出强烈的幻想色彩和高度的"异质性"。索耳、李唐（当然李唐的异质性相对要温和得多）、陈志炜、陈春成,乃至更为年轻的渡澜等,都是此类写作的代表。"龙涎香"（可被现有话语体系接纳和转化的另类结石）,在此保留为真正的"结石"状态（难以被现有话语体系通约、转化）。当下青年写作中的"异质性表达"（包括对此的评价）,是一个非常重要却也非常难以把握的话题。本文在此暂不展开。

"现实"与"现况":有关"日常琐屑"的一些思考

一

毫无疑问的事情是,即便我们能够从并不漫长的生命中提纯出一种理念性或闪耀着某些总体性色彩的"现实",这一"现实"也是首先根植于无数日常生活的经验细节片段。正如此刻,当我站在蛋糕店排队付费的行列之中,我感到自己如同一座巨大的感受器,有不可胜数的信息正如陨石一般迎面撞上我肉身感官或情绪结构的触角:奶油与酵母的香气、空调暖风同密集肉体相互催发的颓靡的热力、幼童的叫嚷及母亲的呵斥、玻璃橱窗外一只堂吉诃德式的苍蝇正一次次试图冲向那近在眼前的"奶与蜜之地"……在我身前排着一对年轻的情侣,女孩不时伏在男友耳边低语几句,随即掩嘴轻轻一笑,是那种明亮而干净的美——这场景温暖又不由得令人有些感伤。而我即将提起一块小小的蛋糕走入北方严寒的冬夜,从闪烁的霓虹与庄严耸立的地铁桥下穿行而过,回到小区底商那家小小的咖啡馆里:这天恰好是我的生日,在20元一块的切片蛋糕及感冒肿胀的扁桃体的陪伴下,我将同这篇讨论"现实"的文章展开一场贯通年轮的搏斗。

在今天,我们该如何理解"现实"?一种对生活总体性想象的渴望当然是存在的,我们会自然而然地想起卢卡奇,并从他笔下那片"古希腊人的星空"开始寻起。但与此同时,每一位写作者所面对的现实,毕竟都由无数最细微、最具体、最日常的经验构成,那些琐碎而晦暗于意义的材料碎片乃是文本大厦的基本砖石,犹如分子之于物体、水滴之于海洋。诸如街边小店独特的光线气味、生日之夜匆忙简陋的纪念、陌生女子在街灯下片刻照亮的侧脸,这是每个人至为切近的日常,亦是我们企及任何宏大想象的最真实最直接的道路。如何面对、捕捉和书写这些日常经验的碎片,如何经由艺术的整合而使之有效地嵌入乃至塑造一个时代的精神结构?这是我们今天讨论"现实主义"话题时无从回避的逻辑基础。

于我看来,真正有效的现实主义,永远来自于最具体最鲜活的当下日常——这是人类经验与情感的直接来源。与此同时,它们也以自身在文学世界里的不断增值,建构着我们对外部世界乃至时代更迭的想象。因此,所谓"日常琐屑的缠绕",就其积极一面而言,既是材料,也是方法;既是阐释,也是生成。高粱地、石板山路、砖垒泥砌的灶台、溪边搓洗着的土布衣服,这是文学世界里的乡村印象;台球厅、录像馆、自行车上飞驰的莫西干头少年,它们使小镇成为了气息独特的场所,并一再生产出超越空间的意义内涵;如今,当拿铁咖啡、车载音响甚至广场舞大妈渐次生成为新的文学图景,我们便也知道,世俗生活中我们早已熟知的一切，正在观念的疆域里再次孕育成型：一个精神、情感意义上（而非数据和物质意义上）的"都市"已呼之欲出。

文学写作中出现的新事物、新意象、新动作、新细节乃至新的词汇谱系，背后是新的经验结构、新的观察基点，更重要的是，它将提供对时代的全新想象方式、对身处新时代之中的自我的新的体认途径。我们曾熟稔于歌颂麦子，但如何去写一块橱窗里的面包？我们善于慨叹滔滔江河之水，那么是否能对着喷泉的蓄水池写出名篇？有关月亮，曾有过那么多的名篇佳作，那么有没有一首诗或一篇小说，能使都市的霓虹或路边的街灯直接撞击个体的心灵？与此类似，地铁屏蔽门、外卖摩托车、指尖划抹手机屏幕的生理习惯……这些我们早已习以为常的事物或动作，是否能激发出具有时代概括力的叙事，从而真正进入文学的审美记忆谱系？倘若这些至为近切的"日常"始终无从真正"缠绕"于文学书写，我们又如何敢宣称，文学与现实之间建立起了有效的关联、打通了相互阐释的可能空间？

当那些具体而真实的日常经验，始终没能充分地进入文学艺术的形式熔炉，并被赋予全新的震惊，那么我们生活中经历的种种，恐怕就都还未能同我们的精神世界融为一体；而文学，也就相应地无从抵及有效审美意义上的"现实"、并切实参与到对时代的想象建构之中。在此意义上，日常经验（哪怕它们有"琐屑"的一面）在文学中的自我呈现、自我意识，是写作者——甚至是整个时代——施展总体想象及"现实"建构的必由之路。在今天这样一个急剧变化、经验更新速度呈指数级增长的时代，此种对"日常"的关注尤为重要，因为在这一过程之中正寄寓着文学最重要的天职和义务：文学要不断超越僵硬的观念和滞涨麻木的时间体验，从最幽微寻常之处入手，去发掘新的书写对象、探寻观看和介入世界的新的方式、生成消化当下经验的新的美学器官。美国诗人路易斯·辛普森说："美国诗歌需要一个强大的胃，可以消化橡皮、煤、铀和月亮。"对中国当下文学写作而言，如此一副好肠胃同样重要。

二

然而，现实的问题在于，这样的肠胃之于我们当下的写作，常常是成为了排泄系统的起点，而非消化系统的核心；它向我们展示了经验材料的新陈代谢，却难以让人看到材料背后内在生命的成长。换言之，我们今天大量的文学写作，往往止步于日常经验的堆积，而未曾使之真正上升为更具普世性及超越性的有效现实：这是一种耽溺于中途、滥情放任式的庸常经验书写，看似丰沛，却从未真正完成。更棘手之处在于，相对于古老而"正确"的"现实主义"，"日常"（即便是单薄狭窄的原材料式的日常）在当下写作中似乎占据了某种不经省察、理所应当的"道德优势地位"。

表面上看来，谈论文学的现实主义或者现实主义精神，似乎是一件再正当不过、再正确不过、再理直气壮不过的事情。这种正当与正确，一方面当然是来自于意识形态和近现代以来的"文学道统"："现实主义"本来便是新文化运动以来，文坛所认定的主流道路。另一方面也是由于它在古老而伟大的中国古典文学传统中本身有典可循。近年来，我们自己的文学传统越来越被看重、越来越得到重新的发掘，而无论是先秦的《诗经》还是盛唐的杜甫，都曾经标识过现实主义诗歌所能够达到的美学高度，即便对于《聊斋志异》这类传奇志异色彩的小说，历来也多会强调其"曲折反映社会现实"的一面。此外，超越于所有"方面"、"角度"，几乎都是以底色的形式存在的，是文学乃至于语言自身原教旨式的本能：一切文字的书写表达，在根源上都是为了与这个世界发生关系，是要借助文字的媒介来完成现实性的表达。经由语言之途去触碰个体所身处的浩大"现实"，这甚至是天经地义而无关乎"主义"的。

然而，世界的有趣之处恰恰在于，当一件事看上去越是正当、越是理直气壮、越是无可置疑，它的背后也就潜藏着越多隐秘的危险。人们不会将热情用于质疑一个未完成的过程、一个尚未确立的答案，因为连一个强大到可以承受质疑的对象都还没有出现；人们质疑的总是那些看似严丝合缝的观念，就好比能让所有炮火瞬间集中的所在，不会是散兵游勇、客栈草屋，而往往是守卫森严的军阵或堡垒。这件事在文学上尤其如此：千百年来，文学之所以长盛不衰、代代演进，关键之一就在于它总在不停地进行"冒犯"甚至自我颠覆。因此，在文学写作的行当里，似乎一直存在着某种对现实主义的提防或者说不信任。这种不信任，很多时候针对的其实是此一概念背后过于具体的、公共话语式的、工具理性化的那部分联想，而在中国，这种不信任又有着独特的历史话语背景：我们曾看到过众多"图解政策"式的文学作品,它们在美学价值和生命自足性方面的确存在着诸多问题。问题在于,由此产生的对"日常"及"个人"的过度信仰,有时亦很难排除"矫枉过正"的情绪化嫌疑;而当个人化日常化的书写在我们的文学写作中变得过于理所当然,许多作者正无节制地耽溺于其中狭窄逼仄的部分——他们往往以"现代主义"自居(在八九十年代以来强大的文学历史惯性中,这四个字似乎被赋予了一种先验的"文学道德优越感"),却未得"现代主义"之真正精髓,在实质上落入了一种最狭隘最浅薄的"降维现实主义"。

在这类症候中,作家对"现实"进行了过分个人化的理解,或者干脆是用完全私人性、情绪性、幻想性的内容来对抗惯性思维里认定为陈腐的"现实主义":自己一身所历的一切,就是现实,除此之外再无他物、除此之外皆无价值。一个人的喜与悲、爱与恨、得与失……这些,我们当然不能说不是现实,也不能说没有价值。但如果写作者自身的格局太小,甚至就仅仅停留在自恋自怜的境界,那么这类个人化的现实就很容易显得太小、太特殊,其价值空间也将被大大压缩。对于这样的"现实",我觉得称之为"现况"更加合适:它的指向是如此明确,它的因由是如此具体("具体"就文本自身而言可以是正面的品质,但在写作的内在伦理、在写作主体的情感发生学上,却是危险的),因此太过容易解决、太容易显得廉价甚至平庸——几乎就像被添加了主体情感的股票 K 线一样。我们今天许多作家(尤其是许多看上去颇有文学才华的青年作家)的写作,很大的一个问题,就是把"现实"写成了"现况",打着

"反现实主义"或"个性化"的旗号、摆弄一串漂亮潇洒的叙事身段，然后一头扎进了这种庸俗逼仄的"伪现实主义"。

三

前文中，我提到过文学中的日常经验材料在外部世界美学意义建构过程中起到的作用。而此类"伪现实主义"的要害问题之一，恰恰是将这种能动的建构替换为了一种充满惰性的自动生成。这种惰性，既是意象、场景、动作方面的惰性，也是情绪流程的惰性：在一种"材料本位"的幻觉中，写作者误以为经验材料的充分累积，便可以必然地推导出情感力量的释放及精神建构的完成。

这种借助材料拼接而自动生成的"伪现实主义"，往往有其独特的"配方"。青年评论家张定浩在2017年初所写的《大量的套路和微小的奇迹》一文中，甚至专门以"随性编造＋确切阅读印象残留"的方式，总结了这种"配方"："某人离开家，出发（去旅行，约会，聚餐，去医院看病人，或者就是去看个电影，跑个步，喝个咖啡），见到另外几个人（插入之前的交往史，现在的外貌描写），聊天（往事继续浮现），接到来自丈夫、妻子、情人、母亲或儿子的电话（插入婚姻和家族生活史，各种病情和隐情交代），回到现在时（插入环境描写），偶遇陌生人或某样动物或东西，回家或继续在外（生活中某道缝隙打开），启迪（或者反高潮）。"以此类推，本文开篇提到的我个人的片段经历，也完全可以写成一篇小说："我"（出于现实批判性的考虑，应当设置为一个繁华都市里的失败者）在生日之夜走进蛋糕店，想要买一块蛋糕为自己庆生（世界上其他人自然都是忘记了这个日子）；蛋糕的香气，通过嗅觉上某种穿越时空的相似感，让"我"回想起大学时代（借用欧·亨利《警察与赞美诗》里的原文，回想起了"生活中有母爱、玫瑰、雄心、朋友以及洁白无瑕的思想与衣领"的岁月）；然后"我"发现了站在身前的可爱女孩——出于异乎寻常的勇气，两人竟攀谈起来。随着谈话的深入（此时可以坐下来一起喝杯咖啡），"我"越来越多的生活过往或思想秘密浮出水面，小说似乎也要抵达高潮；但情况忽然急转直下，出现了意外变故：二人间出现了世俗生活领域的观念鸿沟，或是女孩子的男朋友如约到来（倾向思想性则取前者，着意情感题材则选后者）。小说的最后，"我"手提蛋糕走上街头，同开始时一样孑然一身，似乎是度过了寻常一日，但内心又察觉有细微不同：于是"我"抬起头来，看到路灯的光柱从高处垂落，点燃一路的浮尘，像北京的冬夜忽然下起了雪。

这样的案例纯属戏仿，但在实际的操作中，类似的套路的确并不少见。借助蛋糕、咖啡、女孩子的衣着装扮、大都会街景等典型物象，写作者能够很轻松地堆积其诸多充满质感的"材料"，并将其以此打造为充满隐喻指涉的"道具"，但在表面的充实丰富背后，蜷缩着的却常常是孱弱的精神骨骼：所谓"微妙的情愫"，到头来可能是无病呻吟；"灵魂的寂寞"，或可直译为"情欲的饥渴"；至于"生存的荒芜"，说不定也只是在政治经济学的层面上处境欠佳。就这样，丰沛与贫乏以怪诞的姿态结合在了一起。更致命之处在于，此类作品常常与写作者自身的某些处境互有投射，有时甚至只是写作主体牢骚或性苦闷的产物。因而，许多小说看似是从两性关系或世俗际遇的描写入、从人类境遇的升华出，但仔细分析一下，它所有的悲悯都不是对人类的悲悯，而只是对个体情感困境的悲悯——作者一人的情绪构成了作品大部分篇幅乃至合法性的来源，至于所谓的人类，其实是被拉来垫背的。这样的小说难免显得廉价，因为它仅仅是个体化的"苦闷的象征"（且不论它来自作者还是小说人物），而一种具体的苦闷是很容易得到解决的：如果主人公的情感生活忽然变得幸福，如果他的事业忽然飞黄腾达，这篇小说指涉的命题是不是就不成立了？说得再刻薄一点，如果小说的作者得以同自己所爱慕的人共度春宵，那么他是不是就再也写不出这样的小说来了？进而我不禁要问，如果一个作家的写作或一篇小说的力量，用一个职位或一套学区房就可以摧毁、可以消解，那么这样的文学还剩下多少尊严可言？

好的文学，应当写出可自然解决之事物背后不可打开的死结、或无从解决之物内部本质的完整与自足，要由寂寞中写出孤独、由奔忙中写出安宁、由嘈杂中写出寂静、由死中写出生——而绝不是相反。像乔伊斯的《阿拉比》、马尔克斯的《没有人给他写信的上校》、波拉尼奥的《地球上最后的夜晚》，都是处理常见的主题、书写了大量具体琐屑的经验，但最终却远远超越了"常见"或"琐屑"。对真正内心有宇宙的作家来说，具体使用的材料是宏大或者琐屑，本身并不重要；反过来说，倘若作家心中只有一己得失、肤浅哀乐，那么即便是再社会性的话题、再宏大的关怀姿态、再庄重的代言者腔调，也会在不经意的气息间暴露出小市民的嘴脸——甚至说，越是假扮出宏大和庄重，就越遮不住那层庸俗浮躁的精神底色。因此，所谓日常琐屑的缠绕，不单单是文本取材的问题；更重要的，是精神格局、灵魂姿态、情感动力学的问题。它更强调"成为写作者"，而非简单的写作技术话题。

毫无疑问，我们身处一个总体想象破碎、经验碎片化、个体意识高度觉醒的时代。但这并不必然地构成作家自我关闭、自我耽溺的理由，不论在何种背景下，文学都不应该被粗暴简化为私人情感的宣泄甚至排泄行为，写作者都不应该把人类所面对的"现实"降格替换为个体得失的"现况"。今天许多在技术上过硬的青年写作者，急缺的其实是一种面向更广阔现实、面向除自己之外其他生命的情怀。这种情怀，使一位作家能够把个体化的悲伤变成普世性的悲悯，能够从一时一刻具体的场景或感受之中，提炼出超越时间、闪烁着永恒光辉的情感琥珀。它并不拒斥个体经验，而是使个体经验不再仅仅与那最初的个体有关——它令文学飞升向写作主体的头顶，去拥有自己更高也更自由的生命。

回顾新文学运动百年，现代汉语文学的初心其实也正与"现实精神"、"现实观照"密切相关。当我们反身回顾之时不难发现，当许多早年的经典作品在修辞、叙事等技术层面对今人来说已无足观（也即是说，其意义已更多转换为文学史层面而非当下写作参照层面上的意义），能够直接触动我们的依然是文本背后那些深沉而厚重的东西，是那些充盈着个人色彩和强烈内在性、却又无法被个体或内在完全束缚的大关怀——那是作者灵魂与外部世界、与一个特定时代，甚至与人类命运的剧烈碰撞，关乎尘世的"大现实"与诗人的"大自我"。因此，在我的理解中，现实主义首先应该是一种关怀、一种精神，甚至一种写作上的伦理本能，而非简单的流派、手法或分类标准；如何超越"现况"而抵及"现实"，亦是我们在面对并书写日常经验之时，需要时时警醒的命题。

从"悬置的天堂"到"异质可能":
关于"南方写作"

一

在我看来,南方在最直接的意义上并不是一个实体。它与经纬度无关,与大地上某一座具体的城市无关,与棕榈树或者热带鱼无关。南方是一种想象。甚至,是一种想象的套路、想象的可能。

不妨就从我自己说起。我出生在青岛,一座不太北方的北方城市——据说现在情况已经不大一样了,但至少在我年少的时候,在1990年代以及新世纪初,我们还会(也还能)很骄傲地说,我们这座城市,并不"北方"、并不"山东"。青岛人似乎是很骄傲于自己的城市带有几分"南方"气质和改革开放文化的印记,这是有别于传统意义上的广袤北方之处,并且与这座城市的"崛起史"密切相关。"现代"也好,"改革开放"也好,在中国历史的"概念起源"上,都与"南方"联系在一起。于是,"南方"自然成为了某种自我认同的标尺,甚至演化成某种价值判断:它意味着繁荣、聪明、精致、灵敏,甚至意味着时代风气之先。

于是,这座以啤酒和十九世纪德国下水道闻名的城市,承认自己的血统气质里的"南方"元素,并且认同、赞美这种"南方性"。这并非仅仅是自说自话,外来者也常常产生类似的印象。我的导师张柠教授在一篇关于我的印象记里,写到过我出生的这座城市,他说,"这是一座偏北而刚健、近水而柔软的城市,虽然地处北方,精神深层却隐含着南方情调。所以在我的印象中,青岛骨子里还是属于南方。它仿佛有一种随时越过黄海湾投奔南方、而非向西归属济南的冲动。"(张柠:《通往"壮思"的文学之路——李壮印象》,《名作欣赏》2016年第4期)。张柠老师本身是南方人,求学于上海,又在广州工作过,是真真切切熟知南方的人。他这么说,自然是可信的。甚至,在那篇印象记的末尾,张柠老师还引用了王国维在《屈子文学之精神》中对于"北方"和"南方"的文学性格之辨:"北方人之感情,诗歌的也,以不得想象之助,故其所作遂止于小篇。南方人之想象,亦诗歌的也,以无深邃之感情之后援,故其想象亦散漫而无所丽,是以无纯粹之诗歌。而大诗歌之出,必须俟北方人之感情,与南方人之想象合而为一,即必通南北之驿骑而后可,斯即屈子其人也。"可见我们对"南方"的性格想象并非离谱。王国维用的词是"想象",细细体味,大抵与我们所羡慕、赞美的那些价值品质属于同一谱系。

然而今天,当我回头再看张柠老师的这段话时,我注意到了一个我此前并未注意到的词,"冲动"。冲动,意味着强烈的内心意愿、意味着意愿付诸实际的可能性,但同时,也常常暗示着意愿及可能的实施未果。"冲动"不等于"行动",常识告诉我们,世间的"冲动"总是很多,但大部分"冲动"最终都是被扑灭了的。作为城市的"青岛"当然不可能真的"越过黄海湾投奔南方"。板块漂移学说固然不假,但我们有生之年显然不会、也不想看到如此剧烈的地质运动直接在脚下发生,不会、也不想见证某种地壳深处的力把胶东半岛实实在在地搬移到江苏或浙江去。但是人呢?别看大家把"南方"作为一种高维度的价值判断,但如今从总体上看看我少时相识的同龄人(尤其是他们之中那些家庭条件较好、个人学历较高、可以在中国随便哪座城市生存下来的人),留在青岛的最多,来北京定居的次之,去南方生活的明显比前两者都少。

是的,"来"北京。我自己娶了一位南方姑娘——这里面似乎存在某种必然性——但还是选择在北京生活。

二

于是,只能"想象"南方,与此同时"赞美"南方。真要南下,许多人竟是不愿去的。这背后的原因当然复杂,与我此刻的这篇文章相关的一点是,在我们过往的、习惯性的语境中,"南方"或许意味着某种诗学的、审美的逻辑,而"北方"则意味着现实的,甚至政治经济学的逻辑。某种执念、错觉或惯性思维可能是:"南方"是用来"想"的,"北方"则是用来"过"的;"南方"意味着美学理想,"北方"意味着烟火现实。

仿佛"南方"是中华文化的悬置天堂一样。

这显然不无荒唐之处，但从我这样一个北方人的切身经验来看，其中又确乎存有某种文化心理层面的真实性。这种逻辑在我们悠久的文学历史中也有渊源：站在遥远的北方政治中心"望江南"、"想江南"、"忆江南"，似乎已经变成了一种经典性的抒情姿态。与之一同被经典化的，还有与南方紧密相关的诸多意象：拱桥，流水，油纸伞，雨巷，结着愁怨的姑娘……"门外芭蕉惹愁雨、门环惹铜绿，而我路过那江南小镇惹了你"。

"南方"因此成为一个被不断建构的对象。它不在历史叙述逻辑的中心（中华文化从根子上讲还是农耕的、大陆的、北方的，并且中国历史上多数朝代尤其强盛朝代的政治中心都在北方），却生成为一个与中心对峙，或者说互补的"亚中心"、"异中心"，承载了许多作为中心的"北方"所承载不了、但需要承载的东西。从历史上的数次"衣冠南渡"，到改革开放及商品经济的浪潮起源，"南方"这样一个原本的空间概念，被不断赋予时间的内涵，最终"时间"替换了"空间"：它既指向幸存下来的精英传统，又关乎未来时代的复兴大潮；既与昨日"黄金国"的记忆有关（这是中国古典文学的隐秘重心及抒情动力所在），又同明日"黄金国"的许诺有关（这是中国现当代文学的逻辑支点及叙事动力所在）。

结果之一便是，"南方"最终变成了文化记忆和民族心理深处的"情结"、"意识"乃至"结构"。它未必是实体，也不必是实体。甚至在某种意义上，它变成了他者。"南方"——请注意，是加引号的——它眉目清晰，它形象坚固，但并不存在。

三

回到我们的主题：南方写作。在今天，重复这种"悬置天堂"般的南方书写，似乎已无太大意义。不是不美，而是没有必要。有必要的事情，或许倒是打破这种清晰和坚固。

类似的书写已经足够充分是原因之一。另一重原因是，这种传统的、惯性化的南方想象，本身也是在"中心逻辑"的参照系中建立起来，并获得其合法性及重要性的。换言之，它有特色，但并非异质，是一种貌似多元的一元文化产物。我们今天在文学中反复呼唤的，是一种真正的、野生而自足的"异质性"。变异的、异质的南方书写，可能才是真正有效的。

2021年，《南方文坛》杂志与杨庆祥等青年批评家及青年作家，共同发起了关于"新南方写作"的讨论。杨庆祥在《新南方写作：主体、版图与汉语书写的主权》一文（《南方文坛》2021-3）中，提到了苏童和葛亮早年的一篇对谈。在杨庆祥看来，"苏童是从隐喻的角度来谈论南北，因此他觉得南北并不能从地理学的角度上去进行严格的区分，比如惯常的以黄河、长江或者淮河为界，而更是一种长期形成的文化指涉。"进而，"总体来说，这篇对话极有创见地勾勒出来了一条历史和文化的脉络，在这条脉络上，南方因为在北方的参照性中产生了其价值和意义。"

这种情况背后，浮现出杨庆祥所关心的一条悖论，"如果南方代表了某种包容和多元的结构，那么，它就不应该是作为北方的对照物而存在并产生意义，南方不应该是北方的进化论或者离散论意义上的存在，进化论虚构了一个时间上的起点，而离散论虚构了一个空间上的中心，在这样的认识框架里，南方当然只可能是作为北方（文化或者权力）的一个依附性的结构"。因此，"新南方写作"的概念及其讨论，显然内蕴着"重建南方主体性"的吁求，这种真正的主体性重建，将冲破"对照物"的解读惯性和传统意义上的"一元论叙事"——要知道，"多元"是我们这个时代（不仅仅是文学）的关键词之一。

我认为这一看法是精当的。"南方写作"重要的价值之一，就是要建构自足的"文学南方"，这种自足也会返回身来支撑作家自身的创作。有趣的是，杨庆祥选择"将传统意义上的江南，也就是行政区划中的江浙沪一带不放入新南方这一范畴"。（"新南方"的具体空间定位，在杨庆祥的描述中"指中国的海南、广西、广东、香港、澳门——后三者在最近有一个新的提法：粤港澳大湾区。同时也辐射到包括马来西亚、新加坡等习惯上指称为'南洋'的区域"）。但如果我们在更加广义的"南方写作"框架内考察，其实也不难发现，"资本与权力的一元论叙事"，的确在某种程度上终结了古典南方的"悬置"状态，并在一定程度上带来了"美学更新"和所谓"反作用的美学"。它类似于一元论叙事的"内部变法"——这与杨庆祥的观点构成了某种呼应，也与当下声势甚大的"新南方写作"讨论有内部逻辑的贯通。

四

我想到了苏童——这位在对谈中"从隐喻的角度来谈论南北"的作家——早期的短篇小说代表作,《桑园留念》。如果从隐喻的角度来讲,这个关于少年成长的故事,同时也指涉到了古典南方(江南)的消亡。

小说的开篇是一段风景描写,写到了河、写到了河上的拱桥——典型的江南风景。少年要到桑园去,去桑园要经过拱桥。但多数时候,少年"我"不是经过拱桥去桑园,而是站在桥上看风景(注意这直面、相邻而又置身于外的"看"的姿态)。而紧接着关于桑园的描写是这样的:"我十五岁的时候,发现自己长大了。男孩子长大的第一件事是独立去澡塘洗澡,这样每星期六的傍晚,我腋下夹着毛巾、肥皂和裤头走过那座桥,澡塘在桑园的东边。我记得第一次看见桑园里那些黑漆漆的房子和榆树、桂花树时,我在那站了几秒钟,不知怎么我觉得这地方有那么点神秘感。好像在那些黑房子里曾经发生过什么大事情。"神秘的、发生过大事情的,是桑园,也是桑园隐喻着的古典南方。但此刻,"我"与桑园发生关系的方式,已经是"洗澡"——腋下夹着的是"毛巾、肥皂和裤头",现代文明的产物。

在桑园里住着的,是丹玉,一个"很特别的女人":她有一双乌黑深陷的眼睛,喜欢紧挨着墙走路,"有时候用手莫名其妙地摸摸墙"。这些细节,连同她的住所("丹玉家住在桑园最大的门洞里，就是长着一棵桂花树的那个门洞"），鲜明而熟练地构成了那种经典的、"悬置天堂"式的南方想象。然而苏童以一种优美的方式，有意无意地解构了它。一直以来，"我愿意站在桑园里黑黝黝的树影里，想一些很让人神往的事情……长在丹玉家院子里的是棵迟桂花，就是开花最晚的那棵树"，但终有一天，"我突然从桑园的一棵树上跳下来，站到肖弟和丹玉面前"（让我们武断而又合理地展开联想吧：那一定是一棵桂花树，十足南方的、洋溢着梦幻与回忆的气息的桂花树），完成了那场必然要到来的青春期打斗。从树上跳到地下，在行动或者说动作上，模拟的正是"从悬置天堂到真实人间"的过程。而那就是"我最后一次看到丹玉"。就在小说的下一段，丹玉死了，和一个并非自己男友的男人抱着死在了一起。"我觉得事情前前后后发生了差错。"

丹玉的死似乎对位着"我"少年时代的结束。某种意义上，也对位着古典南方的瓦解。这当然很有"差错感"，但这差错的出现本身，却是并无差错的——有些事情看起来像是差错，但其实竟是必然。在苏童的另外一些作品中，南方不断发生着变异，在精致之余，弥散出铁锈味儿甚至油污味儿——它可以是贫穷匮乏的（例如《白雪猪头》），也可以是残酷冷漠的（《垂杨柳》《黄雀记》），这一切显然与现代时间的侵入、新的历史内容及历史逻辑的冲击有关。

而这仅仅是列举的一位作家——我们还可以在许多南方作家的作品中找到例证。索性不妨再举一例：毕飞宇的名作《地球上的王家庄》。单看这个题目就可以意识到，传统的"天下"

意识被现代性的"地球"取代了。而原本极具"士人文化"特征的南方话语，在这篇小说里有意呈现出低幼化乃至白痴化的倾向：一群没怎么读过书的孩子（这与小说里轻轻带过却明白无疑的历史背景交代有关），认真而又无望地在《世界地图》上寻找自己的王家庄，并且严肃思考"世界"和"地球"的问题。时空需要重新定位、坐标需要重新找寻，一个人或一个地方要在世界上重新定义它自身的主体性——这是毕飞宇埋在小说背后的深意，这深刻地关乎一个时代的主题，也关乎我们此刻讨论的异变中的南方。

五

准确来说，在苏童、毕飞宇那一代作家笔下，南方经验呈现出来的，更多是"异质感"。这种"异质感"的出现，与整个当代中国在改革开放后迎来的经验爆炸及现代化进程（当然也不妨用一个更大的词：现代性转型）紧密相关。而在近些年、尤其是近年来年轻作家的作品中，新的南方经验已经开始慢慢呈现出"异质性"。

——并非是有严格的学术依据，我仅仅是在相对个人的阅读感受和阐释理解上定位并区分这两个概念：在我此刻的表述中，"感"是身体化、表征化的，"性"则是内心化、本质化的。如果说"异质感"关联着隐喻、象征、某种自觉的"意识"，那么"异质性"则更接近一种根本的语境、常态的语调、某种自发的"潜意识"。前者类似"一切竟是如此"，后者则近乎"一切本来便如此"。当然，二者之间的区隔并不绝对。这不重要，重要的永远不是概念、说法，而是文本。

例如林森，从他的写作（《海里岸上》、《岛》、《唯水年轻》等）可以引申到近来很火的另一个写作话题：海洋文学。林森笔下的南方海洋，不是作为价值想象或意义附着的载体，亦不是作为单纯的文化符号出现，而首先是作为现象学意义上的肉身实体，乃至是作为政治经济学意义上的生产资料出现的。林森提供了一种面对大海时平实、细致但又充满巨大自信的书写方式——与海洋有关的日子，不是用来"看"、用来"想"，而是真正用来"过"的。蛮荒暴烈的海（以及广义的海洋性环境），投射于野蛮生长的人，也提供了不同以往的对南方文化及南方审美的文学想象。再如"90后"作家周恺，他的长篇小说《苔》，细致地梳理和呈现四川乐山晚清时代的地方历史内容及民间生活景观，不仅仅是把南方故事纳入总体历史叙事，更是为历史主线逻辑提供地方经验表达。又如2021年的"现象级作品"，林棹的《潮汐图》，在语言（大量加入粤语方言）和想象力的使用上都堪称是放肆的，但在充满冒犯的"神经质"质地背后，似乎确可触摸到黄德海所说的"方言里埋藏着民族丰盈的神识……描画出一个特殊时空的异样风姿"之感。至于马来西亚华人作家张贵兴的《猴杯》，则是另一路写作的代表性例证：它以更赤裸也更完整的方式，将那种狂野暴虐、几乎令人不适、充满腐殖质质感（你也可以说这是一种特殊的"腐殖质美感"）的叙事气质，贯穿于整部小说乃至所有人物：

> 雉每次站在走廊上看见河堤下暴涨的臭河时就会想起那条溪底布满人胆猪心状石块的小河……树桥的下半身长满水藻和随着退潮而残留树皮上的蛙卵，树桥的上半身布满兽粪，羽毛，爪痕，刀砍，弹疤。雉第一次和祖父到树桥上祭拜时，就用一把小番刀从树桥挖出几颗弹头……河岸竖立着一棵老榴梿树，叶密如册，枝干出水痘似的结着数百颗榴梿，大如猪头，小如猫头，部分早已熟透，开脐出鸡仔黄肉核，仿佛肛开屎出，反常地不落地。两只猴王率领一群猪尾猴在榴梿树上捉对厮杀。猴脸龇牙咧嘴仿佛腮裂颊烂满壳愁惨的老榴梿果。长须猪带着猪仔啃食地上的烂果……

这种完整、独立、强大而自成体系的"异质性"，是我渴望在当下的南方写作中越来越多看到的。事实上我们呼唤"异质性"已有多年，但我个人所更多看到的，是那些故作姿态甚至装神弄鬼的"异质性"：并不成功的幻想书写（当然也有极少数成功的案例，如陈春成《夜晚的潜水艇》，在此意义上我一直认为这本小说集成为"爆款"合情合理），毫无必要的阅读障碍设置，故作时髦的"二次元"、"亚文化"元素加入……无聊版的"降维卡夫卡"写法一度大行其道，那种"抛弃了大地的飞翔"，甚至唬住了不少专业或资深的阅读者、研究者。故意给人看（或者说得更刻薄一点：故意给人看不懂）的"冒犯"或"异质"，在今天的文学语境中很容易变成沽名钓誉，且其本身很难持续。

在此意义上我看好南方写作的"异质可能"：它有着强大的依凭，不仅仅是写作者自身个性或想象力的"异质"，更是地方传统和文化表达冲动的"异质"。后者更厚重，也更可靠。更何况，这种异质表达，在文学史上其实已有过先辈的经验。为了写这篇文章，我最近在重读艾芜的《南行记》。作品已颇古老（不少篇章写于1930年前后），但艾芜对西南边疆地区那种原始、暴烈、自成逻辑的自然景观及人性景观的书写，完全能够与今天的写作实践展开对话。

六

本来可以结束了，但我还是想宕开一笔，延伸着触及一点更加总体性的话题。

在我前文提到过的毕飞宇《地球上的王家庄》一篇中，有这样一段可能毫不起眼的文字：

> 王爱国说，如果我们像挖井那样不停地往下挖，不停地挖，我们会挖到什么地方去呢？世界一定有一个基础，这个是肯定的。可它在哪里呢？是什么托起了我们？是什么支撑了我们？如果支撑我们的那个东西没有了，我们会掉到什么地方去？这个问题吸引了所有的人。人们聚拢在一起，显然，开始担忧了。

一个基础消失掉了。即便仅仅是在想象或预感中消失掉了，这依然带来了巨大的恐慌。在毕飞宇的原文语境里，这一"基础"有所特指，暂时不必在本文里展开分析。而在此刻关于"南方写作"的讨论中，"基础的消失"则是指向另一回事。1984年，米歇尔·福柯在《另一些空间》一文中提出，"整个十九世纪最大的困扰和纠缠无疑是历史问题……如今该是空间当道的时代了。"这句话的背景是，二十世纪发生的各式各样的人类悲剧和思想溃败，开启了过往历史模型的垮塌。如今，在西方文明模式遭遇明显困境、地球生态环境面临严重威胁、科学技术急速爆炸带来伦理迷茫、罕见的疫病大流行引发"逆全球化"担忧的语境下，"历史模型的垮塌"非但没有被减缓反而似乎被加速了。

这是就人类文明总体状况而言。至于中国文学的语境，我们所面临的可能还有另一种"历史模型失效"的速度叠加：当那种曾经环绕着"五四"时代作家的"启迪民智"、"救亡图存"的历史紧迫性，不再持续出现在新一代作家的日常生活和写作之中，文学自身表述的动力机制和总体性可能正面临危机。我们身处在一个中国迅速崛起并保持高速发展的时代。我们自己成为了自己的时间标杆，那种对现代性和现代文明进行纯粹追赶适应的语境已经成为过往。与之相应，曾经长久高悬在文学头顶的那枚"历史磁极"消隐了。

这当然带来了"基础消失掉"的恐慌。但它同时也孕育着转型和新的增长。更广阔、更复杂的共时性社会生活，以前所未见的速度铺展、扩张开来。文学关切现实的重心，便随之由历史命运的集体性"燃眉之急"，倾斜向个体在现有历史语境下的"自我安放"：它所直接指向的，不再是线性历史想象和总体性时间叙事，而变成了现代主体（乃至更广义的文化主体、认同群体）的处所问题、位置问题、角色问题、身份问题，是其与现存世界秩序的深层关系问题。这些话题，无疑同空间结构——具体的或象征的——贴合得更加紧密。

因此，当"空间转向"话题已在理论界、思想界流行多年，我们的文学创作实践，是否也酝酿着某种近似"空间转向"的势态或可能？我们对"南方写作"以及相关类似话题的关注，又是否隐约与此相关？我们对"南方"和"南方写作"的谈论、理解、阐释，是不是可以有力地冲破题材或风格的传统"话题域"，触及更多也更宽阔的命题？

——这是几句题外话。但我觉得，并未离题。

历史逻辑、题材风格及"缝隙体验"：
关于"新乡土叙事"

从《秦腔》里一只未到场的狼说起

贾平凹的长篇小说《秦腔》里有一位通阴阳的奇人荣叔。荣叔死后留下一本笔记，里面有一则关于清风街众人命运结局的预言。"今早卜卦，看看他们怎样？新生死于水。秦安能活到六十七。天义埋不到墓里。三踅死于绳。夏风不再回清风街了。院子里的苹果和梨明年硕果累累，后年苹果树只结一个苹果。庆金娘是长寿人，儿子们都死了她还活着。夏天智住的房子又回到了白家。君亭将来在地上爬，俊奇他娘也要埋在七里沟，俊奇当村主任。清风街十二年后有狼。"

在小说所能涉及的情节范围内，预言里的许多内容都得到了印证。似乎这预言是可信的。有趣的是，小说里的预言是纯粹的虚构产物，它在情节层面的真假无非是听凭作者安排，让它真便真、让它假便假。因此，所谓的"预言"，说到底还是用以折射作家对小说人物，或对与小说人物相关的历史现实的"理解"。通过预言来暗示人物命运的手法并不新奇，至少我们都在《红楼梦》里见过。《秦腔》里这则预言相对特殊的地方,在于其最后一句:清风街十二年后有狼。讲的是清风街,是这部小说以内的事;但明眼人一眼便能看出此中象征,它讲的是清风街,也是讲的带引号的"清风街"——乡村,《秦腔》里写到过的、在中国范围内到处可见不可胜数的那种传统乡村,即将消亡。

《秦腔》的最后一句是"从那以后,我就一直在盼着夏风回来。"盼夏风回来,是等着夏风给死去的父亲立碑。按照预言,夏风是不会回来了,立碑的事情谁也说不好最终会怎样。倒是《秦腔》这部书本身,成了贾平凹立给故乡的一块碑——在后记里,贾平凹直言:"我决心以这本书为故乡竖起一座碑子。"立碑的隐含意思显而易见。彼时,这是一种极具代表性的预感,甚至在文学叙事中形成了一种症候性的"腔调"。于是,继《子夜》里的吴老太爷之后,中国传统乡村在《秦腔》等许多文学作品里又"象征死亡"了一次。那时大家普遍觉得,十二年后要出现在清风街上的狼已在路上了。

近些年,"脱贫攻坚"社会历史实践的声势和成果都令人瞩目,乡土问题长期作为社会关注热点出现,乡村的现实面貌当然也较此前出现了多种多样的不同。如果现实中真的存在"清风街",我想十二年后街上应该是不会有狼的。或者,如果真的出现了狼,那么这只狼多半也不会在"乡土叙事"中出现。它会出现在隔壁"生态文明叙事"的版块里面。

很多事情都不一样了。在这个另类版的"狼来了"的故事中,固然许多传统的物质景观和人文生态已经不可避免地流散,但乡村本身并没有消失,它只是出现了颇为巨大的改变。相应地，与乡土有关的叙事也正在变得不同。我想在今天，已经很难再出现《秦腔》式（或者说得更准确一些，既为"《秦腔》式"、同时又能够在艺术上达到"《秦腔》量级"）的作品了：那种充盈着最真切、最本能化的熟悉及理解的传统乡村挽歌，正在当下的乡土文学叙事中走向绝迹。我们可以列出与"《秦腔》式"或"贾平凹式"相类似的诸多指称："陈忠实式"、"莫言式"、"张炜式"……但在今天，我们恐怕很难再期待出现那种具有强大整体视野和完整总体逻辑、呈现出史诗性宏大野心的乡土题材"巨著"能够不断涌现——并且从另一个角度看，如果新一代的作家仅仅满足于写出《白鹿原》、《丰乳肥臀》或《九月寓言》的"翻新/高仿版本"，我们大概也不会感到满意。乡村和书写乡村的人都在发生变化，与此相应，关于乡土的叙事必然会显示出与以往"经典乡土书写模式"不同的新特质。

从"直接对象"到"间接对象"："农村作家"和"乡土中国"的消散

在我看来，要面对和探讨"新乡土叙事"的话题，首先需要坦诚面对的一点是，乡土正在或已经失去其维持百年的、在中国新文学版图中几无等量对手的"绝对中心"地位。"一家独大"已经变成"多极之一"。这是我们讨论当下乡土叙事新变化的一个基本逻辑前提。

过去百年中，"乡土"堪称是整个中国新文学在"题材"上的主流。孟繁华在《百年中国的主流文学——乡土文学/农村题材/新乡土文学的历史演变》一文中认为:"20世纪以来的中国文学,乡村中国一直是最重要的叙述对象。因此,对乡村中国的文学叙述,形成了百年来中国的主流文学。"①这种文学叙述的出现几乎与中国新文学的诞生同步,至少可以上溯到鲁迅的《阿Q正传》、《故乡》等作品。而其"主流"文学地位的形成,原因是双方面的,"一方面,与中国社会在本质上是'乡土中国'有关,20世纪以来的中国作家几乎全部来自乡村,或有过乡村生活经验。乡村记忆,是中国作家最重要的文化记忆。另一方面,中国革命的胜利,主要依靠的力量是农民,新政权的获得如果没有广大农民的参与是不能想象的。因此,对乡村中国的文学叙述,不仅有中国本土的文化依据,而且有政治依据。或者说,它既有合理性又有合法性。"②这种观点非常具有代表性。在今天,乡土文学在孟繁华所说的这两个方面都遭遇了困境。

就前一方面来说,多数作家与乡村的直接关联正在被割断。贺仲明认为:"乡村被拉入城市化的发展步调之后,传统的乡村氛围不复存在,留在乡村的农民越来越少,作家们与乡村之间的现实联系也随之减少,他们与乡村现实生活之间也会越来越隔。"③贾平凹曾经感慨,"原来我们那个村子,我在的时候很有人气,民风民俗也特别醇厚,现在'气'散了,起码我记

---

① 孟繁华:《百年中国的主流文学——乡土文学/农村题材/新乡土文学的历史演变》,《天津社会科学》2009年第2期。
② 同上。
③ 贺仲明:《论近年来乡土小说审美品格的嬗变》,《文学评论》2014年第3期。

忆中的那个故乡的形状在现实中没有了，消亡了。农民离开土地，那和土地联系在一起的生活方式，将无法继续。解放以来，农村的那种基本形态也已经没有了。解放以来所形成的农村题材的写法，也不适合了。"[1]农民尚且离开了土地以及"和土地联系在一起的生活方式"，更遑论作家。至于当下高度活跃的新一代作家，更是几乎全部生活在城市，他们中的一部分人或许有过乡村生活经验，但这种经验已经在现实中远离他们的日常，或者仅仅是构成某种景观化/情感化的"童年经验"、"少年经验"。从总体情况来看，出生、成长于城市的作家，正在挑起当下文学创作的大梁，并且势必在未来成为中国文学的主体力量。基本现实如此，而当代文学的生产传播方式，以及如今文学写作行为的常规形态，又很难允许作家像当年的柳青、赵树理、周立波、马烽等前辈一样，在事实上长期定居在乡村（相对常见的方式，是作家"定点深入生活"或去乡村进行阶段性挂职），因而，在绝大多数作家那里，乡土经验已经无法构成其日常现实生活中的"经验主体"。传统意义上的"农村作家"已经越来越少。写作者与乡土世界间的"直接关联"，正在变成"间接关联"。

就后一方面来说，乡村在"力量输出"或"资源生产"层面的地位也发生了显著变化。中国革命是"农村包围城市"，人力物力输出要重点依靠乡村；但在如今的经济建设过程中，整个社会的重心（关注的重心以及资源配置的重心）必然会向城

---

[1] 贾平凹、郜元宝：《关于〈秦腔〉和乡土文学的对话》，载郜元宝、张冉冉编《贾平凹研究资料》，天津人民出版社2005年版，第1页。

市地区不断偏移,这一点可以从 GDP 贡献比重上直观地体现出来。经济增长的主要部分来自城市,这是采用了宏观"国家经济盘子"的视角;从微观的乡村经济形态来看,则是"农耕不足以谋生"——也就是说,不仅是国家发展,就连个体生命的生存发展,也不再完全依赖传统农耕的方式。曾经的乡土世界,一切围绕着"春耕、夏耘、秋收、冬藏"的自然节律展开,其基本前提,是农耕活动足以满足家族里所有个体的基本生存需要,并且几乎是满足这些需要的唯一稳定途径。这种情况在今天发生了根本性的改变。由于依靠单纯的"种地",已经很难满足(或无法最大程度地满足)一家人不断升级,并且越来越多样化的生活需要,结果便是农民大量进城,变成了工人或服务业从业者。作为传统乡村世界基石而存在的劳动模式几乎被荒废:"日常乡村只剩下老人、妇女和儿童,乡间的农村劳作数量大幅减少,自然不再有以往劳动过程中的喧哗和热闹,甚至使劳作不再成为乡村生活的重要组成部分。"① 乡土世界的主要经济来源和经济增长点正从"农耕"一面移开。农业劳作当然没有消失,但它在今天正以全新的方式开展,更多现代科技甚至现代传媒的助力加入进来(例如生态农业、科技种植、各种深加工或精细分工产业链的协作建设,甚至生态旅游直播带货,等等),"自给自足"和"身体劳动"的成分越来越少。直接性的身体活动与物质积累之间的关系链条被切断了,供"身体能量—物质财富—社会关系"三者连通转换的时间区间和空间场

---

① 贺仲明:《论近年来乡土小说审美品格的嬗变》,《文学评论》2014 年第 3 期。

域也随之基本消失。乡土世界在"基本运行动力"这一最核心的层面上出现了重大变化：传统的"劳作"变成了现代体系下的"生产"，或者说，"直接生产"变成了"间接生产"。我们所常提及的所谓"乡土中国"，在其原本的概念语境中，乃是"包含在具体的中国基层传统社会里的一种特具的体系，支配着社会生活的各个方面"①。如今，这种体系的根基、用以支配"社会生活的各个方面"的"动力源"已经发生了深刻变化，今天的"新乡土"显然已无法完全对应于费孝通意义上的"乡土中国"了。

文学的重心转移几乎成为了大历史逻辑之下的必然。对此，孟繁华教授曾经说得非常直接："当下小说创作关注的对象或焦点，正在从乡村逐渐向都市转移。这个结构性的变化不仅仅是文学创作空间的挪移，也并非是作家对乡村人口向城市转移追踪性的文学'报道'。这一趋向出现的主要原因，是中国的现代性——乡村文明的溃败和新文明迅速崛起带来的必然结果。"②当然，乡村文明旧日形态的瓦解，绝不等同于乡土叙事的式微或终结；因为在关于"新文明"和"现代性"的想象内部，也同样充满了异质性和散逸动能："当今世界，现代性毫无疑问地处于散逸状态，它并无规律的自我意识，人们对它的体验也并不均衡。"③这种散逸与不均衡，恰恰促动着乡土叙事自

---

① 费孝通：《乡土中国》，北京出版社2011年版，第3页。
② 孟繁华：《乡村文明的崩溃与"50后"的终结——当下中国文学状况的一个方面》，《文学报》2012年7月5日。
③ ［美］阿尔君·阿帕杜莱：《消散的现代性：全球化的文化维度》，刘冉译，上海三联书店2012年版，第4页。

身的更新：写作者与乡土世界间的"直接关联"变成了"间接关联"，乡土内部运行的结构动力从"直接生产"转换向"间接生产"，二者在文学书写领域共同指向的结果之一，就是乡土从一个天然自足、毫不存疑的"直接对象"，慢慢变成了一个需要靠近和发现、需要去拆解和破译的"间接对象"。这种从"直接"到"间接"的转变，无疑深刻地影响着新的乡土叙事的题材选取、角度选择、姿态控制和艺术风格特征。

两种"变迁"：新乡土叙事的题材特点

现在回到文学内部，具体谈一谈"新乡土叙事"。

必须说明的是，我个人并不认为"新乡土叙事"的说法提出，是一个具有断裂意味的文学史命名行为。一方面，"新乡土叙事"与"旧乡土叙事"之间的关系不可能黑白分明、非此即彼地完全割清，相反，"旧乡土叙事"无疑是我们创作和阐释"新乡土叙事"时不可能绕开的"潜文本"、"前文本"。另一方面，类似的命名绝非今日独创，例如我前文引用到的孟繁华《百年中国的主流文学》一文，其副标题便是"乡土文学/农村题材/新乡土文学的历史演变"；文章将现代文学初期的"乡土文学"、20世纪40年代以来的"农村题材创作"与80年代以来的"新乡土文学"区分开来，其中的"新乡土文学"与本文所说的"新乡土叙事"固然指涉不同，但也很难作绝对化的区分（孟繁华认为，"农村题材"转向"新乡土文学"，最重要的特征，一是对乡村中国"超稳定文化结构"的发现；二是乡村叙事整体性的破碎。前一特征显然可与本文所论述的"新乡土叙事"作显著区别，后一特征却是二者的共同属性）。因此，我更愿意将"新乡土叙事"作为一种关于"边界"或"类型"的指认。更具体地讲，我眼中的"新乡土叙事"，是城市化深度开展、全球化高度发达的语境下，针对迅速变化中的乡土社会之自然景观、物质条件、思想观念、生活形态、个体情感结构、基层人文生态等展开的叙事。

因此，"新乡土叙事"不能等同于"新的乡土叙事"——后者是一个创作时间概念，前者则不是这么简单。若拿作品举例，同样是近些年出现的长篇小说，陈毅达的《海边春秋》、滕贞甫的《战国红》和《北障》、陈应松的《天露湾》等显然可以算"新乡土叙事"，但格非的《望春风》是否适合作为整体列入其中，我可能就会有所犹豫。需要特别指出的是，本文所谈及的"新乡土叙事"，在体裁上仅指小说。近些年，关于"新乡土"的纪实类作品（报告文学和非虚构等）成果极多，且不乏影响广泛之作，但考虑到小说的虚构叙事更能体现文学面对历史和现实的"观念态度"及"总体想象"，因而我在此策略性地选择集中论述小说。

就题材而言，我认为当下的"新乡土叙事"，主要分为两类。第一类是写"乡土的变迁"，聚焦和书写乡村世界发生的巨大历史运动和现实实践本身；第二类是写"变迁的乡土"，着重刻画乡土变迁背景下的个体形象及其日常生活行动，某种意义上可简单地认为其是写"故乡人事"。前者偏于宏观，后者取径微观。当下大多数主题文学创作都属于前者，这类作品多被冠以"重大现实题材"之名,如《海边春秋》写返乡创业潮及村落整体搬迁、《北障》写生态文明建设与传统狩猎文明间的摩擦交融、《天露湾》写江汉平原葡萄种植产业从无到有等,一眼即可辨认,属于"聚居"型的文学创作成果。后者则大量分散在当下各类乡村题材写作之中,文本形态、风格路数不一,但又显示出许多"新乡土元素"的共同特点,类似"散居"。

当然,考虑到历史运动和现实实践总是需要在人和事上获得赋形,而人与事的书写又必然以历史和现实为前提背景,二者显然会交叉在一起。因此,这种"两类"的题材划分也仅仅是相对的,区分只在于题材选取的"大与小"以及处理材料的具体方式上面。考虑到纯度过高的"宏观"和"微观"都很容易滋生问题,我所格外关注的,恰恰是那种"大小互见"、能够将上述两种题材思路融合在一起的"新乡土叙事"作品。此处试举两例。

"大中写小"的成功案例,是林森的中篇小说《海里岸上》。渔村也是乡村,用来讨生活的"海"在本质上无异于农耕区的"土"。《海里岸上》题旨宏大,直指海洋文明和传统渔业生态的现代转型。小说在内部由两个疑难推动并完成结构串连:一是"船往哪去",二是"书交给谁"。时代在发展,传统的渔业转型消失,旧日的渔船要么不再出海、搁浅在岸边或藏匿到岸上的树林里,要么出海已经不是为了捕鱼;即便真的要出海捕鱼,上阵的也已是现代化的渔船。现代化的渔船使用卫星定位导航,这就涉及"书":凝聚着前人出海经验的《更路经》,已无托付之人亦无托付必要,或者与旧人同归灰飞烟灭,或者交给收藏家或博物馆。两大疑难缠绕结合在一起,乃是典型的文明转型题材。但正是在这"大"之中,林森很好地铺展开了其中人物的经验细节和情感细节。对传统渔业生活真实具体的记录捕捉,以及对"最后一代老渔民"内心世界的探询刻画,才是这部小说真正的精髓所在。时代变迁和文明转型,被处理成生活内部(而非外部)的一个部分。个体真实的身体反应和情绪波动,在时代的大变迁中被激发并获得显现——或者可以说,林森很准确且很及时地抓住了时代大变迁和文明大转型中,极特殊的一代人的瞬间应激反应。在我看来,作品中体现出来的细节力量和情绪张力,比其"题旨宏大"更加可贵。

"以小写大"的典型文本,则是凡一平的短篇小说《公粮》。作品不厌其烦地写顶牛爷这位"八十六岁的心思全在玉米上的老人",写他在自己的八分玉米地里、自家的院子里、交公粮的路上手忙脚乱地忙活,写飞舞的蚊虫、晒干和筛选玉米粒的过程、凑齐优质公粮的艰难和他往日的光辉历史……总之,全是琐碎的细节,全是憋着劲、闷着头。几乎全部,几乎通篇。其中许多部分,近乎是自然主义甚至法国"新小说"式的。直到小说的最后,顶牛爷来到了粮所。图穷匕见。他几乎是在一种"无法理解"的懵圈状态中,迎面撞上了中国历史上一个特殊的节点:从这一年开始,中国的农民不用交公粮了。

蓝干部以为顶牛爷耳背,大声说:"所有人都不用交了。国家的政策出台了,取消所有的农业税,就是讲,所有种养的农民,都不用交公粮啦!你把公粮挑回去吧,自己吃!"

顶牛爷更惊愣了,说:为什么?

蓝干部看上去有些烦,说:让粮所的干部一个个下岗失业,明白不?

顶牛爷摇头,表示不明白。

蓝干部说:国家富了,为了让农民更富,不需要农民再交公粮了。打多少粮食,好的坏的,都是自己的。这回你听明白了吧?

顶牛爷点点头,像是明白了。他低着头,看着不再是公粮而是属于自己的粮食,既高兴又难为情,像看着一条独自捞到的无人分享的大鱼。

今天这个日子出大太阳,中午炽热的阳光直照空旷的粮所。

站在粮所中的顶牛爷,像地里的一棵玉米。

——凡一平《公粮》

"像"是明白了,以及"既高兴又难为情",尤其是小说最后一句里农民与农作物的(几乎是告别般的最后一次)身份等同……这一切无疑都是极具形象棱角和个性化质感的笔触,然而又无一不扣着小说背后重大的历史事件和时代主题。

散点、松弛与笑泪交融:新乡土叙事的风格特征

如前文所述,"新乡土叙事"的成立,在相当程度上源自

于写作者与写作对象之间的"间离效应"、传统"乡土中国"体系的规模化瓦解。而新的叙事建构,实际上也正是新的总体想象逐步重塑的文本表征——在此意义上,"新乡土叙事",同样源自于乡村世界全新的秩序及逻辑逐步建构起来的"痛痒兼具"的"历史缝隙体验"(痛痒兼具,乃是在修辞上类比人体皮肤在受伤后结痂愈合、生长新皮肤的"生理缝隙体验"过程),并且构成了对此种"缝隙体验"的风格化表达。

所有这些落实在文本当中,便形成了我们当下所集中见到的风格:叙事偏于散点化和多极化;细节和情绪经验(甚至身体知觉和话语形态)的结构性作用压过理性观念,节奏总体偏于松弛;风俗剧或喜剧的笔法愈加普遍,但背后又常寄托沉重之感。在历史想象和社会图景总体性"破碎—重塑"的过程中,这些构成了颇为典型的文学叙事风格表征——不仅仅局限于乡土书写领域。

很难脱离开具体文本而宏观地谈论风格。在此我同样举两位作家做例子。先是广西作家李约热。他的《八度屯》及收录在小说集《李作家和他的乡村朋友》、《人间消息》中的其他许多脱贫攻坚题材(或广义的当下乡村题材)小说作品,在我看来,在艺术水准和风格完成度上属于同类作品中的佼佼者。在《八度屯》里,作者的"野马镇扶贫叙事"一再被戏剧性地拦住、打碎、引开。小说开头,首先抛出的是"恶狗拦路"的难题。拦路狗的主人是贫困户建民,狗有个怪名字叫"二叔"。建民不信任上面派来的扶贫干部,狗也总与叙述者作对。人的"不信任"要从狗讲起:为什么一条狗的名字叫"二叔"?真正的二叔去哪里了？在后文里，两个问题引出来两个故事，前一个故事复杂，后一个故事悲伤，而且从根子上讲，两个故事是相互嵌套、不分你我的：悲伤的记忆使许多事情更加复杂，而复杂化的难题处置不当只会衍生出更多悲伤。扶贫的故事由此展开。

仅从这个开头就足可见，李约热的《八度屯》所面对的，是极其复杂的人和生活、极其艰难的社会实践。他当然难以顺畅、难以奔驰，而只能是走走停停、停停看看、看看想想。在李约热这里，"走走看看"甚至变成了一个形式问题、结构问题。李约热显然认清了"叙事的野马在野马镇无法奔驰"这一事实，他索性信马由缰，外松内紧地铺展他的故事。于是，我们看到了一种"闲逛"式的讲述方式：李作家从一家走到另一家，思绪从一件事飘到另一件事，最后发现许多事情都在生活的深处盘根错节，许多人物也在不同的故事单元中反复多次出现。最终，我们看到了某种类似"连连看"的结构：作品内部包含着大量的"小故事"或者说"故事单元格"，很多故事是独立的，但它们同时又是大坐标里的小元素，跟另外一些元素排列碰撞之后，就会发生"化合反应"甚至连接合体。

"走走看看"的背后，是一种"网格思维"而非"直线思维"——不是一到这里就直接朝"全面小康"、"脱贫摘帽"的终极目标（某种"总体性想象建构"）披荆斩棘狂奔而去，而是细致、耐心地挖掘一切与此目标相关的情感和事件，把相关的线索逻辑好好拼接、串联起来。某种意义上，这也是当下文学写作在高度复杂且充满不确定性的乡土新经验面前，将"时间思维"推向"空间思维"进行转换的形式表征。在这样"散点透视＋松弛闲逛"的叙事中，李约热得以充分展开自己的幽默感。忠涛的故事里，作者把忠涛说的话"用诗歌的体例来分行"，居然直接就把苦难贫穷的故事给"吟"起来、"唱"起来了。"砖头占路事件"里，当地居民面对手机视频"彼此缺席"的"云吵架"，同样充满了幽默的荒诞感。

类似的风格特征，也出现在更年轻的"90后"作家郑在欢笔下。他的中篇小说《团圆总在离散前》写当下离乡青年"年关回乡"。一群"新乡村青年"（不同于父祖辈，他们以"离乡"而非"在乡"为常态及本能），临近春节时从四面八方赶回家乡，短暂地聚在一起，撞出些新的故事。主题很集中（且很典型、很重大），但落笔是散点化的；小说并没有采取情节集中爆破、矛盾剧烈冲突的写法，推动叙事前进的是新型乡土经验（速归速离）的自由铺展，以及对新语境下新一代乡村青年的耐心观察。同样是在"返乡少年"的身上，郑在欢的《还记得那个故事吗？》敏锐捕捉到了个人成长与时代推进二者叠加过程中施加在年轻人心理上的巨大压迫力。这篇小说要讲的，乃是人世的"变"、人心的"隔"，讲的是一位青春将尽的年轻人，对理所当然的、"正常"而"正确"的人生未来的恐惧。有趣的是，郑在欢选择把一桩正剧性、悲剧性的事情，用喜剧性、闹剧性的策略来写，甚至以"不谈"的方式来"谈"。小说实际的切入点乃至构成方式，乃是"无法正常说话"——是话语理性的大量丧失，也即话语的失控现象。于是在形式风格上，这个故事在不断地"跑偏"、"掉线"，但又始终隐隐地围绕着某个不可见的力学中心,在偏离中求抵达、于沉默里求发声:它是松弛的、散漫的,却怀抱着一个"紧"如钢针尖端的意识(或念头),并在文本内部深藏着一个密度巨大的命题核心。在此意义上,我甚至认为这篇小说提供了当下某种典型叙事策略的代表样本。

这样的叙事策略和叙事风格,会很容易把着力点落在"身体知觉"上面。如果说认为话语失控是"舌头问题",或许还有些"过度阐释"的嫌疑;那么郑在欢的另一篇小说《收庄稼》,则是毫无疑问地把复杂的乡村经验和时代情绪落在了鼻子(嗅觉)上面。小说的开头是:"田地里有一股浓重的臭味,那是龙头发出的味道。"龙头是一个人,他的坟就在我们的庄稼地里,但坟没有埋好,尸体臭了。身体关联接通着社会关系。在小说里,与龙头有关的,是一个典型的"熟人社会"故事,却牵连着一场进入"陌生人社会"后、被"陌生经验"吞没的"意外死亡"。这是极富"新乡土"特色的。小说的最后一句是,"大家不紧不慢地走着,两分钟之后,我们完全走出了龙头的臭味。"整篇小说也的确是"不紧不慢地走着",平静、寻常,却充满了"走出某种生活/经验域"的告别感乃至仪式感。这种仪式感,在郑在欢的小说里,大多是通过"喧闹的沉默"、"荒唐的合理"、"带哭腔的笑"传递出来:纵观《驻马店伤心故事集》、《今夜通宵杀敌》等小说集,郑在欢的小说往往带有一种真正的幽默。而这种幽默之所以得以成立、具有价值,乃是因为这幽默本身的复杂性(其复杂性几乎与全新历史语境下的乡村生活同构),是因为那些以幽默的方式曲折呈现出来的东西:

人世间天然的残酷和朴素的苦难,以及残酷和苦难的背后,那些深沉的悲戚、无尽的"不忍"、那些屡遭伤痛之后依然不改的爱与希望。我想,这种"笑"与"泪"的交融,以及"松"和"紧"的辩证,并不仅仅出现在李约热或郑在欢等个别写作者身上,而是已然初步显示出某种时代风格的普遍性、典型性。它们不仅构成了"新乡土叙事"的阶段性风格特征,同时也在不断印证、拓展着当下文学写作的尊严和可能。

现实主义文学"理想性":从"时间的呐喊"到"空间的彷徨"

文学应当以怎样的姿态来面对、表现和阐释现实?换一种更加具体的说法,如果作家想要在现实主义文学之中注入强大的"理想性"或曰"精神指引力量",此举在伦理上是否可行、在操作上如何实现?现实主义文学的"理想性"话题,近年来受到了越来越多的关注。这当然与今日中国的具体语境——现实本身呈现出空前的复杂性、现实主义文学潮流强势回归、文学"培根铸魂"的使命得到再度强调——有关。然而,如果放长眼光,我们会发现,这一话题其实早从现实主义文学引入中国之初,便已经摆到了作家和文学批评家的桌面上。

一

1920年,茅盾在《文学上的古典主义、浪漫主义和写实主义》一文中便进行过这样的思考:"写实主义的好处,同时也是写实主义的缺点。他把社会上各种问题一件一件分析开来看,尽量揭穿他的黑幕……但是徒事批评而不出主观的见解,便使读者感着沉闷烦忧的痛苦,终至失望。"茅盾所言的"写实主义",基本可以约等于"现实主义"去进行理解(这一点,留心原文题目的概念并列方式便可知一二)。茅盾的矛盾之处在于,依照现实主义的"原教旨",文学应当客观、冷静、真实地再现世界;然而茅盾及其同道之人对现实主义文学的期许和野心,显然不止于此,烦忧和失望的一再重复显然不是他们引入现实主义文学的本意。关于这种困扰,以及困扰过后的"理想性突围",美国汉学家安敏成在其专著《现实主义的限制——革命时代的中国小说》中专门进行了分析。他认为,在中国这样一个缺少亚里士多德意义上"模仿论"传统的国度,现实主义文学之所以在意涵特质上发生了扭曲,并最终溢出了自己原初的形态和界限("对无法把握的外部现实的无限逼近"),乃是一种根源于中国历史语境的必然:"在中国,现实主义的引进分为两个阶段:首先是在晚清救国运动的背景下;其次作为五四启蒙运动的一个部分……新文学无疑是产生于一个多灾多难的时代,个人以及整个民族都处在连续不断的动荡与混乱之中",因此,"现代中国文学不仅仅是反映时代混乱现实的一面镜子,从其诞生之日起一种巨大的使命便附加其上"。

这种"巨大的使命",落实在文学革命之上,就是通过文学唤醒民众的灵魂、凝聚社会的力量、推动国族的复兴、实现历史的进步。这其实是中国新文学与生俱来的"理想性"基因。严复论说西方现代文明时,有过"其开化之时,往往得小说之助"的观点;王钟麒曾经对小说与"公德心"、"爱国心"、"合群心"、"保种心"的关系大书特书;更加著名(在今天看来似乎也有些夸张)的论断来自梁启超《小说与群治之关系》:"欲新一国之民，不可不先新一国之小说。""五四"时代，胡适、陈独秀、鲁迅等人的号召和努力，显然与此一脉相承、并在实践层面上大大前进了一步。这就能够解释那个时代中国知识分子狂热引进西方文学理论，并且格外钟爱"现实主义"的原因：西方文化在历史发展过程中的种种实践被认为是为中国文化发展提供了成功范本，而其中的文学"现实主义"，则因显示出鲜明的科学精神、以及关心介入公共生活的民主精神，被寄托上了巨大的渴望——知识分子们相信，现实主义文学会激励读者投入到事关民族危亡的重大社会政治问题中去，因而有益于更广阔的社会与文化变革。

在此，我们看到了"现实主义"话题背后鲜明的"时间"元素印记：当这种来自西方的文学手法被冠以"先进"之名，它显然已被放置进线性历史观和社会进化论的思维框架之内，并且人们的期待在于，这种"先进"能够真的引领人们进入那未来时间中的应许之地（现代的国民与富强的中国）。文学在"现实主义"名下是否能够做到"对外部现实的无限逼近"，似乎并不是知识分子们关切的重点；文学（作为一种特殊的语言结构）与世界的关系，被替代为其与历史进步的关系。由此，中国的"现实主义"文学，渐渐转向了如何整合现实、阐释现实（而非如何再现现实）的狂热。它在对现有世界的模仿中，暗含了它的阐释、它的想象、它的态度乃至它的呼喊——对未来理想世界的饥渴，高悬于那些与"现实主义"有关的狂想之上，并渐渐以全新的生长冲破了这一概念原初的含义。

这深刻地决定了"五四"时代文学骨子里的"理想性"冲

动,乃至形态上的"理想性"实践。鲁迅固然沉痛于"我"与闰土的隔绝,却也特意写到了下一辈宏儿和水生的情谊:"我希望他们不再像我,又大家隔膜起来……他们应该有新的生活,为我们所未经生活过的。"(鲁迅《故乡》)。巴金《家》中对封建大家庭的批判背后,当然也寄寓着一代年轻人打破"旧家"组建"新家"(个体的世俗生活意义上或者集体的革命生活意义上)的理想渴求。再进一步,文学既要反映、描写现实,又要指引、推动现实;既是当下现实的镜子,又须成为照亮未来现实的灯炬,并以此真实地参与到中国革命的大使命、大任务之中。这一点,从1949年第一届文代会召开前夕,《文艺报》发表的《团结起来,更前进!——代祝词》里的提法便可见一斑:"经过了近三十年的伟大而艰苦的流血斗争,人民革命终于得了胜利。在这个斗争里面,文艺也是参加在内的。"

在这样的语境之下,"理想性"及其所着意昭示的未来理想图景,在现实主义文学中渐渐显得自然而然甚至必不可少——在此,文学的现实主义不仅是要"再现"和"模仿",更要落脚在"启迪"与"鼓舞"。我们从中听到了一种强有力的"时间的呐喊":它是历史甬道内部强大压迫力和吸引力的产物,现实主义文学的"理想冲动",乃是从责任感和求生欲中自然且必然地生发而来。

二

然而在今天,当那种曾经环绕着"五四"时代作家的"救亡图存"的历史紧迫性,不再持续出现在新一代作家的日常生活和写作之中,现实主义文学的"理想性"似乎已不再像曾经那样显得不言自明,而是重新成为了值得关注和讨论的话题。我们身处在一个中国迅速崛起并保持高速发展的时代。这是一个"未来已来"的时代,一个社会发展进入正常轨道、历史想象展开独立探索的时代——当中国模式和中国道路建立起来,我们自己成为了自己的时间标杆,那种对现代性和现代文明进行纯粹追赶适应的语境已经成为过往。与之相应,曾经长久高悬在文学头顶的那枚"历史磁极"隐退了。更广阔、更复杂的共时性社会生活,以前所未见的速度铺展、扩张开来。文学关切现实的重心,便随之由历史命运的集体性"燃眉之急",倾斜向个体在现有历史语境下的"自我安放":它所直接指向的,不再是线性历史想象和总体性时间叙事,而变成了现代主体的处所问题、位置问题、角色问题、身份问题,是其与现存世界秩序的深层关系问题。这些话题,无疑同空间结构——具体的或象征的——贴合得更加紧密。

穿出时间的甬道,这个时代的作家进入了空间的迷宫;他们和他们笔下的人物,要在这迷宫中一遍遍寻找和确认自己的位置——这关乎人物个体的自我认同,亦构成了一代人想象自我、理解世界的方式。文学的内在逻辑,由时间层面的纵向点射,更多转向了空间层面的横向散射。举一个例子来说明这种转向。在《沉沦》中,郁达夫让年轻的主人公在自渎放纵后的颓丧里,悲叹"中国呀中国,你怎么不强大起来"。这显然是一种建基于社会进化论和线性时间观的历史价值想象。今天的失败青年则肯定不会这样思考个人的境遇问题。从章某某（马小淘《章某某》）到安小男（石一枫《地球之眼》），这些年轻人固然同样鼻青脸肿，但已绝无可能把锅甩给祖国的发展进度——他们面临的问题，其实是在社会结构中被边缘化，或者说是对自己被安排的位置和角色存在着深刻的不认同。

再举一例，鲁迅当年探讨过"娜拉走后怎样"的问题。他认为，"从事理上推想起来，娜拉或者也实在只有两条路：不是堕落，就是回来"，进而是那句著名的"人生最苦痛的是梦醒了无路可以走"。没有路怎么办？当然是要进行总体性社会变革，好给人"辟出路来"。今天呢？当21世纪的中国娜拉推门走出门外，她会发现自己站在熙熙攘攘的商圈街头。遍地都是路，甚至原本不是路的地方也可供行走：她固然能够以相当传统的方式嫁个好人家，但是也会愿意接受高等教育成为精英白领、自主创业升级为霸道女总裁，等等。

鲁迅所谓的"无路可走"，直接关联着社会总体变革的"大理想"，这理想几乎是不存在疑问的。而今日的娜拉们，她们面对的却是个体选择的"小理想"，这些理想会随着一人一时一地的具体境遇而产生偏移调整，因而是暧昧的、复杂的、充满不确定性的——它也因此而在某种程度上退化了总体共振和群体通约的能力，故而很容易在"小径交叉的花园"里，落入相对化的时间想象和绝对化的空间处境之中。

在此意义上，"时间的呐喊"正在被"空间的彷徨"所取代。这里的空间既是实体意义上的，更是象征意义上的，它意味着一整张社会功能网络、一整副生产关系链条：如同列斐伏尔所说的那样,空间是一种生产方式,甚至意味着一种自我再生产,"交换的网络、原材料和能源的流动,构成了空间,并由空间决定。这种生产方式,这种产品,与生产力、技术、知识、作为一种模式的劳动的社会分工、自然、国家以及上层建筑,都是分不开的",而"这些生产关系,在空间和空间的可再生产性中被传递着"(列斐伏尔《空间与政治》)。这种空间网格的细化切分,及其对个体生活经验和情感结构的切割重组,造成了我们时常提及的"碎片化"状况。它的确为今天现实主义文学内部"理想性"的展开和成立制造了难度、提出了挑战。

三

从时间到空间的转向,客观上导致了文学的某些困境。与此刻本文话题密切相关的一点便是,当民族存亡已不再成为问题,国家富强和民族振兴已经成为现实,或在可以预期的未来即将成为现实,那种曾经催生并支撑了中国现代文学(以及新时期之初的中国当代文学)的、极其明晰而迫切的、作为庞大对象出现的"理想"隐退了。随之隐退的,还有文学登高一呼、山鸣谷应的共情影响力。在高速而平稳的历史快车上,人们各归其位、对号入座,过起了自成体系的小日子。纵观新文学百年历史,这样的情形我们其实并不曾经历太多。

因此,在某种意义上,我们可以理解今天的中国文学,尤其是中国的现实主义文学,为何显示出一定程度上的"理想性"疲软。诸多在创作实践中频繁出现、遭受诟病的问题,也正与此有关。例如"失败故事"问题：我们的现实主义文学为什么常喜欢写那些暮气沉沉、疲惫不堪的失败者？因为在个体经验的世界里，"坍塌"比"建构"更容易在集中化的矛盾中产生出戏剧性的轰响；反而是个体成功的故事，一不留心便容易被消费主义的快感逻辑捕获，落得个"通俗"、"肤浅"的指责（事实上，类似的"逆袭"叙事更多是在网络文学和影视作品领域大行其道）。再如"比恶比狠"问题：人性的黑暗面似乎更容易显得"深刻"，因为它超出了一般人的常规情感逻辑，是一种反常化的经验甚至是"反理想"，而找"反例"总是比找"通约数"来得简单。又如"行动无能"问题：当下中国小说里的人物常常陷入某种迷茫状态（具有部分非理性色彩），他们常常是以凌乱铺张、似是而非或者不知所终的方式来展开自己的话语和动作，寻寻觅觅、思绪万千但最终也没有得出什么所以然来——把某种暗示性的精神启迪寄寓在含义暧昧的行动或处境之中，似乎正形成新的"故事套路"。还有"经验堆砌"问题：眼花缭乱的时代生活符号以纯粹数量堆积起巨大的安全感和自信心，仿佛人物（及其生活）本身便是这些经验符号的集合体；可惜，它们常常只是以景观化、模式化、背景板式的方式出现，既游离于人物的精神世界之外，亦未曾对现实世界本身有更本质的触及。

　　这些症候，显示出写作者在处理现实经验之时，理想性及精神指向的萎缩、缺失。那些堆砌的经验、散乱的动作、低沉的情绪，固然可以构成现实的吉光片羽或特定观照角度，但显然不意味着现实的全部，更不足以在其中寄寓文学和人性的理想性。要解决这些问题，还需要作家努力去拓开总体性的视野和思维，从更大更高的视角，以更精微熨帖的观察，去全面而深刻地体察我们所身处的现实。

事实上，在许多年轻的作家身上，我们已经可以看到对这些症候的克服与超越。当作家对当下时代的空间逻辑拥有了更深刻的认知和更细腻的适应，他们也就不难更好地处理文学与当代现实的关系。纠缠困顿里的理想飞升随之成为了可能：石一枫《借命而生》里固然充满了无奈不甘，但更有力的是人物的执拗与坚持；双雪涛《飞行家》在平凡的喜悲下埋藏着隐秘的梦想，小说中李明奇那句"我和你们有些不同"的自白，与曦光里兀然升空的热气球一样夺人心魄；王占黑《街道江湖》系列小说涉及老龄化问题，本应悲苦的题材，却在文字的擦洗下显示出温情和趣味；郑在欢《驻马店伤心故事集》中多次写到的那位圣女菊花，其看似不可理喻的拒绝姿态，其实暗藏着极其可贵的精神世界自我坚守。

回到话题本身。当集体性的历史焦虑，渐渐融化在以更宽阔方式打开的个体生活世界之中，时间逻辑主导的文学想象，便随之进入了空间逻辑的范畴。这似乎造成了传统"理想模式"的承续困难，但绝不意味着文学不再有理想可言。事实上，在浩大的生活之网上，每一处连接点上都承载有独特的故事；关于其自身的"理想"，都存在着自己独特的话语模版及想象方式。即便我们已难以用同一种理想范畴去通约和指引所有的故事，那种人性光辉和精神力量的注入，依然成为可能甚至不可或缺。在明确、具体、稳定的理想模式退隐之后，重要的是建立起观照时代的总体性视野、想象时代的综合性方式，以此让不同的话语和经验汇织出可共鸣的精神气质、呈现出更丰富的理想蓝图。这种蓝图将会更加丰富、更加包容，多解与浩大之下是我们时代的内在统一性。在今天，现实主义文学的"理想性"语境，已然由"集中的迫切"转入至"宽阔的契合"；气势恢宏的大合唱，将以另一种方式进入到无数变调汇成的和声之中，最终构成众声交织的总体性话语场。这是冲出历史三峡之后，"潮平两岸阔，风正一帆悬"的新的风光——这宽阔的景深里，无疑孕育着中国文学和现实主义新的激情与可能。

"当下性焦虑"与"虚伪的材料本位主义":
有关青年创作的一种反思

一

很长时间以来,我们都在呼唤文学对当下经验的表达和阐释。文学怎么写当下?怎么塑造新的人群?怎么捕捉新的生活经验?今天,这似乎变成了中国当代文学最重大的关注甚至焦虑之一。事实上,从卫慧、棉棉一代"蝴蝶的尖叫",到"新概念"作家群体一度张扬的叛逆青春,再到近年来文学界对"90后"青年作家的格外关注……先锋文学大潮退却后,许多能引起文坛大争论、大热情的事件和现象,其内在多半与我们对新形象、新经验、新生活、新想象的召唤冲动有关。我们一直在急迫地呼唤文学,希望它呈现出更加强烈的"当下性";而这种呼唤和期盼,往往会自然而然地落在浸润成长于新经验之中的青年写作群体身上。

藏在这呼唤背后的,或许是一种隐秘的焦虑:当时代经验以指数级的速度加快更新,文学这门古老的手艺,对此的跟进却显得有些吃力。如若同电影电视剧等依靠画面语言实现表达的新兴艺术文本相对照，这种焦虑便显得更加突兀而几近于恐慌了。难道不是吗？很大程度上，我们的文学所最擅长处理的依然是土地的抒情、历史的波涛，及至近些年迅速兴起的"小镇故事"，事实上也同我们当下最核心的时代想象之间存有一定的时差。当然，我绝不是说这些古老的命题已失去价值，问题在于，最"当下"的经验元素——例如信息时代的都市生活结构和消费时代的个体行为景观——在文学中似乎的确没能获得足够充分、足够深刻的展开。这不能不说是一种遗憾，或者说制造了某种读者层面的不满足。这样的状况或许并不能完全怪罪我们的作家们，面对这样高度新鲜、急速变动而又相当碎片化的当下现实经验，文学创作的难度的确是存在的；而用镜头生动拍摄出大都会的表层奇观（那些以艺术品维度界定自身的影视或视觉作品则不在此列）、抑或干脆用流量短视频烘托出时代生活的吉光片羽，无疑要比用文字挖掘出当代经验的抽象神髓和深层逻辑要容易得多。在一个高度感官化、符号化的时代（借用波德里亚的概念来表述，我们可以说这是一个充斥着"仿象"的时代）中，作家若试图——以真正文学而非哲学的方式——厘清感官材料与符号逻辑间的关系，并进一步建构、复述其与个体精神世界间隐秘却必然的关系，确乎是一件狗咬刺猬般令人挠头（乃至头秃）的工作。

有关于此，可能的应对方式也有很多。例如，我们已经看到有大量文学作品在强调"当下现实质感"：各种眼花缭乱且极具代表性的现代世俗生活内容，正被这些作品成批量地塞进文学记忆的集装箱。问题在于，在这轰轰烈烈的"装填运动"中，

"当下"与"文学"真的充分结合了吗？或者说，当下现实生活经验，真的已经与文学性融洽相处，进而获得有机的美学合法性，并被嵌入时代的精神坐标系了吗？对此我表示怀疑。事实上，在我看来，我们今天的文学创作现场中，出现了一种奇特而又颇为隐蔽的现象，我称之为"虚伪的材料本位主义"。

先说"材料本位"。当下许多文学作品里，塞满了花样迭出的"当下生活材料"。名牌坤包、化妆品、咖啡、文身、小众音乐节、旋转餐厅、酒吧和夜总会……海量的"物"以及围绕物展开的动作，织构起有关时尚青年或白领阶层的生活想象，仿佛人物（及其生活）本身便是这些材料的集合体，又仿佛作家祭出了足够多的现代生活符号便是写好了现代生活及其中的人。这些材料和符号以纯粹数量堆积起巨大的安全感和自信心：看！我写得多么当下！与我们这代人的生活多么相关！然而，为什么又说这种材料的堆积是"虚伪"的？因为它们常常以在场的方式缺席。表面上看起来，这些张牙舞爪的材料戏份很多，但实际上，它们多是以景观化、模式化、背景板式的方式出现，不是活体而是标本，不是承重墙而是石膏罗马柱，因而随时可以被贴上标签，也随时可以被替换甚至拆除。它们体量庞大，却是虚胖的，常常游离于人物的精神世界以及故事的核心意蕴之外。

于是，我们一次次看到这样的场景：孤独的少年坐在音乐酒吧里谈论爱情，其精神姿态和情感结构却像是躺在麦地里仰望星空的海子，甚至与千年之前跪在女子窗下吟唱小夜曲的法兰西骑士相差无几。或者，这一个故事里喝酒的少年，与另一个故事里逛美术馆的少女在精神面貌上极其雷同。偶尔这些人物喝醉了或逛累了，跑到大街上撒撒泼，装疯卖傻之中说不定有几句台词或者几个身段泄露出时代生活的秘密——可是等一下，为什么我笔下跳出的词汇是"台词"、"身段"？也许在潜意识里我就认为这些笔触往往太过仪式化以致让人联想起古希腊的环形剧场，事实上绝大多数聚光灯从天而降的刻意处理都很容易虚化成寓言，而寓言对现实语境的"浓缩"有时更像是"抽离"，因而近乎一种逃避。我们时常会遭遇那些喝着2018年啤酒的18世纪主人公，也时常会见证作者用极其个性的材料讲述了一个毫无个性的故事。经验材料与文本灵魂之间关系实际上不大。

在这类"虚伪的材料本位主义"案例中，作者及其作品没能呈现出文学作品与现实生活、当下经验与当代精神间的相互生成、互为因果。其经验皮囊或许是十足"当下"的，但这种"当下"有时更像是表层装饰（譬如一件外套、一副耳环），而与文学本身关系不大。这不能不说是一种失败。除此之外，更严重的负面效应是，当这样的作品被大量推出并且得到了某种意义上的肯定，它们其实会对相关经验材料本身的诗学可能性造成损伤。虚胖的材料铺排、千篇一律的意象冲击、对经验表象的廉价物理性提取……这一切正在透支相关经验的美学刺激性及历史刺激性。它会使读者变得麻木，从而也无形中败坏了经验自身的美学效力、扼杀了文学自身的生长空间——它会使日常经验的大片领域，在诗学意义上变成过度耕种后的盐碱地。当下文学界对日常经验书写的反驳之声、对总体性缺失的责难，等等，不能说与此完全无关：各种隔靴搔痒、交叉复制、皮笑肉不笑的生活内容铺排，难道不是对日常经验书写的自我污名化吗？

二

此种困境之所以出现，背后的原因也是多重的。前提般的大背景是，这个时代的确不好写。我们生活在一个不确定、不稳固、表里皆变动不居的世界中。卢卡奇认为古希腊人的生活世界是没有什么疑问的，头顶的星空就是人们脚下的地图（卢卡奇《小说理论》）。这样的时代一去不复返了，有关于此，希利斯·米勒曾经从海德格尔的基础上出发进行过阐释，他认为现代人生活在一个神已隐没的语境之中，留下的只有孤独的自我和相对的历史主义世界（希利斯·米勒《神的隐没》）。在这样的语境之下，具象经验与抽象心灵间的联结方式也往往是滑动的、存疑的，甚至是随机的、虚假的。然而这不是我要在此展开谈论的话题，我们暂且把它留给波德里亚、费瑟斯通和文艺学专业的博士生们好了。世间绝大多数问题的根源都是双向的，我要谈论的不是时代的原因，而是作家的原因。而这原因在我看来至少有三重。

第一重原因首先在于，作家即便是青年作家，其对新的时代经验有时并没有我们理所当然认为的那般熟悉。就拿"都市"举例子吧（在中国的文学语境中，"新的时代经验"与"都市经验"两个概念间有相当大的面积重合）！中国城市化进程大规模加速，其实主要是改革开放以来几十年间的事情；大量极具实力的作家其实对城市生活（当下新经验最具代表性的载体）缺少那种潜意识般的熟悉。2014年，张定浩在一篇文章中提到，"城市小说是那些在一个城市读过小学的人才有可能写好的小说"（张定浩《关于"城市小说"的札记》，《上海文化》2014年11期）。似乎说得有些武断，然而若我们将此理解为一种文学修辞，其道理无疑是对的：他所强调的其实是一种生命本能般的熟悉，犹如莫言那一代作家熟悉土地一样。这种本能般的熟悉乃至潜意识中的生命同构性，在今天的作家中，其实并未充分普及。而对新经验的不熟悉，其实可以在文本中体现为两种看似完全相反的症候。第一种不用多说，那就是"不写"：惹不起还躲不起吗？不熟悉的东西我绕过去！大有深意的是第二种，那就是"炫示性书写"，或者说是"过度书写"。这其实是"不熟悉"在集体无意识层面上的镜像投影：只有"他者"和"异物"才是有炫示价值的，当作家以炫示的方式书写新的经验、新的物象，其实恰恰反向地说明了这些经验和物还没有真正成为自身的血肉组成部分——它依然是"不熟悉"的并因此充满了刺激性的气味。一滴水落在滚油中会爆炸，但水在水中不会炸，油在油中也不会。那些炫示性的笔触背后，有时其实埋伏着一群乔装打扮的疯子，他们身披不属于自己的奇装异服，想以此给自己的正常人同类制造惊吓。当然事情要分开讨论，"炫示"、"装疯"有时是特定历史阶段的产物，例如卫慧、棉棉笔下的上海夜生活。在那一代所谓"'70后'美女作家"的历史语境中，都市夜生活的确是新鲜出炉的怪兽，诸如

"摩登"、"新新人类"这些在今天看来充满老照片般怀旧感的词汇,在当年具有十足的刺激性。这是卫慧、棉棉们"炫示"、"装疯"的资本和历史合法性所在,她们神经质般迅疾而混乱的话语暗示着新的话语世界、她们走在"通向下一个威士忌酒吧的路"上犹如走向新历史的大门、就连那些地图般散布着欧美国家名字的性爱经历也可以被阐释为"全球化时代的身体隐喻"。但是今天,如果有谁还以这种方式来创作小说,就不得不冒上被毒舌评论家斥为"傻帽儿"或"土鳖"的风险。举一个再切近不过的例子。上世纪90年代,洋酒还是具有象征性甚至仪式性的物件,那时那个名叫李壮的评论者还处在能够在街边大树根下公然撒尿的年纪;而在十几年后,李壮会在大学宿舍的破橱子里常备一瓶杜松子酒,并在每一个上完自习又累又饿的夜晚祭出一种丧心病狂的宵夜吃法:吐司面包抹老干妈辣椒酱,配上一杯杜松子酒。在这样的场景中,我喝下一杯杜松子酒如同路边的北京大爷"吱溜"嘬一口二锅头,它的诗性于我当然不再是仪式性的而是日常性的。然而直到今天,关于当下生活的诸种符号表征,我们所看到的依然是"仪式性炫示"居多、"日常性渗透"较少(当然"日常"原本就比"仪式"难写),许多作家的笔触在努力多年之后依然未能刺穿经验表层的表演型铺排。从《上海宝贝》到《小时代》再到如今的种种当下题材小说,我所看到的质变似乎并不如预期中的多,作家经验结构、认知结构在历史时间层面的相对升级滞后与此不无关系。

第二重原因,在于审美逻辑的惯性。之前读到青年评论家贾想一篇谈张枣的文章，里面有一处细节很有意思：在一首诗中，张枣写到了地铁。地铁是一个非常典型的都市意象，在某种程度上我认为地铁的物理形态和运行节奏直通都市文化的内在气质核心。但张枣最后写出的诗句，却是形容自己在一张哆嗦的桌子前给爱人"你"写情书。对此，贾想这样评说："张枣一接触人造世界的现代意象就被挫败了。比如写地铁，他完全将地铁变成了一间写情书的移动房间：'蛰到一张哆嗦的桌前给你写／情书'。这个房间在诗的结尾慢慢虚化，最终和诗人的内心融为一体：'当我空坐床头，我仿佛／摸到了那驰向你途中的火车头。'一个复杂的钢铁意象被软化为抒情的幕布，成为装饰性的背景。可见，张枣对地铁本身这样的现代物象是无感的。他这首诗看似是咏物诗，其实巧妙地绕过了物象，回到了自己熟悉的对二人关系的抒情当中……胃口极为挑剔的张枣，慢慢意识到了自己并不喜欢这些粗糙的、难以消化的现代意象"（贾想《是死去的张枣在使你不死》，《北京青年报》2018年3月9日）。诗人潜意识里恐怕还是觉得，地铁以及摇晃的都市生活，比不上纸质情书和镜中的"你"更具有诗的力量。这种问题其实具有普遍性。"春风得意马蹄疾"是诗，难道大雨天里送外卖的摩托车就完全没有文学性吗？"蜡炬成灰泪始干"是诗，难道手电筒和LED灯就不能入诗？文学绝不是那么狭隘的事情，狭隘的有时只是作家自身的审美惯性、或者说耽溺于意象舒适区的惰性。故而有时我们的作者看似使用了大量材料，但文本的精神内核、情感生成方式与这些材料却是无关的，材料在根子上并没有进入作者的审美表达"词库"或者说"想象谱系"：

当他们说"地铁"的时候,其实是在说"黄花梨木镂空雕花案几"。

第三重原因,则更多与技术或功力相关:有些时候,作者没能把那些新经验、新内容融入故事结构,乃至化作结构本身;一切外在的景观,没能够经由艺术之功生长成人物的精神景观,因此也就无法提供时代精神的内在参照系或隐秘指向。这样的故事未必不是好故事,但毫无疑问,它不是一个真正当下的故事。或者可以这么说:是作者没能把它写成一个真正当下的故事。此种症候有不同的体现类型。有时,它表现为"气力不足",例如孙频2017年发表的中篇小说《松林夜宴图》。这篇小说总体来看是一部不错的作品,但让我感到遗憾并略有诧异的地方在于,作者对于父辈祖辈经验的虚构处理显得从容不迫、诗意充盈,对于自己同时代人生活的处理却有些慌乱无力,以致无法将其很好地嵌入主体叙事结构之中。也正因如此,小说前后两部分出现了较为突兀的分裂,当下经验因其过度的切近性,使得作者在提纯梳理过程中出现了问题——过于繁多、过于真切也过于强悍的当下生活图景如旋涡般使小说家失去了方向感,她被经验主导和支配了而不是相反,经验的碎片(包括由此构成的情节支线)以不太可控的方式被甩出了故事的框架结构。当那些年轻的身影寻寻觅觅地走上前台,我看到小说的细节越来越真切、内容越来越充实,作者的气韵反而越来越虚弱下去,感觉不是写作者的声音在统领指挥经验,而是经验随时可能吞没写作者的声音。最终,作者不得不以一种粗暴的方式去展开强行的归拢和提纯,把纷繁复杂的时代生活图景同一种空中楼阁式的理想或者说理念强行结合在一起，她试图以此重新找回叙事的方向感。于是，情感彷徨与欲望放纵、略带病态的性爱和亲密关系，在小说中被赋予了浓烈的孤独感、宿命感乃至献身情怀，继而又同国家民族的历史创伤似是而非地结合了起来。问题在于，即使是写宋庄、写文艺青年的欲望生活，我们为什么不能踏踏实实地写？如此般悲怆、自我陶醉、强行赋予诸种宏大阐释隐喻的写法，其实会同时消解经验和观念这两者，也暴露写作者自身的不自信；它把作者试图强行掌控船舵的略显狼狈的身姿如实展示给了读者，我们仿佛能够隔着纸页听到作者正透过主人公的行为竭力呐喊：你看我其实是在写历史创伤，我是在写扭曲与孤独啊！

还有一些时候，这种症候表现为"意图不清"：作者对时代经验的采撷提取是在一种自发的、本能的、随波逐流式的状态中展开的，其收束便难以避免地陷入到似是而非、模棱两可的境地，以至于在无力的漫漶中消解了自身。例如周李立的《黑熊怪》——同样是一位比较成熟的青年作者，同样是一篇整体在及格线以上的作品，我认为在这种语境下拿纯粹的烂作者、烂文本作为反例开刀是没有什么意义的——我认为这篇小说代表了当下颇为常见的一种"猜谜"式的写作。这类写作，会把"谜面"打造得丰富、多元、精致，继而指出（至少是强烈地暗示出）"谜底"的位置，但却故意省略了"解谜"的环节。小说写一对白领夫妇，在一个周末去厦门参加好友婚礼并顺便度假，然而从计划出行一直到开始度假过程中，这对夫妇就一直在为一些似乎莫名其妙的生活琐事而纠结拌嘴。这些生活琐事的背后，当然会有生活中一些更抽象也更根本的矛盾在；而故事的主体内容就是这两人各种磕磕绊绊，各种事想解决又解决不了，许多话想要说但说来说去又说不清楚。小说的最后，是二人在下榻的酒店里遇到一场展销会，一位工作人员穿着一身黑熊怪（熊本熊）的公仔装。女主人公此时忽然迎来了情绪的爆发：她冲向这个巨大的黑熊公仔，与这个可能是她丈夫（丈夫在刚入住酒店时，为了讨好她借穿过这套公仔服）但更可能是陌生人的"黑熊怪"紧紧拥抱在了一起。客观地说，小说在日常经验细节的刻画、在对当下大都市个体内心的紧张焦虑状态的表现上，做得比较到位。"比较到位"，横向比较打个七八十分，这本身没有什么多余的话好说。我想要多说两句的是小说的结尾，也就是小说对经验材料的收束方式。重压之下的个体，向一只巨大的熊本熊公仔索取拥抱，向一个很可能与自己无关、始终看不到真实面目的陌生实体寻求安慰……这其实是在一系列极其现实、甚至带有庸常现实主义色彩的经验铺展背后，加了一个带有些许超现实色彩的象征主义结尾。熊本熊公仔意象具有很强的延展性和阐释性，它与当下人的生活方式乃至青年亚文化话语体系间都能够建立起宽阔的互释空间。考虑到以熊本熊为主题的动图表情包的广泛流传及对青年人社交生活的充分介入，我们甚至可以说它具有某种时代生活的文化符号色彩。由此来赋予故事某种内在的价值隐喻、切中当代青年群体内心世界所面临的许多问题，这自然是行得通的；黑熊怪的陌生拥抱背后，似乎也藏有某种精神慰藉的可能。但实际的问题在于，这种精神慰藉是什么、来自哪里、究竟是本质性的还是随机性表演性的、它的结构机制乃至悲剧性或虚假性何在，作者未必能够想清楚、说清楚。唯一清楚的是，"黑熊怪的拥抱"这样一种收束方式，能够留给读者一种思考、一串联想。于是，经验富足的"谜面"写好了，"谜题"看上去也很有料，然而"谜底"却似乎始终处于悬置状态，只能由读者自己去猜。这是当下写作图景背后近乎习焉不察的隐患：诚然现代小说可以是一场不知所终的旅行、一次不求解答的发问，但无论如何，答案和终点的缺失也应是一系列探寻之后无奈又必然的安排（由此缺失将成为另一种形态上的充实），而不能从一开始起便预留为感性漫漶后的敷衍方案——正如材料的堆积不能仅以自身为目的一样。

综上而言之，今天的青年作家在当代生活的经验材料方面拥有了更为充分的积累，但在与此配套的潜意识同构程度、美学敏感性、结构把控力和思想统摄力等方面，却依然显得底气不足。这是"虚伪的材料本位主义"问题出现的根由所在。

三

纵观文学史，波德莱尔的诗歌世界与十九世纪巴黎的纵横街巷是难以分割的；如果从背景里剔除了小酒馆、底层的性以及脏话，布考斯基的诗句也会变成歇斯底里、不知所云的号叫。在这些作品中，文学在时代经验的身上获得了充分（且必要）的展开，时代生活内容也因此获得了诗性和精神维度的景深。这才是我们所期待的"文学当下性"，才是时代经验材料在文学文本中的"正确打开方式"。

事实上，就近而言，我们也能够看到身边一些较为成功的例子。例如，双雪涛笔下的东北厂区为什么具有魅力？因为他是把政治经济学意义上的转型和个体心灵的犹疑结合到一起去了，社会大历史与人的精神史在他笔下是同一件事不可分割的两面，破败的工厂和破败的人在这里是相互阐释的，谁也离不开谁。而那些国营厂区遗迹（时代的巨大废墟）上衍生出来的故事，也同样演绎出十足的当下性色彩——又有谁说"当下性元素"就一定得是新生儿般鲜嫩而指向未来的呢？双雪涛笔下的经验材料固然也不是以高度组织化、秩序化的形态呈现出来，然而背后却有着无形的引力布置。如果说在20世纪以前的文学世界中（例如在狄更斯、巴尔扎克或托尔斯泰那里），作家之于经验材料的工作，类似于注水成冰，人物及行动的纷繁水滴能够自然而然、几无遗漏地汇聚到意图核心周围并结成一体；那么今天的作家所要做的事情，则更像是吹风制冷：那种先验的（总体文化思想语境的）低温已经消失，写作者需要用大量经验细节的漫延铺垫来制造出特定的语境氛围（即首先使"空气温度"降至冰点），在此之后，凝水成冰的核心环节才成为可能。双雪涛笔下那些胡茬般旁逸斜出的对话和动作目的在此，石一枫完成度最高的几部小说作品（如《世间已无陈金芳》、《心灵外史》、《借命而生》）里的插科打诨、贫嘴耍浪和戏剧化场面同样有此功效。经验材料在他们笔下，实际是以弥散的方式指向了隐秘的核心。

另外一些时候，无需总体性的引力布置，细节自身的精准突刺同样可以"点铁成金"。于一爽《每个混蛋都很悲伤》里面,不乏荒郊野岭骑单车这样的文艺场景,亦不乏婚外恋情或美人暴毙这样的刺激性元素,但这些并不足以打动我;真正使我心中一动的,倒是小说最后看似无意的一笔:男主人公深夜独坐在酒吧里回忆起曾经偷欢、此刻已化为骨灰的女子,吧台灯光在他身上打出明暗交界的分裂,而手机里他正和不知身在何处的死党隔靴搔痒地扯着看似轻松的淡。重与轻、真与假、浅与深、聒噪与默然,忽然间汇集于这原本毫无新意的灯光之下。这一笔拯救了这篇原本已使我感到疲倦的小说。在我看来,这一刻的酒吧已不再是消费主义的场所或欲望叙事的容器,它忽然变得同人的内心有关了。在背景音般的喧腾背后,一种充满时代共情的坚硬沉默正变得通透、响亮起来。与此类似的还有郑小驴的《赞美诗》:女主人公手机屏幕在深夜意外亮起的一刻,光与暗随之在男主人公心中劈开了不可逾越的深渊。表演、隔阂、爱慕、鄙夷……这些现代生活中司空见惯的元素,随着智能手机时代每日会重复无数次的划屏解锁动作,忽然以极富冲击力的方式被重新凸显了出来,多么稀松平常又何其触目惊心。这同样挽救了一篇似乎有点狗血的故事。当然了,还包括这个时代里不得不说的"性"。笛安的长篇小说新作《景恒街》里出现了这样一处情节,主人公朱灵境与上司"钢铁侠"睡到了一起。看似俗套的设置,却有几分不同寻常的意味:这不是性贿赂,更与真爱无关,甩锅给不可压抑的情欲似乎也有些理由不足。而笛安是这样写的:"钢铁侠的习惯,是关上屋里所有的灯……她也喜欢这样的时刻,不用像在办公室里那样,总是不由自主地取悦他。然后他们并排躺在黑暗中,谁也不想开灯,微微的呼吸声此起彼伏,男人和女人的手指不由自主地交缠在一起,像是昆虫透明的羽翼。只有此刻,他们之间才能降临一点儿真正的平等。"多么怪异又多么准确的逻辑,这个时代的性可以与爱无关、与利无关,甚至与性本身也无关,它居然与平等有关。类似的怪异和准确出现在小说的其他细部,并无形中渗透了整个故事的潜意识世界:因堵车而"众生平等"的国贸桥、唯一类似大自然(拥有自成一体的逻辑)而又从根本上拒斥人类的地下停车场……这一切"闲笔"同风险投资这一支撑全篇的资本游戏间存在着隐秘的呼应,并与纠缠其中的故事中人的自我体认及情感方式不断共振。此中含有对当代生活以及当代人心灵世界的极富穿透力的察觉、指认。正因如此,尽管作为长篇小说的《景恒街》受到了"撒糖通俗故事"、"结构简陋单薄"等诟病(这些诟病的出现当然都是有原因的),我依然会认同《人民文学》刊发这篇作品时的卷首语:"这一切构成了城市气质、气场与文学故事、叙事相洽的文本。"

此外还有一些名不见经传的作家和文本。《人民文学》2018年刊出骆平的一篇小说《过午不食》,这个故事给我留下了颇深印象:计划生育和二胎政策无疑是世俗领域的事件(甚至是有些危险的政策化、新闻化事件),但小说里女主人公自我身份意识的波动纠结,的确只有在这种具体的语境中才有可能出现——只有在二胎政策背景下,一个女人才可能合理合法地同时占有奶奶、婆婆、儿媳、未来妈妈这一系列身份,进而在这一系列要命的身份错乱中体味个体内心的挣扎、执拗、喜悦、悲哀，并由此管窥世相人心。没有二胎政策，这个故事里强烈而复杂的情感是无法以此种方式呈现的。王姝蕲《比特圈》写到了比特币"矿工"，他的欲念及其扭曲，同边缘环境里暴发户+女学生、水电站+计算机的吊诡搭配直接相关。梁豪《黑海》则把一个传统犯罪故事嵌套进北京东五环外黑车司机的生活结构之中，这样的嵌套合乎情理亦合乎氛围，它同样是当下人、事的新鲜产物……在"新经验"与"新故事"的榫合方面，这些作品都可以说做出了有益的尝试。尽管它们各自存在着种种完成度上的不足，甚至某些方面还显露出较为明显的残缺，但至少其中的时代经验乃是在与文学本身相互交融、相互实现，而不是"虚伪的"或"本位主义的"——很简单，只有在这些特定的生活处境之中，人物才会这样说话和行动，才会面临这样的选择和问题。也正是在这种状态之下，"文学的当下性"或者"当下性"之于文学，才真正成为可能。

"非秩序化"的动作及其隐喻

一

从表面上看,"小说中的动作"不像是一个富有深意的话题。一系列动作构成了行动,一系列行动构成了情节和故事,这样的逻辑链条没有太多疑问,它近乎常识。然而,在看似明晰的表象之下,"动作"与"小说"又存在着更加复杂暧昧的关联:从古典时代直到今天,小说里动作(以及对动作的描写)的所占比重、呈现方式、自身性质,都发生了很大的变化。而这种变化,在更深的维度上又与小说的技术问题、形式问题乃至现代社会的经验结构和当代人的精神处境问题,紧紧纠缠在一起。动作本身是一个非常具体的小入口,却关联许许多多重要的大命题。小说中的动作,由此为我们对特定时代文学创作和精神状况的观照阐释,提供了特殊的角度。

以当下中国小说创作现场为例。今天中国小说中出现的动作,正显示出越来越强烈的暧昧感和不确定性。人物的乱动、假动、"不知所动",成为了比较常见的现象——当然,这首先是一种事实判断,而非价值判断。

这一点，与过去时代的文学是有所区别的。古典时代的叙事文学作品中，人的动作往往显示出清晰的指向性。多数情况下，这种指向性是先验的、不存疑的——某种意义上说，这些动作是对神的模仿。卢卡奇《小说理论》一开篇就从古希腊文化谈起："对那些极幸福的时代来说，星空就是可走和要走的诸条道路之地图，那些道路亦为星光所照亮。那些时代的一切都是新鲜的，然而又是人们所熟悉的，既惊险离奇，又是可以掌握的。世界广阔无垠，却又像自己的家园一样，因为在心灵里燃烧着的火，像群星一样有同一本性。"① 对古希腊人而言，世界和自我都是不存在疑问的，所谓的"同一本性"在群星、世界、心灵和动作间，足以互成一系列和谐的镜像。这种状况在近现代以前的艺术世界中相当普遍。俄狄浦斯走向忒拜，阿喀琉斯走向特洛伊，一直到后面约翰·班扬笔下的人物走上自己的"天路历程"，都显得理应如此、必然如此，因为这些动作连缀起来构成了英雄的行动，而站在英雄背后的是神、道德和命运，它们是公共化、神圣化的真理。

启蒙时代以后，尤其是进入18、19世纪，动作跟随着动作主体一起世俗化了，但这个过程中，小说人物的动作、行为同样显示出较为明晰的指向性；或者至少可以说，其一切动作的背后都存在着一个相对清晰的坐标框架以供依凭。它或许不再是先验的，但个体理性或集体理性（政治经济学规律）的坐标系依然坚实可靠，并构成了市民社会以及历史逻辑的真理。

---

① ［匈］卢卡奇：《小说理论》，燕宏远、李怀涛译，商务印书馆2013年版，第21页。

这是狄更斯、雨果或巴尔扎克笔下人物动作和行动的必然性及合法性来源。

然而，到了现代主义兴起以后的小说之中，人物的行动元素在重要性上不断让位于人物的心理元素，与此同时，个体行动的秩序感明显被削弱了，它们常常表现出某些随机性或者碎片性的特征。以我们身边为例，当下中国小说中的人物，常常是以凌乱铺张、似是而非、不知所终、难以通约的方式来展开自己的动作和行动。为什么动作和行动会以这样的形态方式大量出现？它与小说内部的结构、与当代人的精神体验之间，有没有必然性的关联？它是否构成了这个真理——即权威性价值——缺失的时代里，一种独特且有效的自我表征形式？如果再从反方向来说，这种碎片的、似是而非的方式，会不会同时导致小说精神力量的消解，或者说被用来掩饰作品内部的空洞和虚无？这些从"动作"中直接引出的思考和疑问，关联着诸多更宏大、更宽阔的文学文化问题。

二

通过表达的自身运作方式（而未必要通过传统意义上的重大题材、典型形象或者极具代表性的经验模式）来建立起文本与时代生活间的隐秘同构性，这种构想固然会面临某种耽溺形式（或修辞）的风险，但在实际操作中未必无法完成。事实上，当下许多年轻作家在此做出了一些成功的尝试，就小说而言，作者对人物动作的表达、表现策略——即我前面所说的，对动作的非秩序化处理——便是相当重要的一种手段。

　　近年来声名鹊起的双雪涛，在此话题上颇具典型性。在双雪涛的小说中，人物对话总是如马鞭一样短促而频繁地挥动，一再地催促出人物的种种动作，双雪涛的小说由此显示出颇高的内容浓度。然而，这些动作以及动作所汇聚成的行动，有时并不相互凝聚而是会相互离散。即便在《平原上的摩西》这种因侦探小说结构的嵌入而显得相对完整的小说中，我们依然看到了大量与探案本身似乎无关的动作行为——这些部分是如此地质感鲜活、充满意味，以致我们会不断怀疑那聚拢的和那飞散的究竟哪个才是主体。《间距》这篇小说则更加典型。小说主人公的职业是"闹药"。什么是"闹药"呢？就是负责陪同编剧聊天瞎扯，以此帮助打开编剧思路的人。这类似于某种弄臣式的角色。有趣的是，主人公因为"闹"得比较好，经常冒出闪光的点子，最后居然自己被投资人看中，独立出来写剧本了。他迅速地拉起了一支队伍，队伍中充满了奇奇怪怪、初次见面的人，大家要来做出投资人交代的一部抗日剧。事情渐渐做起来后，投资人忽然因为经济问题被抓了，项目告吹。谁知这群人已经进入了状态和角色，他们决定自己继续把本子写完。其中一个名叫疯马的人物，在剧本创作过程中开始密集地爆发出灵感和激情。他慢慢成为了剧本推进的主导，却也因此越陷越深，经常喝醉，喝醉后就是一次又一次毫无预兆也不知根底的情绪爆发。小说的最后，疯马又喝醉了，半醉半梦间又是演讲又是背诵诗歌，最后甚至开始砸东西打人。一片混乱中，大家好不容易控制住了疯马、重新把他安顿睡熟。故事随之结束了。

《间距》是一个热闹哄哄的故事，但这热闹似乎是莫名其妙、不知所云的。例如，双雪涛花费了大量篇幅描写那部抗日剧的酝酿讨论过程甚至剧本情节本身，然后剧本项目忽然取消了。当一群年轻人决心坚持完成这个剧本，团队中人的一言一行、习惯细节都各自获得了极其细致的描摹，以致我们认为此中必有伏笔，结果小说最后除了一场醉酒，并没有什么反转发生。老实说，双雪涛所记录的这帮人的"日常行状"，早就离"写剧本"的"核心行动"越来越远。原本明晰的行动计划，既偶然又必然地失去了既定目标，因而显得打哪算哪、莫名其妙，最后在一次彻底的、混乱的崩塌里结束了。但是小说的意味也恰恰出现在这种混乱之中：小说中那部抗日神剧流产了，小说里的几位人物形象却立了起来。尤其是当我们反过头回味疯马的醉话——那些诗歌，关于母亲的呢喃呼唤，还有那座充满象征意味的山——不可名状的韵味就产生了。那是漂流中的个体对岸的（或许充满羞耻的）怀念，看似没心没肺的日子背后似乎还依然藏着巨大的颓唐甚至感伤。

"打哪算哪"、四散游离的动作，正因其从未将小说装模作样推到前台来的"行动"规划，其自身才变成了小说的"潜文本"：恰恰是在这种没有任何秩序可能的动作之中——包括语言，我把语言也算作一种动作——隐喻着现代人的生活处境，乃至对此处境的情感表达可能。动作的不可通约，在此与当代生活情感体验的某种不可言说形成了同构。

三

通过对既定行动目标乃至整体逻辑的背叛、偏离，来独立制造出意味和隐喻，这是动作以背叛的方式实现的自身功用的达成，它通过对自身意义的消解，达成了其与一个意义模糊的生存世界的隐喻性同构。动作之于小说的意义，在此由传统的"推动什么"、"构成什么"，变为了"暗示什么"、"投映什么"、"生成什么"——它们成为了脱出轨道却也因此获得另类生产性的"假动作"。

这样"向死而生"般的操作方式，当然不是当代中国作家的独创。雷蒙德·卡佛、理查德·耶茨的小说在此常有相当典型的体现，而海明威在《乞力马扎罗的雪》中所做的，在形式上甚至更加极端。这篇小说的主人公甚至没有做出任何真实的动作（所有活蹦乱跳的场景都不过是濒死的、时空跳跃的甚至真假难辨的记忆）。然而，肉身瘫痪之际的发泄争吵、无望又不失温暖的悠然回忆，看似属于"碎碎念"的范畴、没有任何动作发生，其实不然。海明威创造出的，是一个出现在动作结束之后的空白期（甚至腐烂期）。作者借"动作消失"这一预先张扬的结局，来回顾所有曾经切实展开过的动作。小说那著名的开头里提到了乞力马扎罗山西高峰近旁一具风干的豹子尸体，"豹子到这样高寒的地方来寻找什么，没有人知道答案。"那男人就是豹子，他已经处在一个风干的状态。他的对话，那些看上去毫无意义的争吵，包括他对往日的回顾，其实讲的都是一只豹子为什么要死到如此高寒的地方来,是怎样一步步来到这里并被风干的。换言之,这是对一系列完整动作的回忆,是在动作的死亡中投射出的、动作的活生生的投影。而这一系列动作都有一个明确的指向,那就是"豹子要来到高寒的地方来寻找些什么"。找没找到不重要,重要的是它来到了如此高寒的地方并最终死在这里。这同样是有价值的,既有使用价值也有审美价值。在此我们可以说,对"动作"的指认和理解也应当是宽阔的,《乞力马扎罗的雪》里主人公一直躺倒不动,但他恰恰是用他的僵死倒映出了极其丰富的动作、行动乃至精神世界的明晰轨迹指向。

问题在于,我们今天有些作家,在作品里塞满了各种眼花缭乱的动作和行为,以为通过足够丰富、足够典型的动作来引申出足够阔大的生活经验图景,就足够撑起整部小说。这样做的结果就是,动作原本的功能完全丧失,"向死而生"的意味也没有真正建立起来。事实上,倘若没有背后的总体构思和总体理念支撑,再多的动作也只是耍贫嘴、演马戏,看似连轴转忙不停的人物其实只是不知所措的痴呆。例如,一些以文艺青年为主要表现对象的小说里,大量毫无意义的混乱性爱关系(甚至性爱细节)以畸形而炫耀的方式,被强加象征义后填充进故事之中;一些书写底层人物的故事里,穷人一走进都市便被想当然地写成了眼冒金光、乱摸乱碰,活脱脱一位柠檬版的刘姥姥;如果是都市白领,则不书写一圈逛购奢侈品、机场误机、坐饮咖啡、莫名发火,那几乎都不好意思说自己写的是当下都市题材……这样的动作方式,连"假动作"都算不上,最多只能算是"乱动作"、"干扰性动作"或"遮丑型动作"——作者试图用人物形式上的忙碌,来遮盖作品内部的空洞、苍白甚至庸俗。

四

现在,抛开具体的文本得失判断,让我们回到开头时的疑问:如果说这种非秩序化、不可通约的动作方式,的确构成了当下时代的某种叙事策略和美学表达习惯、甚或形成了与历史语境的真实呼应,其背后更大的社会生活史、精神演变史根源,又在哪里呢?

人物做出的动作,是情节展开的方式、经验呈现的过程,也是一代人自身的呈现形式。一代人之所以成为这一代人,如何动作是很重要的一种确认方式。不同的时代,动作模式(至少是叙事艺术对人类动作的表现方式)是不一样的,这背后当然与同时代人对自我与历史/世界关系的认知体验不同有关。

非秩序化的、自我毁弃的动作方式,很大程度上,是现代主义文学的产物。它的背后,是人类文明近现代以来,在急速膨胀过程中遭遇的一系列问题。希利斯·米勒认为,近现代以来,人和神之间的关系被切断了,神处在一个消隐的状态,人被抛掷在一个孤独的世界里、一种相对主义的历史语境之中[①]。人失去了神的(先验的)坐标。用什么来替代呢?替代的坐标

---

① [美] J. 希利斯·米勒:《小说与重复》,王宏图译,天津人民出版社 2008 年版,第 3 页。

是人自己,是科学、理性,是星空般高悬头顶的现代价值的道德律。然而很快人自己的坐标又出现了问题。经济大萧条,一战、二战、冷战……这些现代文明史上的灾难事件,使得人类对自身失去了信任。紧接着,小说叙事里那些非常明确的动作,以及对这种动作的信念,慢慢消失了。人开始变得犹豫不决、茫然无措。由此出现了两种很常见的状况。一种是"不动作",心理活动作为新的动作方式出现,并替代了生命肢体意义上的动作。另外一种是"乱动作",动作无意识化,变得意义含混、难以理解。动作在小说里成为问题、出现变异的历史,与现代以来"人的神话"渐渐被质疑、被瓦解的历史,是大致同步的。

除了"人的神话"被消解的问题,现代小说里动作的困境,还与"时空权威性转移"问题有关。在这一点上,中国文学因其短短百余年间经历的急遽的历史转型,而获得了格外清晰的凸显。曾经高悬在现代作家头顶并持续制造出叙事合法性的"历史乌托邦"情结忽然消散了,作家连同他笔下的人们,迅速进入了经验肆意铺展、意义高度多元的全球化时代。穿出时间的甬道,这个时代的作家进入了空间的迷宫;他们和他们笔下的人物,要在这迷宫中一遍遍寻找和确证自己的位置——这关乎人物个体的自我认同,亦构成了一代人想象自我、理解世界的方式。时间的权威性(神的时间瓦解后,革命的时间、历史进化论的时间曾经构成了最为接近的权威性替代项)转向了空间的权威性,此中区别在于,人作为动作的主体,在前者中依然是难以替代的器皿及见证(是的,这里面天然地存在着某种宗教意味），在后者那里却仅仅是随意甚至随机散落的坐标点。空间自身建构起向内闭合的完整逻辑和拒斥个体人的权威性：它意味着一整张社会功能网络、一整副生产关系链条，如同列斐伏尔所说的那样，空间是一种生产方式，甚至意味着一种自我再生产，"交换的网络、原材料和能源的流动，构成了空间，并由空间决定。这种生产方式，这种产品，与生产力、技术、知识、作为一种模式的劳动的社会分工、自然、国家以及上层建筑，都是分不开的"①，而"这些生产关系，在空间和空间的可再生产性中被传递着"②。

这种空间网格的细化切分，及其对个体生活经验和情感结构的切割重组，造成了我们时常提及的"碎片化"状况，也对叙事文体中人物传统的动作模式造成了极大的冲击。并且，这种权威性的转换，在根本上也与"人的神话"的破灭深刻相通。小说中的动作问题，由此在更高的维度上显示出复杂性和隐喻性。

---

① ［法］亨利·列斐伏尔：《空间与政治（第二版）》，李春译，上海人民出版社2015年版，第9页。
② ［法］亨利·列斐伏尔：《空间与政治（第二版）》，李春译，上海人民出版社2015年版，第11页。

碎片的找回与想象的重构：1990年代前后文学中的"新人"书写

文学中的"新人"概念有其自身的知识谱系。在研究者的论述中，这一概念命题发源于黑格尔《精神现象学》等著作中对"新世界"、"新时代"的分析阐释，经由马克思、恩格斯关于文学中"新人"问题的具体论述，至高尔基处，"新人"的诞生则同共产主义理想的实现过程直接关联了起来①。在五四文学尤其是现代文学阶段的左翼文学里，"塑造新人"始终是重大而备受关切的任务。与左翼文学传统高度相关的中国当代文学自然继承了这种关切。较具代表性的，是第二次文代会报告中，茅盾从社会发展角度出发，对"社会主义新人"概念所做的阐释。茅盾认为，文学应当"从祖国丰富的、沸腾的人民生活和斗争中，吸取各种各样的新的题材和新的主题，创造出各色各样新的人物的形象，通过他们反映我们国家各方面新的面貌和其远景"②。

---

① 参见张清华《中国当代文学中的"旧人"形象》(《长城》2016年第1期)、《"新人"建构的现实压强与美学困窘》(《长城》2016年第2期)等文。
② 茅盾:《新的现实和新的任务》，见《中国文学艺术工作者第二次代表大会资料》，1953年，第41页。转引自宋文坛、陈芳芳《"新人"终结之后——新时期文学中的"青年问题"论析》，《渤海大学学报》(哲学社会科学版)，2017年第2期。

茅盾对"新人"的关注和论述，直接落脚于时代生活中新的题材内容、时代经验新的面貌及想象。正因如此，今天，在中国当代文学的结构版块、理念观念、生产模式都发生了深刻变化的情况下，我们依然能够拾起"新人"概念？在其原有的内涵基础上加以延伸扩充，以之为角度，切入和分析不同年代的文学作品和思潮现象。如同张柠所论，"狭义的'新人'，指的是特定文学史时期的特殊艺术形象"，但在不同的历史时期，"文学艺术家都在创造着众多的独特艺术形象……人物能够把属于自己的偶然性要素，提升到普遍性水准之上，从而显示出其'典型性……人物与社会环境和现实存在之间有着密切的关联性，人物与时代重大问题和时代风尚之间有着相互阐释的可能性……打上了'时代精神'的印记。"[①]这是广义上的"新人"。

这样的"新人"形象，紧密关联着社会环境和时代经验的发展变迁。在时代经验变化越剧烈的阶段，"新人"的形象也就越容易出现鲜明的特征和发展演变的趋势。在新中国的历史中，1990年代前后（上可溯至1980年代中后期，下可续至世纪之交和21世纪最初几年），无疑是重要且特殊的时代经验冲击期、交汇期。这段时期，改革开放深入到日常生活领域，全球化浪潮裹挟市场经济和消费主义文化迅猛涌入，现实经验和观念经验的宽度和深度都被大幅拓宽，思想与表达的空间范围及活跃度都大幅提升。与此相应，在文学的领域内，一批极具特点的

[①] 张柠：《当代文学与"新人叙事"》，《文艺报》2020年1月6日。

"新人"(多数情况下,他们是成长、生活于这一历史时段内的年轻人)形象开始出现,他们直接面对新的时代经验,并对自身形象不断展开新的想象、定义、建构。换言之,新经验里的文学"新人",试图重新审视过往文学经验中的某些因袭和惯性,开始围绕自身发掘(或者说找回)诸多在以往的"新人"书写中并未被充分展开的因子和结构。这种发掘和找回,参与了中国当代文学自身内部的发展演进,形成了一条小而独特的"新人形象分支谱系",并与改革开放的重大历史不断构成着共鸣共振和相互阐释。

找回动作:以刘索拉《你别无选择》为例

刘索拉的中篇小说《你别无选择》发表于《人民文学》1985年第3期。在以1990年代小说中新人形象为主要研究对象的论述中,《你别无选择》似乎成为了一部资历过老的"前辈作品"。依照惯常的经验,在剧烈变化的时代背景中,这样的"前辈"往往无法与后来者纳入同一话题谱系。然而《你别无选择》并未遵从这一惯例。当我们试图谈论和分析1990年代,小说里出现的那些崭新的人物形象和文学经验,我们总是不得不把线索追回到1980年代中期这篇被认为是"中国现代派代表作"的小说。它成为了某种遥远的先驱或预演。

之所以能够成为"预演",是因为这篇小说几乎完全隔绝了复杂、含混的社会现实生活背景,故事从头到尾都发生在音乐学院这样一块生活(以及历史)的"飞地"之中。在这块

"飞地"里,许多事情可以提前(乃至自行)演化:宿舍和琴房在刘索拉的文学世界里类似于"培养基"和"实验室",仅凭敏锐历史嗅觉、仅凭作家的经验洞察力和艺术想象力,便可为之提供足够的支撑和供养。在这样高纯度无污染的隔绝空间内、在文本的显微镜下,那些原本或许微不足道的菌种样本,最终得以拉出丝来、分裂增殖出庞大的菌落族群——而在实验室以外复杂喧嚣的环境里,许多事情的发生和凸显,则要艰难、缓慢得多。

称其为"先驱",则是因为,这篇小说为市场经济时代的新人书写推开了一扇关闭已久的门:它引入了某种"真空状态",在那里,叙事以及叙事中的人物,不再依附于固有想象的存在(顺从它或者质疑它、对抗它,都是依附的方式),而是产生于固有想象的瓦解、抽离。围绕"新人"的书写,不再必然地与宏大的、总体的、充满理念激情的事物或概念相关。它也可以是细碎的、个别的、非理性的。

——今天,倘若辩证地看,我们又会发现,这其实是重新返回宏大和总体的另外一种前提、另外一条曲线。

回到《你别无选择》。这篇小说的第一句是这样的:"李鸣已经不止一次想过退学这件事了。"退学并不具有颠覆性,具有颠覆性的是第二句话:"有才能,有气质,富于乐感。这是一位老师对他的评语。可他就是想退学。"一个学生想要退学,却并没有足够雄辩的理由,例如经济困难、感情受挫、能力不济,甚或不认同学校的办学观念,等等。他仅仅是对一件他被认为应该完成的事情失去了热情——更准确地说,完成一件事情在他的世界里忽然失去了具体意义（小说里其他多位重要人物，也或多或少地面临着类似的问题）。在不同的历史时段，"完成一件事"，往往关联着宏大并且近乎天然成立的历史逻辑、价值想象：在古典时代，这种价值想象常常是"修身齐家治国平天下"；在五四文学中，这种价值想象往往关乎"启蒙"和"救亡"；在经典的社会主义文学里，一件事（以及一个人）的完成，则多半指向对时代洪流的融入、在革命事业中的角色嵌入。而在刘索拉这里，这种历史逻辑和价值想象消失了。"完成一件事"不再是小说的内在核心，"不再试图完成一件事"成为了叙事的起点。

换言之，在过往的作品中，叙事动力的产生往往来自于特定叙事目标的确立；然而在《你别无选择》中，叙事动力的来源则恰恰相反——它建基于原有的、理所当然的、近乎先验的叙事目标的消失瓦解。从象征的意义上讲，《你别无选择》是一篇在瓦砾堆上站立起来的小说，这片瓦砾堆，是固有的现实逻辑、价值想象、自我认同的瓦砾堆。一种被捆绑已久的叙事能量被释放了，它的面前不再有跑道和铁轨，它现在要在废墟上狼奔豕突。

在一个不再被强制预设目标的世界中，行动本身取代了行动的逻辑和行动的意义，成为了小说的重心所在——某种意义上讲，我们可以将其看作"实践是检验真理的唯一标准"这一时代主题句，在文本内部乃至在叙事形式层面的无意识内化。《你别无选择》的内容与形式都统一在了"解放"这个关键词上。人物形象——它在这篇小说里相当直接地体现为人物的行为动作,后文马上就要提到——的可能性及丰富性随之打开了。这或许是"新人"形象塑造的新的逻辑起点:在一个改革的时代,他们抖落掉身上残留附着的想象惯性,开始重新打量自身、重新体验自身。

这一切都要从最基本的维度开始。就文本而言,《你别无选择》把"行动"还原到了最基础、近乎元素化的"动作",让一群年轻人,以一举一动的形式,重新来对自己的生活加以诠释。小说对重要人物的塑造,几乎都是从不协和、充满神经质色彩的动作切入的:"他总是爱把所有买的书籍都登上书号,还认真地画上个马力私人藏书的印章"(马力)、"他说完就用力地砸他的和弦,一会儿在最高音区,一会儿在最低音区,一会儿在中音区,不停地砸键盘,似乎无止无休了"(森森)、"只要她不愿做习题就像猫一样喵喵叫……'猫'把戴森从琴凳上挤下来,把他刚弹过的曲子改成爵士,一开始弹,'懵懂'就从座位上蹦起来,边跳边笑。只有在听爵士的时候她不想睡觉"("猫"、"懵懂")。

在这篇结构狂放、像不均等节奏与不谐和和弦一样癫狂铺排的小说里,"期末考试"和"选拔公演"是罕见的两处能起到整合和支撑作用的情节枢纽。而这两处枢纽的高潮部分无一不是更加癫狂的动作表演。在期末考试的段落中,极度的压迫感和极度的释放感,以手和声带的剧烈抽搐形式呈现,"他飞快地弹完肖邦的左手练习曲,这曲子正是那只有腱鞘炎的手当主力。弹完以后,他趴在钢琴上就不起来了。等考官哄他退场时,他一出门就跑到声乐系的视唱练耳考场外,大声唱了一个

'妈——'";考试过后,我们看到的也是动作的狂欢,"森森像个原始人一样扭动着身躯。孟野边跳边找机会倒立。他们谁也不跟着拍子……孟野正躺在地上,把谱子往自己的身上盖。"至于"公演",刘索拉对其高潮部分的描绘是这样的:"台上台下的学生叫成一片。有人把森森举到台上打算再扔下台去,有人想把孟野一弓子捅死。谱纸被抛得满天飞。'猫'飞奔到台上,飞快地吻了森森一下,随后就被大家扔到台下去了。"

在一种极度癫狂的氛围中,动作成为了年轻生命们最直接、最有效的形式表征。这些动作与人类最精密的精神性劳作(作曲及演奏)相关,却常常呈现出混乱的、无规律可循的样态(就如同文中形容的那般,"像个原始人一样")。甚至其指向及含义本身也高度暧昧——就像公演最后"猫"的吻,它只是一个吻,是嘴唇和面部肌肉协作完成的一个动作,并不意味着爱情。而小说最后,在公演里最终胜出、摘得国际大奖的森森,则深陷在混乱、沉重、解脱等几种相互混杂的复杂情绪之中,以致流下了难以清晰阐释的泪水。

《你别无选择》为文学注入的是一种涤荡扫除式的激情。它涤荡了长久缠裹在青年形象之上的想象"套路",为之解除了传统价值的、社会历史的甚至人文理性的束缚,用混乱、痉挛、不协调,以及惊人的情感力度,把"人"捶打为碎片,还原为常识、本能。这些不仅仅是"伪现代派"的解构游戏,而且客观上形成了同特定的历史语境的同构、呼应了文学发展的内在吁求:碎片堆的意义在于,它令我们能够在此重新收集和拼贴"人"借以重塑的原材料——通过对"动作"的找回,"人"的本能和能量也在苏醒。并且，在这篇小说的结尾处，当孟野从梦幻回归现实、森森从抽搐回归安静，我们也已开始意识到，作为特殊状态的"痉挛"不会永久持续；很快，自由了的身体将在新的时代空气中，重新梳理、安排和结构对全新自我的想象。

找回感官：以棉棉《告诉我通向下一个威士忌酒吧的路》和卫慧《上海宝贝》为例

动作是身体的外化。感觉，则是更加内化的身体表征形式。如果说《你别无选择》以混乱、痉挛的方式，摇碎了附着在"新人"身上的过于紧缚的想象外壳，从而恢复了"新人想象"的身体弹性，完成了对这一形象谱系的某种"重启"、"还原"，那么接下来的事情，则是要缝补出新的、更合体的想象外衣——在更宽阔的社会经验和更驳杂的人生际遇中，为"新人书写"重新结构、建立起全新的经验系统，以及与之相匹配的语言表达系统。

在此意义上，刘索拉笔下那些被无意识激情催动的、生活在音乐学院的无污染培养基里的年轻人们，必然需要走出学院的大门。他们需要通过感官，重新触摸和体认这个世界，并由此尝试建立一套对自我、对世界、对生活的想象方式。因此，在《你别无选择》问世超过十年之后，在市场经济和消费性世俗生活更加充分地渗透中国人的日常经验结构之后，卫慧、棉棉等"美女作家"在1990年代后期的突然走红，具有内在的必然性。毋庸讳言,她们的作品仅就文学品质而言并不成功,其"文学史价值"要大于"文学价值",甚至其中许多作品的价值导向在今天看来也颇可商榷。但无论如何,她们的写作构成了20世纪末中国文学经验更新、人物形象谱系更新过程中难以跳过的一环:以一种不无偏颇的方式,她们几乎是砸开了人物的感官世界,用以拥抱全球化时代的都市生活。

棉棉的《告诉我通向下一个威士忌酒吧的路》是一个很短但很贴切的样本。这篇短篇小说从头到尾都像它的题目一样,散发着酒气和醉态,并且一直在东倒西歪地往前走。一男一女,并非恋爱关系,却一起出现在上海深夜的街道上。他们所做的事情就是喝酒,他们所追求的就是被酒精燃烧的感觉。饮酒是味觉体验,液体灌入肠胃的感受关乎消化系统。但事情又不仅如此,酒精可以混淆并唤醒(也可以说是致幻)人的身体,起到"通感"的作用;因此,他们还要在酒精的推动下,不断打开其他的感官去持续启动不同的身体系统。比如听觉,他们在街道上大声唱歌,在出租车上大吵大闹。比如触觉,他们喜欢在醉酒后去酒吧跳舞,"所有的人挤在一起"。这种对感官的刺激时常走向极端,例如小说的男主角毫无征兆地将酒瓶在自己的脑袋上砸碎,飞溅的碎片割破了女主角的手臂,一时间血流不止。甚至许多高度抽象的事情也被感官化了,小说中,两人一直在疯狂地说个不停,然而所说的所谓"隐私"、"往事"其实都带有很大的随机性、无逻辑性;换言之,自我表达、信息交流这件事,几乎被转化成了声带能量和肺活量的物理性释放。通过疯狂的走和疯狂的说,这些都市生活里成长起来的年轻人，浸没于被酒精无限放大了的感觉系统，尝试重新思考自己在这都市里的存在——我们不该忘记，在这篇小说里被反复提及的，除了酒，还有家庭生活、青春体验，以及人与人之间的关系。

这种对感官经验的放大和召回，可以看作是对迅速崛起的都市经验的一种应激反应，其背后暗藏着新一代青年群体在全新语境中寻找自身位置、确证自我形象的渴望。在此意义上，我们不妨将棉棉笔下坐在街边喝威士忌的女孩形象，看作是对当年茅盾《子夜》开头被上海夜生活惊吓而死的吴老太爷形象的一次遥远回应，甚至是生成中的"新的人类"对1840年来中国巨大经验变迁的又一次的试探回应；只不过这一次，承受冲击的是更为强健、新鲜的心脏，它不会垮掉、不会梗死，相反，它选择了拥抱和寻找，选择了主动"扩容"自己的感觉、感官。然而今天，又是20年过去，我们已经看到，这种完全依赖于感官的寻找，最终迅速且毫无悬念地被资本和消费主义文化所征服，甚至征用。很好的例子便是比棉棉的《告诉我通向下一个威士忌酒吧的路》名气更大的另一部作品：卫慧的《上海宝贝》。

1999年，卫慧的《上海宝贝》由春风文艺出版社推出，半年内售出超过十一万册，引起文坛巨大争议，甚至一度被宣布禁售。这部作品极端性地呈现了新一代都市青年对身体姿态及其感觉的自我欣赏。最有代表性的莫过于《上海宝贝》第二章中有关"裸舞"的描写：

第一辑　明月潮生

"我继续脱,像脱衣舞娘那样。肌肤上有蓝色的小花在燃烧,这轻微的感觉使我看不见自己的美。自己的个性、自己的身份,仿佛只为了全力制作一个陌生的神话,在我和心爱的男孩之间的神话。男孩目眩神迷地坐在栏杆下,半怀着悲哀,半怀着感激,看女孩在月光下跳舞,她的身体有如天鹅绒般的光滑,也有豹子般使人震惊的力量,每一种模仿猫科动物的蹲伏、跳跃旋转的姿态生发出优雅但令人几欲发狂的蛊惑。"燃烧、旋转、光滑的触感、力量的紧绷……美丽的叛逆女孩在著名的和平饭店的顶楼平台裸舞,为的是"全力制作一个陌生的神话"。

然而在这种神话之中,也时刻包含着对主体的再度遮蔽:那就是小说人物及其身体的商品化、符号化倾向。就在上文提到的"裸舞"一段中,作者一直在试图把个体生命的极致体验同都市文化大背景分开。卫慧说城市:"与作为个体生活在其中的我们无关。一场车祸或一场疾病就可以要了我们的命,但城市繁盛而不可抗拒的影子却像星球一样永不停止地转动,生生不息。"然而这一场身体的美学狂欢却根本没有办法从现代都市的众多符号中脱离出来,这场裸舞自身的背景,是"在饭店老年爵士乐队奏出的若有若无的一丝靡靡之音里,我们眺望城市,置身于城市之外谈我们的情说我们的爱"。若没有爵士乐与和平饭店的大背景,这段裸舞的意味和意图是难以实现的。

充满叛逆色彩的经验背后,是无处不在的都市符号。酒吧、舞厅、烟斗、红酒、咖啡馆、西餐厅……如果没有这些意象，那些看似自由的感官苏醒似乎就难以发生。这显示出所谓的"新新人类"形象内部的供血不足：主人公的身体不是在神话般开天辟地的主体性中形成的，而是被众多的符号建构出来的——在当时看来，这些符号虽然新颖，但终归仍是符号。最终，这仍是一场符号的革命，是对"个体感官"的重新装扮，而不是真正意义上的自我觉醒。最终的结果便是，那些敏感的、敞开了的身体和欲望，自身变成了商品和符号。

但是无论如何，卫慧和棉棉们的尝试，以一种极端的方式展示出正迅速崛起的所谓"新新人类"的形象和生活世界，并以一种近乎"过犹不及"和"撞南墙"的姿态完全敞开了新人物们的感官经验维度，找回了人对生活（对"物"）的身体性感受。在新的时代经验结构里、在新的人物形象塑造面前，这无疑是不可或缺的一块拼图。

找回情感：以张悦然《陶之陨》为例

动作和感官的找回、凸显，显示了1980年代中后期至1990年代末这十余年的时间中，文学作品中"新人物"们在身体层面的觉醒与解放。借用一组语言学的概念，在此前漫长的汉语新文学历史中，身体的意义在大多数时间内都要依赖其"所指"（它要完成什么？它要变成什么？它要指称什么？），而在20世纪90年代前后的这段时间，身体迅速完成了它的"能指化"：身体自身便是自身的意义和阐释，它完全可以作为自足的审美表现对象出现。这样一种剥离了外在意义赋予、个人色彩极高的身体经验,与经济高速发展中、在全新语境中成长起来的年轻人形象是匹配的,与全球化进程中世俗生活急剧扩张的时代经验是匹配的。

类似的变化同样发生在身体的对应领域,即精神领域。在1990年代后期,文学作品中新人物的情感世界,也同样以极具冲击力的方式,完成了自身的"能指化"转向。最具标志性的,便是世纪之交《萌芽》杂志"'新概念'作文大赛"的火爆,以及"新概念"作家群体的横空出世。

"新概念"作文大赛启动于1999年。这一活动的重要初衷,其实就带有鲜明的对抗表达"所指化"(当然,主办方的表述本身使用的是日常语言):"中学语文教育的种种问题,概言之,是将充满人性之美和生活趣味的语文变成机械枯燥的应试训练。'唯理性教学模式'纵横贯穿于语文教学领域。"[1]在研究者的总结中,"新概念"式的写作实践,所提倡的正是"新":"'新思维'——创造性、发散型思维,打破旧观念、旧规范的束缚,打破僵化保守,无拘无束;'新表达'——不受题材、体裁限制,使用属于自己的充满个性的语言,反对套话,反对千人一面、众口一辞;'真体验'——真实、真切、真诚、真挚地关注、感受、体察生活",它所试图走通的,是"人文性和审美性之路。"[2]语文教育如此,文学亦然。对"唯理性模式"的反拨,对观念束缚和惯性套路的冲破,同样是纯文学写作中塑造

---

[1]《"新概念作文大赛"倡议书》,《萌芽》1999年第1期。
[2] 李其纲:《新概念作文大赛历史》,华东师范大学出版社,2016年版,第1页。

具有全新时代特点的"新人形象"的内在吁求。前文所分析过的人物动作和人物感觉的解放,可落脚于此。个体情感的解放与抬升,同样落脚于此。"新概念"作家群体中许多代表性作家的创作(至少是前期创作),恰恰呼应了这一点——这是许多"新概念"作家的作品能够溢出原生的"作文"概念范畴、而进入"文学"讨论领域的重要原因。这些作品最鲜明的共同特点之一,便是个体情感在其中获得了单纯而自足的合法性,获得了集中甚至首要的凸显和展现。

从"新概念"作文大赛出道,并且至今活跃于中国文坛一线的"80后"女作家张悦然,无疑是最具代表性的人物之一。张悦然在"新概念"作文大赛中的获奖作品是《陶之陨》。这篇小说的情节本身极其简单:"我"对一位烧制陶器的、叛逆而富有个性的"少年艺术家"产生了情窦初开的好感,然而很快,对方就要离开这座城市。离别前,两人共同完成了一件陶器。"我"视其为这段感情的信物。然而在烧制的过程中,陶器爆裂碎掉了。小说最后,一种强烈的隐喻义捕获了"我":"我"生命中最初的"宝贝"——初次觉醒的爱情——随着陶器一起破碎夭折了。小说的题记里,作者直率地将"陶"这一意象,同人物的生命(情感生命)对应起来:"一件陶就是一个生命。当你在窑前等待你亲手制的陶出炉时,就像在等待一个属于你的婴儿出世。它是崭新的。"整篇小说反复摹画"陶"的出世乃至"去世"过程——炉子里那只真实的陶器,以及象征的那只。它们不仅要"是崭新的",甚至还被设计为"一次性"的;在张悦然(以及许多她当年出道时的同伴)笔下,爱情的生成和破灭，往往是享受性（失恋的强烈痛苦也具有自虐和自我沉溺的享受色彩）和偶然性的："我们相处得很好，像猫享用鱼一样快乐。但是这只乐极生悲的猫一不小心哽到了那枚名叫'爱情'的刺。"

与情感相关的快感与痛感，成为了文本首要（某种意义上讲几乎是唯一）的动力源。在这篇小说中，社会历史背景被完全抽空了，情感本身的复杂性也被着意削减（同样是关于爱情的觉醒，乔伊斯的《阿拉比》显然要复杂得多），这篇极短的小说呈现出不含杂质的纯粹性：爱情很自然地发生，又很干脆地破灭，甜蜜和悲伤都始终保持着泾渭分明的转折区隔和极高的内在纯度，并且严格地局限在"二人世界"的维度之内。

支撑这篇小说的，始终是对情感自身力量的不断放大，是对爱情一事的持续渲染。人的情感以孤立、纯粹、绝对化的方式自我成立了。在同样创作于世纪之交前后的另一篇早期代表作《黑猫不睡》里，"情绪"乃至"爱情"同样构成故事的核心；固然，张悦然在《黑猫不睡》中加入了更复杂的元素，例如家庭矛盾、暴力、死亡，等等，然而这些元素的加入，同样是为了将个人情感（喜和悲、爱和恨）的纯度和强度不断推向更高。

张悦然（以及在相近时间以类似方式出道的郭敬明等其他"新概念"代表性作家）的早期作品，呈现出"情感本位"、"情绪本位"的样貌。以一种近乎排他性的执念，张悦然们找回并重新定义了个体情感在汉语新文学书写中的位置，在她和他们的笔下，个人化的情感体验，成为了"80后"一代人体认自我、表达自我、书写自我的逻辑基石,同时还成为了结构、铺展作品最得心应手的框架和抓手——个人化的情感体验,既成为了世界观,也成为了方法论。

于是,强烈的幸福感与疼痛感,构成了作品中那些年轻人物身上最醒目的光环。"残酷青春"一度成为了他们的首要风格印记,"青春文学"也一度成为对这一路作品的分类学指称。在这些作品中,"残酷"指向纯粹的情感体验,"青春"则满足了他们对"崭新"的执念:青春本身是个体生命的新阶段和新经验,同时崭新时代的特征个性也最容易在当时代的青春人群身上获得展现。在此意义上,他们的写作,既呼应着个体意识觉醒、个性无限张扬的时代风气,也延续了"五四"以来悠久的青春主题书写谱系。

找回身份:以毕飞宇《叙事》为例

从"动作"这一"外化的身体",到"感官"这一"内化的身体",再到"情感"这一完全属于内我化、精神化的主题,1990年代的"新人"书写,呈现出鲜明的"内化"甚至"内卷"(这里的"内卷"一词,是对当下社会学热点概念的化用、戏仿乃至有意误用)趋向。这一趋向,在客观上拓宽了"新人"书写的逻辑和路径、丰富了"新人"形象的文学史谱系;然而时至今日我们也已看到,仅仅是无休止的"内化",还并不足以催生出能够真正经典化的文学精品,甚至这样的势态本身也是难以长久持续的。

张悦然本人便是很好的例子。因为一直坚持创作、活跃在文坛一线，张悦然相应地也获得了文学界更多更持续的追踪关注，因而在对她的论述之中，时常会牵涉出对那段历史中"风风火火"的"新人类书写"的重新观照与总体反思。杨庆祥的观点是具有相当代表性的：

> 二十多岁的年龄，在资本和商业的规划中挥霍着自己的青春和才华，叛逆，挣脱传统，走另外的路……这些少男少女们将自己不多的经验和不长的人生装饰起来，以华丽的辞藻和修辞对世界发起挑战，他们认为他们可以代表一代人。是的，在十年前，我们确曾有过这样的渴求，好像是一种懵懂的初醒，以为世界崭新而我们正站在人类的尽头。新人类的幻想曾如此激动人心，请问在那个年月的少男少女们谁没有怀揣这样的梦想呢？这夸张的情绪在大众媒体里被刻意放大，生理性的经验被描写为历史性的经验，单原子的痛苦被描写为社会性的痛苦。从这一刻开始，已经注定了这一代人——或者说"80后"这个符号所指称的意义——一定会失败。[1]

因而，在写出《陶之陨》十多年后，当张悦然展开了自己的创作转型、推出了具有强烈历史意识的长篇小说《茧》，许多

---

[1] 杨庆祥：《罪与爱与一切历史的幽灵又重现了——由张悦然的〈茧〉再谈"80后"一代》，《南方文坛》2016年第6期。

人认为这呼应并落实了一种出现日久的期待:"前辈、同龄人以及批评家一直都在等待一个年轻的作家脱离个人青春的、自我的小世界,走向他人的世界、广阔的生活和时间深处,向那些支撑我们文学场域的公共话题迈进,获得一代人应该具有的气象和格局。"[1] 向历史和公共生活场域的迈进,不是对"传统"的简单回归,而是在新的观念和习惯之上的"新的回归"、一种螺旋式上升的回归。这样的回归由曾经拽曳着1990年代文学风潮的尾巴、乘着市场经济时代的审美趣味东风飞上文坛的张悦然来彰显,似乎具有别样的象征意味。

然而,不该被忽略的一点是,这种回归纵然于"80后"一代是"初现"的,于1990年代文学本身而言却并非姗姗来迟。1994年第4期的《收获》刊发了毕飞宇的中篇小说《叙事》。在这篇小说里,个体经验、个体情绪在获得深刻凸显和细致描摹的同时,已经开始产生同复杂的时代生活结构,乃至公共历史记忆发生关联并相互阐释的冲动。尽管与我前文分析到的诸多作品存在着或前或后的时间差,但这篇小说的基本构成,已然呈现为动作、感官(感觉)和情感这些极富1990年代特色的元素的相互交织:连缀起不同情节版块的街头暴走追踪是动作,反复写到的晕船、晕陆、失温感和呕吐感是感觉,作为主要线索出现的"我"同妻子的情感问题及与其他女子的复杂关系则满含着复杂、激烈的情绪体验。而与此同时,这些元素无一不

---

[1] 项静:《历史写作与一代人的心态镜像——评张悦然的〈茧〉》,《文学评论》2017年第2期。

同更加抽象巨大的语境关联在一起：感情受挫及妻子的外遇根源于货币经济和欲望模式带来的冲击，在城市内部以及不同城市中的游荡走动背后隐藏着寻找家族史痕迹的冲动，至于晕船和晕陆，则更加深刻地关联着人对自我的矛盾体认："大陆真是太小气了，它容不得人类的半点旁涉，你不再吐干净大海，大陆就决意翻脸不认人"——那么，"我"又该被何处认同、在何处安放呢？一个血管里流淌着两国血统和家族耻辱秘密的"杂种"、一个大都市里失败的孤独者？更不必说，在几乎占据了小说一半以上篇幅的对父祖两代人家族往事的追溯想象中，性和饥饿等个体化的元素，早已经被彻彻底底地历史化了；至于虚空想象里同人类历史上诸多著名人物的邂逅论辩，则又将这一切深刻地隐喻化、哲学化了。

——最终，它们留给"我"的依然是无尽的荒诞感和困惑感。当"我"面对着接生过自己、此刻却手捧着刚刚出生的小猪的麻大妈时，偶然与必然、真实与幻觉、存在与虚无，在这个五光十色的知觉世界面前再一次不可救药地混淆了："我用研究《左传》《圣经》和《判断力批判》的眼睛盯住那双手，找不出这双手与我的生命曾有过的历史渊源。作为一种历史结果，麻大妈手里现在捧着的仅仅是猪。我在幸福之中黯然神伤。我的身体开始战栗，无助却又情不自禁。"

那些个体化、知觉化因子的回归、繁衍、漫卷，最终依然回到了对时代、社会、历史乃至存在的思索和困惑之中。小说的主人公，远未衰老仍在新的社会秩序中奋力拼搏适应的

"我",属于广义上的"新人",甚至可以说是社会化程度更高的"新人"。在"我"这里,个体与世界的对话、人与生活的相互寻找,似乎正变成越来越重要的事情——"地图"意象的反复出现,浓墨重彩地宣布了这一点。在听到、看到、摸到、体验到的事物背后,《叙事》里的"我"还执拗地试图找出其与自己生命的本质关联。在总体想象的瓦砾堆上,毕飞宇意识到了这种崩塌,并将这种崩塌纳为了自己小说真正的书写对象。

可与之相反相成进行参照的是王朔。虽然本文在论述中没有单独提及,但王朔无疑是上世纪八九十年代市场经济大潮背景下中国最具代表性的作家之一,他笔下那些"顽主"式的、充满戏谑和解构精神的年轻的时代人物,同样是那个年代具有代表性和辨识度的"新人"样本。《顽主》背后的王朔和《叙事》背后的毕飞宇一样,都怀抱着对社会理性和历史理性的巨大的不信任感。只不过,王朔将这种不信任感转化为喜剧、转化为"一点正经没有",毕飞宇则将其转化为悲剧、转化为存在主义式的困惑与追问。《叙事》里的"我"始终试图找回一种充满象征意味的"身份":在家族中的身份,在情感关系中的身份,在时代生活中的身份,在人类命运和存在本质面前的身份。只有借助这种"身份",他才可以表达和确证自我,他的"叙事"才有可能完成。

这似乎很不"90年代",但它恰恰暗示了即将到来的更深远的文学追求和文学线索。经验世界里个体的孤独感,身心解放之后本质性的"眩晕",在个体与历史的重影错位间幽灵般地游荡并显现。这是一种预兆：在动作暴乱、感官狂舞、情感燃烧的基础之上，个体苏醒与历史大叙事间的复杂纠葛再一次出现了。生理性、单原子性的人，终要获得更加复杂的维度——在那里，人物之"新"与时代之"新"，将以全新的形态，再度合二为一。

大历史观、大时代观与新时代诗歌创作

《在中国文联十一大、中国作协十大开幕式上的讲话》中，习近平总书记从中国共产党百年奋斗的政治高度，来切入和讨论文化文艺话题。总书记指出："今年是中国共产党成立一百周年。百年征程波澜壮阔，百年初心历久弥坚。中国共产党是具有高度文化自觉的党，党的百年奋斗凝结着我国文化奋进的历史。中国共产党从成立之日起就把建设民族的科学的大众的中华民族新文化作为自己的使命，积极推动文化建设和文艺繁荣发展。"正所谓"文运同国运相牵，文脉同国脉相连"，如果说中国共产党的百年历史，直接关系着全民族、大历史、总体社会层面的显性结构改变，那么中国文艺和中国新诗百余年来的发展，则一直是在以自己独特的、专门化的、领域性的方式，追随、呼应、印证并阐释着建党百年来中华民族生存奋斗的风起云涌、天玄地黄。

回顾一百年奋斗历程、放眼新时代文艺创作，习近平总书记提出了这样的要求："一百年来，中国共产党领导中国人民经过顽强奋斗，迎来了从站起来、富起来到强起来的伟大飞跃，迎来了从落后时代、跟上时代再到引领时代的伟大跨越，创造了人类历史上惊天地、泣鬼神的伟大史剧。广大文艺工作者要树立大历史观、大时代观，眼纳千江水、胸起百万兵，把握历史进程和时代大势，反映中华民族的千年巨变，揭示百年中国的人间正道，弘扬以爱国主义为核心的民族精神和以改革创新为核心的时代精神，弘扬伟大建党精神，唱响昂扬的时代主旋律。"

"大历史观、大时代观"，是总书记重要讲话中引人注意、需要广大文艺工作者深入思考领会的新表述、新说法。今天，在中国特色社会主义进入新时代的总背景下，中国诗歌面对着全新的生态语境和发展空间。对照习近平总书记《在中国文联十一大、中国作协十大开幕式上的讲话》精神，我个人的感受是，在中国诗歌的未来发展中，需要在"历史"和"时代"两个方面认真思索、深入探讨、聚力突破。

着力建构新诗创作的历史意识，是一个重大而迫切的命题。理解历史，无疑是解读当下、规划未来的基本前提，因为历史的脉络结构，总是会无形又深刻地决定当下的社会结构，乃至决定当代人的情感结构、话语结构、认知结构。历史并不仅仅是"过去了的事"，它依然并且总是活着、构成了现实生活的影响因子乃至结构要素。在地质学领域，有学者提出一个概念叫作"人类世"，将其作为与"更新式"、"全新世"等并列的地质学新纪元；这样做的理由就是，人类活动已经成为地球上主导性的地质学要素，它更改甚至决定了地球此刻和未来相当一段时间内的地质结构及地貌特征。百年来中国共产党带领全国各族人民展开的革命、建设和改革实践，正类似于"中国社会主导性的地质学要素"，它直接塑造了今天中国社会、中国生活的结构特征,塑造了今天中国人的思想世界与情感世界。甚至具体到语言,中国人今日的表达习惯、词语体系,我们"说什么话"、"为什么这么说话",都与这百年历史有着千丝万缕的关联。在此意义上,铭记历史、理解历史、表现历史,毫无疑问是诗歌和诗人们肩负着的极其重要的任务。

然而,"历史书写"其实是百年新诗内部相对薄弱的环节。中国古典诗歌在此是相当强大的,"怀古"、"咏怀"类的诗词数目甚众且多有经典之作,"遥想公瑾当年"变成了极富民族性格辨识度的抒情姿态、"大江东去浪淘尽"背后也几乎沉淀出一种(处理时空与个体存在关系时的)经典性的文化无意识。汉语新诗在历史书写方面,则显得明显薄弱——或许都不必同古诗词比较,即便同"年纪相仿"的中国现当代小说相比,汉语新诗在历史题材领域也显得成果不足。陈晓明教授在《是否有一种关于文明的叙事——百年中国文学开创的现代面向思考之四》一文中,认为百年来的中国文学"在史传传统的影响下,其叙事内容则是以民族国家事迹为主导,必然是要指向民族国家的大事要事。也就是说,它终究是关乎文明的大叙事。"而在他看来,最能展示一国文学之根本特质的"成熟状态的代表性作品",乃是"20世纪90年代以来的有影响力的长篇小说";正是这些作品,在对家族故事和20世纪中国现代历史进程的书写过程中,袒露了漫长且剧烈的现代化进程中,一个民族、一个文明的记忆刻痕及心灵秘密。客观地说,中国新诗还没有产生出太多能够以总体性姿态、与"20世纪中国现代历史进程"对话的作品——而这并非仅仅是用"文体区别"或"抒情传统"便能够解答和"翻篇"的话题，毕竟在历史上，屈原、杜甫等诗人的创作，其实都具有很强的"历史意识"，至少是"历史感"。

这种情况的背后，固然有"诗歌"内部的原因，古典诗词在"历史抒写"领域的过分强势（除了前面提到的屈原和杜甫，更宽泛的"怀古诗"、"咏诗史"名篇佳作同样不胜枚举），的确会影响新诗的表达空间和表达自信——毕竟，天才如李白，也有"眼前有景道不得，崔颢题诗在上头"的时候。然而更重要的原因，或许还要从"历史"本身上找。今天我们面对的"历史"，同古人面对的"历史"在性质上并不相同。古人谈及历史的时候，他所面对的其实是一套循环的时间结构，所谓"白发渔樵江渚上"，高悬且具超越性的，永远是"白发渔樵"（在本质上，这是文明的符号、文化的形象），"古今多少事"，王朝更替、聚散兴亡，则是在他天荒地老的俯视中"都付笑谈中"。历史看似是动荡的，其实又是稳定、可把握的，"一壶浊酒"就可以把它消化掉，或者说，只用一壶酒的工夫就可以重述一遍那种深入人心、已被不断确证过的，"兴亡论"、"周期律"式的（熟悉的自然世界周期规则与人类社会历史周期规则在此近乎同构）对历史运动的归纳总结——比历史本身更加稳定的，是我们面对历史时的认知姿态及表达方式。这是一种典型古典式的历史观、时间观。

近年来，"加速理论"正成为思想学术界的关注热点，我们都意识到这种加速会对主体世界造成巨大的冲击改变。德国学者罗萨的这一段论述，我认为是精当的："对主体世界来说，社会世界的结构与文化的变化，比世代交替的步调还要快。在个体的生命历程当中，社会世界不再是稳定不变的。这对身份认同的模式与主体形式带来深远的影响。……一切，都越来越被新的弹性的、'情景式的自我认同'给替代了。弹性的情景式自我认同可以接受的所有的自我理解与自我认同的参数，都是暂时的。"理解与认同变成了"情景式"的，其"参数系"也成了"暂时的"；个体面对自我时如此，面对历史时亦如此，这是认知行为中惯性存在的自然结果。

诗歌是一门紧紧围绕着语言展开的艺术，而一种真正活着的、具有时代特性的诗歌语言，必然以"言说"与"经验"之间血肉交缠的成熟状态为前提，必然要求语言对时代经验的高度吸附以及对后者的充分的审美转化。迅疾的、弹性的、"情景式"的认同模式，严重地压缩了语言吸附时代经验的空间，也压缩了语言转化时代经验的时间。一切变得难以把握、难以预期，其在艺术领域造成的结果是，"审美体验"在很多时候，就在"审美晕眩"的阶段戛然而止、寿终正寝，来不及抵达"审美表达"的语言长跑终点。也许，面对这样的总体局面，新时代诗歌应当做的，恰恰是要去"反转惯性"、"反转引力"——要学会并且习惯于，不断从情景式的日常经验世界之中，提炼并重塑具有总体感的历史意识和历史认同，去创造出诗的、美学的、具有相对稳定性的全新"参数系"。这的确很难，然而值得一做。

某些已有的创作实践，或许已经在提供有益的经验、做出自觉的尝试。例如"全面小康"主题诗歌创作。"决胜全面小康、决战脱贫攻坚",是近些年我们经历的一件大事。古典农耕文明的抒情与叙事,很多时候都是沿着"温饱富足"(背后是"存续繁衍")这一条"潜意识脊椎"展开,它深刻地关乎我们民族文化的根性;两千多年前的《诗经》里便有"民亦劳止,汔可小康"之语,老百姓辛辛苦苦劳作就是盼望能生活安定富足——这是更加复杂的"家族血缘"、"价值伦理"等文学元素得以衍生的根本前提和逻辑基点。到今天,这种高悬在历史潜意识深处的愿望即将实现,在此意义上,我们甚至不妨将它视为某种价值时间的完结与重启。中国诗歌在处理"全面小康"主题时的表现,某种程度上是超出我原本预期的。许多佳作,能够对这"大历史"、"大主题"加以语言意象的转码、归化,以独具文学性的方式,把公共经验转化、吸纳为独创性的审美经验。在我个人看来,王单单诗集《花鹿坪手记》是其中具有代表性、足够"留下来"的创作成果。在王单单的笔下,抽象的、总体的、千头万绪的社会历史活动,常常能够落地为具体而精准的形象和动作。例如令我印象格外深刻的《山顶》一首:

> 吴太明在轮椅上已经三年了
> 新房封顶时从楼上掉下来
> 终生残疾。自此
> 他只能在路边开个小卖铺
> 每天赚四五块钱养家糊口
> 天气好的时候,他吃力地转动轮椅
> 他想去山坡上坐坐。但似乎

>   有股力量在身后拽着他
>   无论怎么使劲，那两只轮子
>   总是往后退。驻村队员何美看见后
>   一口气将其推上去。坐在山顶上
>   看着自己的小卖铺
>   看着自己天天挣扎的地方
>   周围竟然绽放着几簇桃花
>   他终于忍不住了，任由泪水
>   静静地滚落脸颊

因病致贫，在艰难的生活资源积累过程中遭受严重损耗（"新房封顶时从楼上掉下来"），长久困居在逼仄且被圈定的空间内勉强维生，这是吴太明的生活，也是颇具代表性的"贫困"生态——"个人史"，在此也是"群落史"、"社会史"。显然，吴太明试图脱离这种境遇（"想去山坡上坐坐"），但凭借一己之力无法实现（"有股力量在身后拽着他"），直到脱贫攻坚的实践展开（有驻村队员来"助推"），他内心深处的愿望才终于得以达成。吴太明来到了山顶上。他的愿望在形式上实现了（登高望远），同时驻村队员作为外力的介入，无疑也象征着其愿望在本质上的实现（脱贫攻坚即将取得决定性胜利）。坐在山顶上的吴太明是一个风标般鲜明的形象，个体命运与社会历史的光芒同时照拂在他的脸上。这已经写得很漂亮，但王单单并未到此收手，他还要甩出一对酝酿已久的"王炸"：诗的最后，吴太明在山顶望见了自己"天天挣扎的地方"，他发现了，他流泪了——

在小卖部的旁边，竟然开放着桃花。

"桃花"，在中国古典诗歌传统中是一个非常重量级的意象。然而在这里，桃花已经不仅仅是"意象"、不再是庞德意义上理智与情感的瞬间结合，它是一个类似于人的"形象"、一个可供对话的"对象"，浓缩和固化了无数的语言、无数的行动、无数的故事——其内在容量无疑远超简单的所谓理智或情感的范畴。事实上，王单单本可以让吴太明望见一些更直接、更"扣题"的事物，例如望见整齐的田野、新起的安置房、街巷里奔忙的驻村扶贫干部……或者更抽象一些的，望见"希望"、望见"明天"，但王单单不。他一定要选取最独特、最精确、"容量"最大的那个词、那种形象。于是他找到了桃花，几簇原本未曾被"发现"过的桃花——在阳明心学的意义上，这是"你未看此花时，此花与汝心同归于寂"、原本并不存在的桃花。在这个最审美化的、最"属诗歌"的对象中，应然而理想的世界与实然而跋涉中的世界重叠了，我们看到了最为重大的时代关切，那就是"不平衡不充分的发展"以及"人民日益增长的美好生活需要"。而"桃花"（注意，我在此使用的已经是加引号的"桃花"）的在场，以及吴太明对近在身边却长久无睹的"桃花"的最终的发现——这种"意识"、这种"凝视"、这种"目光的抵达"——本身也不妨被理解为历史意识的觉醒、对时代大潮的见证。桃花很小，但它在这首诗里四两拨千斤地绽开了关于历史和时代的想象。

由此带来的启示之一是，"高举高打"、"以空击空"式的图解口号型创作，并不能真正实现对"大历史"、"大时代"的有效表达。"诗的方式"是重要的。因此，在今天，诗歌必须要努力强化新时代诗歌对新经验、新话语的捕捉和消化能力，用具体入微的"时代经验书写"、"时代话语建构"，把"大时代观"和"大历史观"树立得更丰满、更鲜明、更具美学感染力。我想到张执浩发表于2021年的一首新作，《手机里的菩萨》：

> 从云冈石窟出来
> 手机里多出了很多尊菩萨
> 在去往雁门关的路上
> 我一路翻看着他们的情貌
> 痛苦被放大了
> 欢乐被缩小
> 菩萨啊，这么多的砂岩之躯
> 任由岁月涂抹
> 这么多的残肢
> 依然在行走、抚摸和讲述
> 而我独爱最小的那一窟
> 他像我小时候
> 不谙世事
> 以为哭泣就能得到所求
> 以为欢笑就能满足所有

诗的落脚，在情感，在人生，在于个体处身于浩瀚世界、复杂社会时的自我意识及现实体验。有趣的是，关于这一切的表达，固然起始于文物遗迹（云冈石窟）和古老的宗教意象（菩萨雕塑），但其与个人知觉相联通的方式，却是高度当下性的：被凝固和复制（"手机里多出了很多尊菩萨"）、被带离原语境从而被充分个人化（"在去往雁门关的路上 / 我一路翻看"），并且在绝对科技化的肢体动作中获得审视："痛苦被放大了 / 欢乐被缩小"。重要却容易被忽略的一点是，这首诗的背后有一个潜藏的动作，那就是两根手指同时在手机屏幕上滑动：放大和缩小手机里的照片。这种局部与总体间的切换，"小"与"大"、"有限"与"无穷"间二律背反式的辩证统一，绝妙地呼应了全诗力道十足的最后两句："以为哭泣就能得到所求 / 以为欢笑就能满足所有"，以极其当下的、"后人类"色彩的、带有"对无意识动作的意识"的方式，重新对"人生在世的根本处境"这一重大而经典的命题进行了再阐发。

这首诗或许并不与"大时代观"、"大历史观"直接相关，但它可以将我们此刻的话题进一步引向深入。例如，这种对"当下性方式"的开掘令我想到，青年诗人的创作值得收获更多关注（尽管张执浩并非年轻诗人）。诗歌界应当鼓励和引导与新时代共同成长起来的"诗歌新力量"，有意识地去处理表达新时代的新经验。年轻人对新经验的敏锐、对新事物的触及，很多时候甚至不是主动选择或有意识培育的结果，而是被社会运行规律直接"当头指定"的。前文的例子中，谈到了手机。智能手机已经深刻地修改了我们的行为习惯、交流方式乃至身体姿态。今天我们会广泛、普遍地使用社交软件，那么就不妨以微信为例，因为这一社交软件及其运作形式，已经深入到今天多数人日常生活工作的毛细血管网里，成为了我们嘴、耳、手、脑的延伸器官——换言之，它正在成为一种"习焉不察"、悄悄麻木化的新经验。事实上，我们"80后"、"90后"这一批人，大致可算是微信的第一批用户。因为我们同时符合历时性和共时性双方面的条件：历时性上，我们刚好在微信问世的时候，拥有恰到好处的消费能力及意愿，从而可以购买使用微信所必需的智能手机（那时候比我们更小的人还在读书，没有消费能力；比我们更老的人则面临组建家庭、生育抚养等压力，在第一时间常常缺少消费意愿）；共时性上，任何时代的年轻人都是新兴传播媒介的直接目标受众，因为年轻人是社交属性最活跃的群体。因此，我们对微信——或者从更本质的意义上说，是对广义的移动终端和自媒体——的经验、记忆、感情、认知，的确具有相对的特殊性。可以说，青年群体自然而然地身处时代经验的最前沿，他们对时代新变的敏锐、他们个体生命体验与时代新经验间近乎"原生性"的契合优势，是新时代诗歌产生佳作的重要内趋动力之一。

  我进而想到与"手机经验"高度关联的"地铁经验"。二者的结合搭配，是极其具有"都市文化"气息和质地的，"陌生人社会"的情感处境、"加速时代"的内心境遇，皆可由此获得似"小"实"大"的表征。"90后"诗人张晚禾有一首诗曾经带给我巨大的震动感，那首诗的题目叫《没有一辆车到四惠东》：

  没有一辆车，到四惠东

这个城市，没有一个人
　　从苹果园，到四惠东
　　从这里，到那里
　　没有一个人出走，没有一个人
　　乘上一辆，到四惠东的车
　　这个城市，没有一辆车
　　从四惠东出发，开到一个
　　不叫四惠东的地方
　　这个世上，没有一座城市
　　会有一个地方，叫四惠东
　　所有的地方，没有一个地方
　　会让我到那里去
　　会让你从那里来
　　就像我们不会乘同一辆车
　　到四惠东相爱

　　北京地铁1号线的起点站和终点站，分别是"苹果园"和"四惠东"。这首诗让我联想到卡瓦菲斯那首著名的《城市》，然而，张晚禾的这首诗里，似乎更多了些看似"冷""酷"、实则柔软温暖的执拗。这是一个不指望"找到"却不放弃"寻找"的故事，这是一群在"没有"中守护着"有"的人。四惠东，地铁，地铁里的人，许多个"这里"和"那里"，甚至"爱"……这一切之所以会在"没有"和"不叫"中一次又一次地出现，到底还是因为，它们早已在我们的心底生根发芽，成为了我们个体生命的一部分。这是一种复杂的、深沉而深刻的内心体验。它正于轻描淡写间悄然抵近我们时代的情感本质，并在这座城市不为人知的地底深处、在漫长无尽的地铁隧道中，绽放出它的光。2021年8月25日，"北京通州发布"微信公号推送一篇文章，《太棒了！地铁1号线八通线本周日起跨线运营！双向无换乘直达》。四惠东不再是北京地铁1号线的东尽头。那天，我给张晚禾发去一条微信："以后这世界上就真的没有一趟地铁从苹果园开去四惠东了……它们改去环球度假区了。"晚禾回复："以后就是平平无奇四惠东了。"但是，真的从此平平无奇了吗？一个时代里并不存在绝对平平无奇的事物，正如一个人的生命里一样。至少，一首名为《没有一辆车到四惠东》的诗留了下来。在这首诗里，四惠东依然是"世界的尽头"，是一切路程终止、一切希望敞开的地方：它不仅与形而下的时代记忆相关，更与形而上的时代心灵相关。

在特定的年纪、特定的年份上，张晚禾以及我们，会挤北京地铁1号线，而那时的1号线以四惠东为终点。这是偶然，但偶然沉淀为诗，却往往指向了必然。由此言之，每一代的年轻人，都注定会与特定的、独属于他们青春记忆的"时代浪头"相逢，并且这"浪头"将很快地铺展成社会层面上的普遍经验。时代产物的最初"靶向性"往往精确地指向青年。而这种"靶向性"，不恰恰应当是诗歌所应格外关注的吗？并且，这种"靶向性"，不也正浓缩着一个时代最新、最本质的呼吸吗？在此意义上，时代经验永远是常新和独特的，每一代青年人对生活的隐秘体验和理解角度永远是常新和独特的，我们也有理由充分地给予期待、关注和鼓励,让这些常新而独特的年轻人,去不断写活写好我们常新而独特的时代。时代新,诗亦新,人亦新。新时代中国诗歌的繁荣与发展,需要"时"、"诗"、"人"以一种相互成就、相互阐明的方式,把各自的那份"新"交融辉映在一起。

"天经地义"与"困难重重":关于现代诗歌的"人民性"问题

一

在现代诗歌的维度下谈"人民性",是一件天经地义的事情。但同时,也是一件困难重重的事情。

先说天经地义。现代诗歌与"作为当下主体的人"的关系——某种意义上,这大致也就是我在此要谈的"现代诗歌的人民性"的具体内涵基点——本身是中国新文学、中国新诗的"初心"所在。推得再远一点,这其实同样是欧洲文艺复兴、启蒙运动等奠定了当今人类文明思想基础和价值底色的重要思想文化运动的初心。当然文艺复兴和启蒙运动太远,远的不说,只说近的,毕竟诞生了中国新文学的"五四"新文化运动本身也是承继发展在启蒙运动等的总体思想脉络之内。诗(文学)与人民的关系,一早就被写在了文学革命的大旗上,甚至从某些层面来说,正是对这种关系、对"人民性"的思考和探求,提供了中国新文学萌芽并一步步探索发展的本质性动力。

例如,胡适在《文学改良刍议》里提到的前两条:"须言之有物"和"不摹仿古人"。所谓"有物"的"物",按照胡适自己的解析,一是情感、二是思想。关于情感的解说胡适引用了《毛诗序》:"情动于中而形诸言。言之不足,故嗟叹之。嗟叹之不足,故咏歌之。咏歌之不足,不知手之舞之,足之蹈之也。"思想则"盖兼见地、识力、理想三者而言之。"二者的主语——尽管这主语并未被单独强调——都是"人"。至于不模仿古人,更本质的指向则是"当下","文学者,随时代而变迁者。一时代有一时代之文学……今日之中国,当造今日之文学",也就是说,"不作古人的诗,而惟作我自己的诗"。合而观之,便是强调诗要围绕着"当下的人"转——这其实就是我们今日谈论"人民性"时,最基本也是"最大公约数"式的价值起点。较之胡适,陈独秀在《文学革命论》里的表述显然更为直接,他提出了"三大主义":"曰,推倒雕琢的阿谀的贵族文学,建设平易的抒情的国民文学;曰,推倒陈腐的铺张的古典文学,建设新鲜的立诚的写实文学;曰,推倒迂晦的艰涩的山林文学,建设明了的通俗的社会文学。"陈独秀直接引入了"国民"概念,而这里的"国民"又是与"写实"和"社会"相并置且贯通的——显然这样的提法已经与社会政治层面的革命吁求有了内在呼应,因而这里对"国民"的阐释,在相当程度上已经可以同中国当代文学历史话语中常见的"人民"概念相通假。就"人"而言,周作人的观点则更为明确且集中,文章题目就叫《人的文学》:"我们现在应该提倡的新文学,简单的说一句,是'人的文学'。"他提到了欧洲自宗教改革、文艺复兴、法国大革命及工业革命之后对"'人'的真理"的发现,并强调了人既作为本性又谋求超越的一体两面的双重面向——这与阶级斗争政治革命的原文历史语境似有疏离，却很接近于我们现在使用"人民"概念所最为常见的、更加广义的语境。

类似的书袋还可以继续掉下去，但到此应当打住了。我要论证的无非便是，对"人民性"的强调乃是中国新诗和中国新文学刻写在骨子里的基因乃至燃料。这是事情"天经地义"的一面。然而正如我前面所说，"天经地义"的背后也有"困难重重"。这困难一方面来自围绕"人民性"展开的创作实践：新文学的历史已过百年，那么多大师珠玉在前，能够以具有极高艺术性的方式体现"人民性"的作品，尚且不敢说特别多；今人要怀竞胜之心超越前辈，显然也没有想象的简单。另一方面，困难也来自"人民性"概念自身的发展变化：今天，人的生活方式、审美方式、情感方式不断丰富，其社会身份、自我认同，包括这些身份及认同得以实现并体现的途径，都发生了巨大的变化；相应地，"人民"这一概念自身的内涵与结构，都发生了重大而深刻的变动。直接沿用阶级话语框架下的狭义"人民"概念显然已不足够，但如果将历史上出现过的所有与"人"沾边的话术统统纳入，似乎也不妥当且必然引起混乱。更何况，随着科技加速进步，许多前所未见的元素和侧面，正迅猛附着到"人"和"人民"的概念乃至存在内容上来：尤瓦尔·赫拉利将身处信息时代的我们称为"最后的智人"，在这个维度上考虑，今天的"人"和"人民"，的确是被诸多"非人"乃至"超人"的元素（我指的是，科技对古典的人的功能项所做的加强、延伸、替代、修改）所改变乃至所塑造……说得更极端一些，人虚拟的一面正在压倒实存的一面、流动的一面正在压倒坚固的一面。人正在数字化。

那么,"人"是什么?"人民"又是什么?在信息的迷幻旋涡之中,文学又如何在人民生活或人民情感中找到更加本质的确定性?这是历史出给文学的前所未有的题目,是胡适、陈独秀乃至伏尔泰和帕斯卡尔都未曾答过的题。我当然没有能力在此给出答案,我只是再一次地读出题干。甚至读出题干的也并不是我,而是历史。我们这些以古老姿态操持着文字的人,终归都要以各自的方式写下自己的回答——祝我们好运,愿我们这代人里终能有人答出高分。

二

还是回到文学现场和具体的文本中来。

我想,"人民性"的体现,在最直观的意义上,当然是一个题材内容层面的话题:如何写人民,如何塑造人民形象,如何展现人民生活及其实践运动。

需要优先强调一点:在今天谈诗歌的"人民性",必须格外注意的,就是汲取历史探索中正反两方面的经验,充分地考虑当下时代的审美风尚、思维习惯和文化语境。简单而概念化的宏大叙事、宏大抒情显然是不可取的,以空击空并非诗歌之道。即便是大的立意、具有总体性的选题,也必须呈现为具体的动作、表情及情感细节——换言之,就是要把"人民性"或"人民意识"对象化、具体化,完成具有当下有效性的美学转换。在此意义上，新语境下对"人民性"的强调，显然并不是"个人化"的简单反向运动（"个人化"，以及与之相关的"日常化"及"身体化"等，显然是中国当代诗歌发展中不可绕过的思潮或曰"法统"），而是在后者基础上的某种延伸、扩充、增殖。说得再直接一点：此中并不存在"非此即彼"的情况，不应以零和思维来看问题。

应当说，如何以足够具体（甚至充分个体）、具有日常生活质地、显示出身体在场感的方式，塑造人民形象、展示人民所身处其中的浩大历史运动，是当下诗歌一道分值很重、难度也很高的题目。近些年来，我们很欣喜地看到了一些在这方面有所突破的作品，而这些做出突破的诗人，还常常是颇为年轻的写作者。那就选一位年轻的诗人来作例子吧！云南"80后"诗人王单单，曾经在脱贫攻坚战中，长期做过驻村扶贫干部。他的诗集《花鹿坪手记》由此而来，在我看来，这是同题材诗歌创作成果中的佼佼者之一：这本诗集里的相当一部分作品，都能以独具文学性的方式，把公共经验转化、吸纳为独创性的审美经验；面对具有高度"人民色彩"（甚至具有相当"传统"的"人民色彩"）的题材内容，他不仅"写了"而且"写得好"，可以说是在相当程度上兑现了重大现实题材创作"思想性"和"艺术性"的统一。前面提到了日常生活质地和身体在场感，《花鹿坪手记》就常常善于使用日常动作，来塑造人民形象、折射人民个体背后的群体性实践运动。例如诗集同名长诗里的这样两节：

7
陈哑巴在贫困户信息表上
捺手印,捺不出任何指纹
我把他拇指拿起来看
泥巴敷了一层。我没有
让他洗掉。我默认
这泥斑,就是他的指纹
这里面藏着他的命

11
握刀的手,用来握笔时
竟然颤抖起来———
入户调查途中,遇见
赵胜宽在地里砍草
顺便让他把自家信息填了
他蹲在荒原上,虔诚地写字
那一瞬,世界为了他
单独安静了一会儿

"捺指纹"是动作,指纹用以辨识身份;"泥"的出现,造成了对原有动作的阻滞,然而恰恰由此,又更加准确地诠释了陈哑巴的身份、命运和辛劳生活。"写字"也是动作,这一反常动作与"砍草"这一常规动作间形成的微妙反差张力(瞬间的虔诚和安静),既丰满了脱贫中的农民形象,又无声地凸显了貌似不曾出场的重要角色——"脱贫攻坚"实践本身——的在场和介入。这样的处理方式,显然是巧妙而具有高度艺术性的。

三

王单单的例子,重在说明"如何"(怎样以足够"诗歌"的方式展开人民书写、凸显"人民性")。与之相关联的,还有另一个命题:"是何",亦即人民主体的具体身份及经验形象问题。前者是"怎样写人民",后者是"写怎样的人民"。

时代在变化。今天谈"人民",即便按最狭义的标准,也不应当仅仅局限在"工农兵"之类的概念范畴里。新的职业和新的领域正在不断涌现,诗歌写作应当及时将触角伸到对应的疆土内。特定的、具有全新时代特点的"题材域深挖"是有必要的。在此可以再举一位年轻诗人的例子:"90后"诗人王二冬。这位在快递行业从事管理工作的年轻诗人,近年来创作出一批直接书写快递行业劳动者的诗作,并结为诗集《快递中国》出版。这样对特定经验题材的深挖和劳动者群像展示,在今天的诗歌创作领域并不算特别多见;尤其值得注意的是,快递行业属于高度下沉、深度参与公众生活而受到的关注了解又非常不足的行业。王二冬的这些诗作,提供给我们一种打破视域区隔、贴近"他人经验"和"他人情感"(这不正是"人民性"的核心要旨之一吗)的机缘。例如《城市超人》里的这两句:"巴枪已自动关闭,超能力瞬间消失/你静静坐着,整座城市停止奔跑"。在一般人的感受中,快递是"跑向我们",收货之后，包装一拆，停下来的是快递——包裹的旅程结束了，收件人的活动才刚开始。然而，在《城市超人》里，王二冬悄悄置换了文本里感受主体的位置，他从送件人（甚至快件本身）的视角，去反过来看整个生活的运行："你静静坐着，整座城市停止奔跑"，工作的中止产生出一种关闭世界电源的失重感。一切忽然暂停。这是"我"的情感和"我"的知觉向最真实的快递员工作、最具体的快递投送环节中的"转换代入"。这种姿态是具有高度"人民性"的，同时，由此制造出的既意外又合理的"感受倒错"和"审美效果间离"，又具有相当的艺术性。

类似的例子当然不止王二冬一人。近年来迅速兴起的"新工业诗歌"潮流中，类似的实践有颇多可以列举，如杨克对信息工业、龙小龙对多晶硅生产行业、孙方杰和巴音博罗对钢铁冶炼工业、马行对资源地质勘探行业等的书写，都呈现出新的、可从"人民性"角度解析的题材特色及人物形象特色。

同时，以更加开阔的视野来看，那些着意于地方性人文/人群书写的优秀诗作，同样也属于对各具特色的人民形象的有力刻画：如吉狄马加对彝族历史文化的系统呈现、梁平对川渝文化性格和人民生活的生动刻画、阿信对西北大地自然人文景观的持续描摹，都在更加活泼、更加丰富的维度上，不断深化、标识着现代诗歌中的"人民性"元素及其艺术高度。

四

"人民性"话题维度内，另一个以往常被忽略、如今却越来越重要的向度,是诗歌的"本体"——也就是说,语言——同人民的关系。

诗歌是语言的种子。一个民族的语言,它的内容、材质乃至运用方式,都需要被不断地更新、需要持续生长。在过往相当长的一段时间内,这一职责都是由文学尤其是由诗歌担负的。但是进入网络时代以来,我们必须承认的一件事是,语言的生产、制造、更新功能,正在向网络话语场和自媒体转移。

具体来说是这样的:许多年以来,民众尤其是广大青年群体所使用的新的名词、新的"梗"、新的话语方式,其发生学大多要追溯到网络。"洛阳纸贵"于文学已极难见,文学要"活在人民大众的嘴唇上"也显得困难重重。尽管"废话文学"、"发疯文学"之类的流行表达模式依然被冠以"文学"之名,但这里的"文学"更多只是戏仿或反讽。

在本质上,这涉及诗歌写作对公众语言的有效参与度问题。现象是新现象,问题却是老问题。追索百年汉语新诗的发轫,其源头便与文学的"语言参与度"难题密不可分。在《逼上梁山》一文中胡适说,"今日所需乃是一种可读,可听,可歌,可讲,可记的言语。要读书不须口译,演说不须笔译,要施诸讲坛舞台而皆可,诵之村妪妇孺皆可懂",在《建设的文学革命论》里,胡适则把"语言参与度"的重要性上升到文学的"死活"高度:"一切语言文字的作用在于达意表情;达意达得妙,表情表得好,便是文学……中国若想有活文学,必须用白话。"新文学运动先驱的意图显而易见:新的文学,需要一种充分世俗性、能够介入日常流通、足以催生出强大传播效果的文字媒介。

　　同时,这种考量并不是单向的迁就和适应,而暗含着一个双向塑造的过程:一方面,文学创作应当充分使用活的、具有当下公共流通性的语言材料,以保证其公共传播效果("国语的文学");另一方面,也希望文学本身能够深刻地参与到一种新的公共语言(及其背后新的公共生活)的建构之中,以新的表达建构新的想象、新的认同("文学的国语")。毫无疑问,这是诗歌的一种理想状态。然而历史的事实,却多少与开拓者们的构想有所差别。胡适自己写出了中国现代文学史上的第一本白话诗集《尝试集》,确乎在使用大众语言、追求"能读懂"的方面,做出了显然是极其辛苦(甚至很不舒适)的尝试;但其文学品质本身却并不可观,也未见曾显示出诗歌对文学疆域之外语言的立标、引领作用,更遑论像文言文和古诗曾做到过的那样,提供有影响力的语言价值尺度、或制造出广泛介入公共流通的"语言硬通货"。有关于此,唐德刚的论断我甚为认同:"他(胡适)立志要写'明白清楚的诗',这走入了诗的魔道,可能和那些写极端不能懂的诗之作者同样妨碍了好诗的发展……优秀诗人必能使这浅近明白的语言变成'诗的语言',含有无限别的意义,才能得好诗。"这其实是新诗在肇始之初便留下的难题:倘若说"浅近明白的语言"同"诗的语言"之间还可以经由天才之手相互转换,那么"无限别的意义"与"诵之村妪孺皆可懂"间的互洽,则几乎成为了百年难题——毕竟公共语言的实用需求,决定了其对语言表述的稳定性及清晰意指,拥有天然的、近乎排他的热爱;而诗歌语言总是本能地追求词语碰撞时陌生含义的自由增殖,甚至追求对常规表达方式的强力扭曲。

二者间的矛盾,一方面制造着无形的写作焦虑,另一方面,也与今日中国诸多"文学舆情"隐秘相关:在众生喧哗的网络舆论场上,时不时可见"这也叫诗?"、"云里雾里"、"我也能写"之类的冷嘲热讽,这种问题在本质上同"诗歌语言/公共语言"二者间的错位有关——当然,那些心怀恶意、纯为了人身攻击而来的声音要另当别论。

问题的关键在于,此种矛盾本身具有二重性。就其静态一面言之,诗歌存在的意义,本身便在于对公共话语方式的冒犯和破坏:它有力地更新和重置那些被现实经验过度使用、在审美惯性中严重磨损、陷入通货膨胀因而意义贬值的表达,以新的、冒险探索的语言,去替代旧的、安全熟悉的语言。诗与普通读者间的隔阂,似乎不可避免。然而,就其动态一面言之,作为"语言先行者"的诗歌,其所开辟的新天新地,最终依然会向公共话语空间敞开;先锋的表达也终将成为未来的语言习惯,或者说,先锋的尝试本身便是为了给公共话语注入新鲜的想象和价值——朦胧诗便是很好的例子,它一度因溢出了旧日语言逻辑而被认为是"令人气闷",于今人而言此种表达方式却早已司空见惯,甚至已无形间渗透了我们的日常表达,其经典性的意象谱系在今日也早已被一般大众所接纳和喜爱。

因此,诗歌语言与公共语言的关系,绝非"背道而驰",而是"先行一步";二者之间的错位,并不是绝对性的场域隔离,而仅仅是相对性的历史时差——那种"延迟的接受"和

"晚到的喜爱"将会证明，对好的诗歌而言，语言的"先锋性"、"实验性"乃至"冒犯性"，最终同样能够转化为语言的"人民性"。

要实现这种转化，诗歌所要做的，有内外两方面的功课。就内部而言，是要避免修辞的"空转"（这确乎是当下诗歌写作的一大弊病），建立起诗歌同时代现实、同更广阔人民生活结合在一起并制造出共鸣的能力，建立起以修辞面向更复杂现实、面向除自己之外其他生命的情怀。毕竟只有当灵魂在场、精神及物的情况下，难度和技术才真正体现出价值。就外部而言，则是要更加积极地参与、介入诗歌的社会生态建构：所谓面向更广大也更广义的人民，不仅仅涉及诗歌的创作生产，同样也涉及诗歌的阅读接受；不仅仅涉及"怎么写"、"写什么"，还涉及"怎么传播"、"怎么阅读"——如何充分拥抱新的传播格局，更加有效地与人民读者交流互动，乃至如何用更多精力去做好诗歌普及和诗歌审美教育，是我们在今天讨论现代诗歌"人民性"的时候，应当更多思考的问题。

"新工业诗歌":"常识的奇迹"与"内化的历史"

如同发达的藤蔓,"工业"一词,连同其宽阔多元的内涵与外延,长久缠绕着中国和中华民族近现代以来的历史想象主干。从农业国家转型成为工业国家,这是中国现代化之路最重要的目标和参考系之一;从传统意义上的农耕生活,进入被工业产品环绕、由工业技术支撑的"现代人生活",也是百余年来中国人极普遍的现实追求。脱离"土的世界"、进入"铁的世界",成为近代以来中国历史发展极其重要的内在动力逻辑,它深刻地影响和重塑了中国人的历史想象乃至历史价值判断。

在这样的历史大语境之下,"工业"与"诗歌"的缠绕交融,无疑意义重大,但同时也显得分外复杂。重大性在于,诗歌对工业题材、工业经验的书写,事实上构成了同现代中国历史的强大呼应、直接连通着历史发展的核心脉络。复杂性则在于,中国古典诗歌建立在发达的农业文明基础之上、对工业相关内容几乎毫无涉及,因此在词语系统、情感模式、形象谱系等诸多方面,工业诗歌于汉语新诗而言,都相当于一项"白手起家"、无所依凭的"创业式"任务;与此同时,工业与中国人生活的关联程度、对中国人生命的介入方式、在中国人内心激起的情感，在百余年的历史中始终是不断变化的——在个体审美态度和情感体验的层面上，与工业相关的一切，远非如在历史逻辑层面上那样确凿稳定。诗歌所要面对和处理的，并非只是工业本身，更是工业与人的关系。这段关系呈现出这样的轨迹：与工业相关的一切，从历史想象的天庭云端降临而下，在穿越大气的旅程中释放出强大的光芒和火花，经历了与地面上无数个体生命对撞摩擦的剧烈过程，最终弥散、融化于当下生活经验的隐秘纹理之中。这是宏大历史想象不断内化于个体日常生活内部的过程，也是"奇迹"逐渐还原为"常识"的过程。

百年来，汉语新诗的工业书写记录、呈现了这一过程。而就今天的诗歌现场而言，一种新的工业诗歌正被热切呼唤并已然显露轮廓：它将从无数常识的碎屑之中重新拣选和擦亮那些奇迹的钻石，并从现实经验堆积丰厚的土层深处，令那条已充分"内化"（生活化、日常化、情感化）的历史龙骨获得全新的显现。

一

1920年6月，郭沫若站在日本门司市西郊的山丘上——也站在汉语新诗最初发令起跑的几米范围之内——写下了这首《笔立山头展望》：

大都会的脉搏呀！
生的鼓动呀！

打着在，吹着在，叫着在，……
喷着在，飞着在，跳着在，……
四面的天郊烟幕朦胧了！
我的心脏呀，快要跳出口来了！
哦哦，山岳的波涛，瓦屋的波涛，
涌着在，涌着在，涌着在，涌着在呀！
万籁共鸣的 Symphony，
自然与人生的婚礼呀！
弯弯的海岸好像 Cupid 的弓弩呀！
人的生命便是箭，正在海上放射呀！
黑沉沉的海湾，停泊着的轮船，进行着的轮船，数不尽的轮船，
一枝枝的烟筒都开着了朵黑色的牡丹呀！
哦哦，二十世纪的名花！
近代文明的严母呀！

这首诗里出现了一个极富冲击力、并且在今天看来相当意味深长的意象：郭沫若将轮船烟筒排放出的燃煤废气，形容为"黑色的牡丹"、"二十世纪的名花"。在这首诗里，令人激动的并不是山与海的美景，而是"天郊烟幕"（工业生产的产物及象征）以及这些赤裸裸绽放着的工业文明的"黑牡丹"。显而易见，几乎令诗人的心脏蹦出胸口的，是现代文明造成的印象冲击，以及这种冲击背后对中国历史未来的联想展望：这二十世纪的名花，迟早也将会绽放在中国港口的海面上。在郭沫若

这首诗的语境中,"工业"与"进步"、"发达",几乎是同义词;每一支小小的烟筒都不是孤立存在的,它们的背后是对线性历史的总体想象,这种想象无疑牵涉着强烈而真挚的个体情感——我们甚至不妨联想一下郁达夫笔下《沉沦》的主人公了结生命的地点,同样是日本的海边,他在死前所看到的也很可能是"二十世纪的黑牡丹",祖国贫穷落后与个体自卑苦闷之间的奇异关联,将如蛛网般缠绕在黑牡丹纷乱的梗刺上面。工业,或者说无数工业元素、工业细节所暗示和指向着的整个工业文明系统,高耸在历史的彼岸,呈现为身披奇迹光环的异域神像、一个吸引力十足的巨大象征性"他者"。它被定义为历史前进的方向、被寄望能解决我们的困境和难题。颇有意味的是,在欧洲发达国家,同时期的艺术家们很少会从这种角度赋予"烟筒"意义,彼埃尔·昂就曾提到"艺术家倾慕巴比伦寺院的廊柱而鄙视工厂的烟囱",即便是波德莱尔,其在论梅里翁的文章中分析到的、由"冲着天空喷云吐雾的工业丰碑"和蛛网般缠绕着古代纪念碑的"巨大脚手架"所构成的巨大诗意力量,也更多地指向古典主义与现代主义间奇特的关联融合——它是美学层面而非历史层面的,关乎"绝对时间"(借用本雅明的表述便是"城市衰老的意识")而非"相对时间"(全球化坐标系里民族国家的历史进度)[①]。因此,郭沫若对工业意象的这种想象方式,可以说是极富"后发现代性国家"历史语境特点,或者说是十足

[①] 关于彼埃尔·昂和波德莱尔的相关内容,见[德]本雅明《发达资本主义时代的抒情诗人(修订译本)》,张旭东、魏文生译,生活·读书·新知三联书店2012年版,第109、110、116页。

"中国特色"的。

这种"二十世纪名花"式的心态,在现代中国知识分子那里显示出相当的代表性,并且一路延承到了新中国成立之初的社会主义建设时期。在1957年《诗刊》的创刊号上,刊有周良沛的《启明星》一诗。在这首诗里,诗人这样表现草原上奔驰的汽车队伍:

> 车队急急地往前赶,
> 车灯是西奔的一道流光;
> 发动机像蜜蜂在嗡嗡地嚷,
> 好像在酿蜜时一样匆忙;
>
> 车队在大道上疾行,
> 像快艇在划开海浪;
> 像大海的风暴在呼唤勇敢者,
> 前面的道路多么宽广……

这首诗在开始之前,先以类似"前言"的方式,交代了一个"在贫困的帐篷里流传"的传说:"有一天他们将得到幸福,那幸福从启明星光中走来。"诗人让车灯实现了这个传说:"车灯是高原的启明星,/ 发动机是黎明的前奏曲",这些现代工业文明的产物与代表,惊醒了森林和栖居在农耕大地上的人民,"她在一阵晕眩中醒来,/ 见一个伟大的预言实现在今天早上"。来自工业文明的光芒和轰响"使她心里欢乐地震荡"。车灯所照亮的未来道路是宽广的,工业文明在关于幸福的预言中(也即在人们对历史前进的想象中)获得了诗意的合法性,它向我们呈现出一幅幅有关中国现代化前景的、总题为"时间开始了"的生动画面:"在我将去的铁路线上,/还没有铁路的影子。/在我将去的矿井,/还只是一片荒凉。//但是没有的都将会有,/美好的希望都不会落空。//在遥远的荒山僻壤,/将要涌起建设的喧声。//……记住,我们要坚守誓言:/谁也不许落后于时间!"(邵燕祥《到远方去》)。

就这样,作为甜蜜而遥远的象征,工业的确是以一种类似启明星的方式,悬挂在诗歌的地平线上:它陌生、新鲜、清晰可见却还无法被真切抚摸,携带着时间运行的巨大动能,投射出历史想象的纯净光束,照亮了那些被应许的生活和未来。

二

未来终将到来。就好比天空中的星辰,只要进入地球的引力圈内,就注定会降落在大地上、出现在人的身边。工业之于诗歌,"甜蜜而遥远的象征"当然不会是常态,随着历史的发展和社会生产力的提升,与工业相关的一切"飞入寻常百姓家",渐渐进入了"常态"、"常规"、"常识"的领域。于是,工业诗歌需要寻找新的意义模式,相关诗作的情感结构和表达姿态也必然发生深刻的变化。

1982年,舒平在《工业诗的突破》一文中,提到了这样的问题:"现在,我们不像当年了,对大规模工业建设抱着强烈的期望，有着巨大的日新月异的目标力量和对一切都持有的那种新鲜感。三十多年时间过去了。当年在工棚里呱呱坠地的孩子，已经是新一代的接班人了，对这里的一切，都是熟悉而又熟悉的。我们已经有了几十万个企业，这对于我们进行物质建设，无疑是个了不起的成就和向新的目标跃进的基础，但它也'积累'了我们的生活，使新鲜感消失，变成了某种单调的重复，无所事事般的平庸，一切都是司空见惯。这样，诗歌也不可避免地感到无所挖掘。"[1]一种被"积累"的经验、渐渐进入重复与习惯之中，这是任何一种题材或经验在进入审美系统、被不断深化并尝试经典化的过程中，所不可避免要遭遇到的问题。对于工业这样曾经带来巨大惊奇感和冲击力的题材内容，这样的情况尤为明显。

一层维度的受阻，常常也意味着另一维度的敞开。例如梁小斌的《节奏感》。以往的中国工业诗歌论述者们常常会提到《节奏感》，认为这首诗以其令人印象深刻的豪迈浪漫，延续了共和国前30年的感受模式，展示了个人自由自觉的活动与国家价值（同时也是历史价值）在工业生活场景内的完美统一：

> 清晨上班，骑上新型小永久，
> 太阳帽底下展现我现代青年含蓄的笑容。
> 闯过了红灯，
> 我拼命把前面的姑娘追逐。

---

[1] 舒平：《工业诗的突破》，《诗探索》1982年第2期。

警察同志,这不是爱情,但是我控制不住。

我的灵魂里萌发了一种节奏,
我干的是粗活,开着汽锤,
一只悠闲的腿在摆动,
而那响亮的汽锤声一直富有弹性和力度,
连我的师傅也很羡慕
我的师傅不会懂得,我模拟的是圆舞曲的小舞步。

然而细读便知,《节奏感》的诗意来源并非是新中国成立初期经典意义上的工业生产生活,相反,工业元素恰恰是在被替换的过程中滋生出了自身的诗意:骑自行车去工厂上班的过程被幻化为一种并非爱情的追逐行为(不妨将其类比为工业时代版的"策马奔腾",在今天类似的行为被称为"飙车"),而干粗活开汽锤的腿,在圆舞曲小步舞的比喻中悄悄溜下了工位。事实上,考虑到该诗创作于1979年,再参照诗歌开头有关"自由的音符"的句子、最后一节关于"祖国"和"节奏"的书写,将这首诗与社会空气变化的历史语境关联在一起似乎更为妥帖。在我看来,这首诗真正值得品味之处在于,工业经验如此自然地挣脱了"本体——喻体"的宏大意义垂直结构(从"烟筒"上升到"现代文明的黑牡丹"、从"车灯"上升到"历史启明星"),而把一切还原为一种动作到另一种动作间的平行越界体验(从"骑车"到"纵马"、从"踩汽锤"到"踩舞步")。这种处理方式,本身便相当于一种工业经验"落地"、"近身"之后的"圆舞曲的小舞步"。

更直接的"落地"与"近身",体现在与工业相关的种种,逐渐化作了普通人生活流程甚至生命流程上的一环,进而真正融入了诗人对生活与存在的思考表达之中。舒婷在1980年写到了"流水线":"在时间的流水线里/夜晚和夜晚紧紧相挨/我们从工人的流水线撤下/又以流水线的队伍回家来/在我们头顶/星星的流水线拉过天弯/在我们身旁/小树在流水线上发呆。""流水线"在此成为了一种普遍而抽象的秩序(在许多不经意的瞬间,这个词溢出了它原有的语义场),诗人自己的情感体验则托付给星星、委婉地传递了出来:"星星一定疲倦了/几千年过去/它们的旅行从不更改"(舒婷《流水线》)。具体而熟悉的流水线生产工作,对应着某种(可能本身并不具体的)疲倦情绪;或者也可以反过来说,流水线工作的普遍存在,为"疲倦"情绪的表达提供了极富时代特色的载体和对应物。而当这种富有个人色彩的情绪表达上升至群体命运感的层面,就出现了于坚《在烟囱下》(1983年)里写到的场景:"工厂的孩子们/在烟囱下/长成了大人/当了锻工/当了天车工/烟囱冒烟了/大家去上工。"

而在更新一代诗人(尤其是工人身份的诗人)眼中,工业生产成为了与生俱来、理所应当的存在,甚至在相当程度上成为了生活乃至生存本身的主要形象表征。在他们的笔下,与工业相关的内容常常与某些带有压抑色彩的情绪一同出现。例如郑小琼的《声音》:"我看自己正像这些铸铁一样/一小点,一小点的,被打磨,被裁剪,慢慢地/变成一块无法言语的零件,工具，器械／变成这无声的，沉默的，暗哑的生活。"又如许立志《我咽下一枚铁做的月亮……》："我咽下一枚铁做的月亮／他们把它叫作螺丝；我咽下这工业的废水，失业的订单／那些低于机台的青春早早夭亡；我咽下奔波，咽下流离失所／咽下人行天桥，咽下长满水锈的生活；我再咽不下了／所有我曾经咽下的现在都从喉咙汹涌而出"，在最后，这种无法咽下的情感和生活，在修辞上竟与耻感建立起了关联。

在这里，我们看到了工业经验与个体日常生活、自我认同之间冲突撕裂、艰难磨合的过程。这种撕裂，在直观上来自于现代工业生产高度发达后的自身时空形态，"工人们是高度流动的、原子化的个人……在新工人笔下，工厂不再是国企工人笔下单调、慵懒的时间，而变成一种'快，再快'的压迫"；而在更深的层面上，则涉及政治经济学领域，并关乎现代个体的主体性问题，"打工者在工厂中找不到'主体'、'主人'的感觉，他们确实不是工厂的主人，他们无法像国有企业工人那样在所有制的意义上占有生产资料"[1]。

"无法咽下"，在更深的层面上意味着"无法消化"。而"无法消化"，又反过来印证了"消化"这一努力或尝试的存在。不可否认的是，此中存在着压抑和灼伤的疼痛体验，但这种撕裂弥合同样为诗歌创造了以独特角度重新观照生活，乃至思考现代文明的有效途径。同时还需要指出的是，我们也不应狭隘地将这类诗句理解为对工业文明的指责控诉（仅仅从"反

---

[1] 张慧瑜：《从"工业田园"到"无法拥有自己"——对比新老工人的诗歌经验》，《南风窗》2015年第6期。

现代性"的角度去解读郑小琼、许立志等人的诗歌显然是偏颇的，甚至可以说是一种"降维化"的阐释方式），它们其实是对当代人生命状态、生存境遇的总体性指认。而工业，恰恰为诗的思考打开了一扇视角极佳的窗口。

三

疲倦、失语甚至呕吐，在本质上都是十足肉身化的精神体验。它们暗示着工业生产在深刻介入个体生活深处时引发的"排异反应"，也暗示着工业元素在进入诗歌的词语谱系、审美系统时引发的"排异反应"。今天，当情感和词语的"排异反应"能量被逐渐耗尽（被消化吸收掉），一种新的工业诗歌正在成为可能：工业既不仅仅再单方向指向亢奋宏大的历史乌托邦激情，亦不再被症候性的时代创伤体验所裹挟绑定，而是真正成为了我们每日经验细节的组成部分，甚至参与建构了我们对生命的记忆、对存在的感知、对生活的理解。

例如"矿工诗人"老井的诗作《地心的蛙鸣》：

> 煤层中　像是发出了几声蛙鸣
> 放下镐　仔细听　却不见任何动静
> 我捡起一块矸石　扔过去
> 一如扔向童年的柳塘
> 但却在乌黑的煤壁上弹了回来
> 并没有溅起一地的月光

继续采煤　一镐下去

似乎远处又有一声蛙鸣回荡……

（谁知道　这辽阔的地心　绵亘的煤层

到底湮没了多少亿万年前的生灵

天哪　没有阳光　碧波　翠柳

它们居然还能叫出声来）

不去理它　接着刨煤

只不过下镐时分外小心　怕刨着什么东西

（谁敢说那一块煤中

不含有几声旷古的蛙鸣）

漆黑的地心　我一直在挖煤

远处有时会出几声　深绿的鸣叫

几小时过后　我手中的硬镐

变成了柔软的柳条

这首诗里出现的煤矿劳动生活，并未简单地寄托于宏大历史的意义联想以获得诗意，也并不着力于传递强烈的不适体验。相反，我们从中读到的是一种由内而外生发出来、真切地植根于个体独特内心世界的浪漫乃至安宁。不必在现实逻辑上纠结于矿工生活可能存在的艰苦或危险，就文本自身而言，其诗意的成立与写作者的现实境遇之间并不必建立起完全镜像般的关联等式。事实上，农耕生活的贫穷艰辛也并不会消解掉古典田园诗歌的美学魅力，而就本诗而言，煤矿在某种程度上甚至担负起了田园的部分职能——即便我们不难从老井的安宁浪漫之中，分辨出孤独忧伤的痕迹。而在老井的另一些诗作中，许多可以做"大"文章、"大"阐释的元素，被有意地用"内化"、"情感化"的方式"微"处理了。很典型的一首便是《回答》：在劳模表彰大会上，出现了诸多关于"采煤原动力"的回答：为祖国建设而采煤、为新房崛起而采煤、为维护同老婆岳母的关系而采煤，等等。但老井重点抛出的一个答案却是："俺拼命刨煤／只是为了找到三十多年以前／被一堆碎炭埋在井底的爸爸。"既不是大喊口号、大唱高调（与高调有关的回答被做了略带喜剧化的处理），也不是痛陈创伤（在三十年前的矿难过后，"儿子"依然走上了矿工岗位乃至成为劳模，而非以单纯对抗性的姿态出现），却是把以上二者全部内化于个体生命经验的内部：关于父亲的记忆，犹如含义暧昧的信物，把儿子的身体（及身份）绑定在煤矿生产一线，甚至还绑定了一重意味极其复杂、永远撕扯不开的情感关联。这一切远非简单的"爱／恨"、"希望／绝望"等二元对立式的概念所能概括。

也正是在此意义上，龙小龙 2019 年发表于《诗刊》的组诗《新工业叙事》引起了我的注意。他把与工业相关的一切，还原为了一方场景、一串动作、一处细节、一块话语和呼吸的场域，并找到了意味驳杂、铭刻有个人印记的情感介入方式：

> 这辆转运车的驾驶员换了一茬又一茬
> 装车的师傅退了一批又一批
> 轮胎爆了一个又一个

第一辑　明月潮生

老旧的转运车。昨天它又侧翻了

依然没有伤及无辜
但很快它被送去了废品站
所以，这一回，它是彻彻底底地"转运"了
　　　　　　　——龙小龙《老旧的转运车》

烟囱戒烟了。我希望不要急于拆除
就让它高高地挺立，成为一种标记、一种记忆

那天，我们实施的是定向爆破
只听见一道闷雷，烟囱便应声倒下

那种感觉让我难受了好久
因为我突然想起了平素叨着烟袋、溘然长逝的父亲
我含着泪在心里默默地念叨
再见了，烟囱
再见了，我的老父亲
　　　　　　　——龙小龙《再见了，烟囱》

一次物理性的报废、一种功能项的消失、一系列生产方式的转型，背后是进步，也是离别，有时代的发展，也有个体的老去，其实包蕴着特别深沉的情感体验，甚至勾连着几代人的生命往昔。这些诗写的是现代工业里的"旧物"，然而正是在时

光奔涌而过的历史沉积带上，诗人找到了新的感受和深情。也正是在这种旧日经验的夕光映照下，人与他所书写的对象真正融为了一体——在平和中，在静默中，如同两位老友在晚饭前肩并肩坐在公园长椅上。

同样于 2019 年发表于《诗刊》的彭志强《电线杆》组诗，有异曲同工之妙：挖洞、抬杆、拉线、抢修等工业生产动作本已充分规范化（也即流程化），却能够被诗人写得趣味横生，并且赋予了崇敬、深情甚至嬉笑怒骂等一系列情感，这有效地拉近了工业器物装置与读者内心情感间的距离。以钢铁冶炼工业作为主要创作题材的马飚，则探索了工业经验情感化的另一种尝试：他将词语的处理对象同词语本身一并扔进了仪式化的句式熔炉（像把铁矿石和火焰压缩在一起），把大规模工业生产的超现实感和情绪激越的呓语状态相结合，配置出工业激情的"致幻剂"；通过语言秩序的剧烈扭曲，爆射出工业生产图景的强力冲击印象："高炉喷薄太阳的芳菲 /……铁水是春光里红土涨过海拔"、"看火箭、高铁飞动，光阴上，有我们加工的部件 //……思考也产生：焦炉气的形而上——甲酸、乙醇 / 用生铁酿白葡萄酒 / 一样的：耐热临氢 / 钒钛钢宇宙有流逝自成"（马飚《太阳铁——新工业颂歌》）。

尤为值得关注的，是那些并未出现在经典工业谱系之中、近年来却迅速介入公众生活的"准工业"或"泛工业"题材。从事快递行业管理工作的青年诗人王二冬，近年来创作了颇具规模的《快递中国》组诗，他把镜头对准了极富时代代表性的快递运输领域。"你静静坐着，整座城市停止奔跑"（王二冬

《城市超人》)这样的句子,令习焉不察的常识性场景迅速获得诗的精妙表达,进入了时代经验的审美序列;而那些在夫妻母子、故乡异乡,甚至现实自己与理想自己间传递转移的快件包裹,无疑被装填了极为典型的时代情绪,其背后所牵涉、暗示的历史发展图景无疑也是重大而有总体性的:"小小的包裹填补了城乡的裂痕 / 她把瓜果交给快递员,父母尝到女儿的甜蜜 / 她把围巾交给快递员,丈夫在异乡不再寒冷 // 她偶尔也把无名的悲伤交给快递员 / 没有地址的收件人像一棵与时间对抗的树 / 不知道送给这一棵还是那一棵 / 他有时觉得自己也是收件人,自己 / 也被这个村庄被村庄里的人和万物爱着"(王二冬《乡村使者》)。

由此可见,新工业诗歌的"新",一方面在于传递、书写了工业生产生活领域出现的新变化、新内容,另一方面更在于表达了人对工业经验的新感知、新情绪,这些感知和情绪往往带有具体而微的时代精神典型性。这些"发达工业时代的抒情诗人"们正在做并将继续做的,是将工业这样一个紧密联系着国家命运、历史进程的主题,充分地融合进个体的生命体验与情感结构之中,是从"常识"中再度发掘出"奇迹",是追随着"工业"一词所携带的巨大历史动能进入每一个人生活和生命的内部——然后从那里,把一种获得全新形体的情感能量、历史能量,再度爆发出来。

|第二辑|

河汉观星

好故事不等于好小说：评余华《文城》

让我们开门见山地说：在我个人看来，余华的新长篇《文城》，是个好故事，不是个好小说。

现在，让我来具体解释一下这句很短却又很绕的话。这句话成立的重要前提是，在今天，"故事"和"小说"出现了某种程度的分离，至少它们不再像过往那样严丝合缝、二者同一。类似的情况在文学领域早已出现过，例如"诗"和"歌"的分离。《诗经》是用来唱的，宋词也是用来唱的，但汉语新诗在多数时候就不必考虑唱的问题，因为这一功能项已经由专门的歌词承担了。二者的合法性各自独立，标准也是不同的。有些歌词或许很有诗的意味，比如毛不易或"五条人"乐队的一些作品，或许有人觉得方文山的歌词也很"诗"。然而直接以诗歌的标准来衡量这些作品依然是不妥的。反过来说，许多优秀的新诗作品唱起来会很别扭甚至很难听，我们也不能因为它不能唱而认为它不是好诗。

"故事"和"小说"也是这样。

"小说"和"故事"

在我们的文学语境中,"小说"有其特指,自从它在新文化运动——甚至还可以上溯到晚清时期——里获得庙堂合法身份、成为文学领域新焦点以来,这个概念就始终同启蒙的任务间存在着千丝万缕的关联,它在潜意识里被要求是合理的、深刻的、有现实感或现实关切的(当然不一定非得是现实主义或现实题材)、能够与人的生活人的命运建立有机关联的。也就是说,我们长期以来所说的小说,是建立在现代性和五四传统之上的,在今天——尤其是在我本文的语境里——它基本等同于"纯文学小说"。与此对应,逐渐产生了一套针对小说的价值想象和技艺准则。"小说"可以讲故事,也可以不讲故事。反过来,故事能够以"纯文学小说"的方式呈现,但也同样拥有其他形态:比如网络小说、非虚构文学、电影电视剧,甚至网络段子。它们多是消费主义时代兴起的文艺新形态,其"物种起源"与传统小说大不一样,想要实现的效果和目标自然也不会相同。今天,"小说"与"故事"是一张纸上的两个圆,它们有巨大的重叠面积,但彼此又都有溢出。必然,二者都发展出了自己的要求和标准,这二者同样既重叠又溢出。

于是回到余华的《文城》。以纯文学小说的标准来看,《文城》的人物形象单薄扁平、情节设计频繁失真、逻辑动力顾此失彼……一字以蔽之,就是"假"。当然,考虑到《文城》的语言总体还算漂亮、"文城补"部分的结构设计确有心思,许多细节处理也显示出了余华应有的水平，我认为《文城》并不是一部"差小说"，最多算一部"不够好的小说"。如果有人认为这本书差到不能看，我想多半是因为它出自"纯文学顶流"余华之手，因而读者在潜意识里提高了评判标准——这当然是不公平的，就像我们不能因为这本书是余华写的就只能夸不能骂一样。

有趣的是，如果我以更广义的"故事"标准来衡量，我会发现余华给我讲了一个好故事。因为，当我以故事的概念区别于纯文学小说的时候，我的重心已经转移到了阅读的流畅感、享受感、满足感，也就是读者的主观阅读体验。我发现，读完《文城》，我的感觉是爽的——天地良心，有些小说我真的知道它好，但把它认真读完也是真累、真"不爽"。而《文城》的叙述是流畅清晰的，情节也能吸引人一直往下读。甚至除了"爽"，我的心中还生出了一阵感动。这让我有些羞耻，那感觉很像是刚刚看完《你好，李焕英》从电影院里出来，你的心中洋溢着明知很傻然而非常真实的感动。一些同我交流过的朋友，也有类似的"爽"、"感动"或二者兼有的感觉。于是我觉得，余华确实写了一个好故事：从最直观的效果上讲，它大概让很多读者（当然不可能是全部）满足了、舒服了。失真？扁平？"假"？这些并不重要，对于"故事"来说，重要的不是"深刻"而是"强烈"。大多数时候，读（或者看）"故事"就像采耳：你以为采耳是为了养护耳朵健康、让听觉更加敏锐吗？错！我是为了追求耳朵的生理反应，是为了"巴适"。因此对于"故事"，读者的反应是真的，它自己也就"真"了。

——"假作真时真亦假",这倒让《文城》显得有意思起来了。

"童话镇"

那么,先来说说"假"的部分。

阅读《文城》的时候,我的脑海中时常萦绕着歌曲《童话镇》的旋律:

> 总有一条蜿蜒在童话镇里七彩的河
> 沾染魔法的乖张气息
> 却又在爱里曲折
> 川流不息扬起水花
> 又卷入一帘时光入水
> 让所有很久很久以前
> 都走到幸福结局的时刻
> ……

现在,一个男人沿着这条七彩的河向我们走来了。这个男人叫林祥福。这个镇叫溪镇,或者也可以叫文城。

《文城》确实很有童话感,因为若是以现实的标准,许多情节根本都站不住脚。有朋友将《文城》戏称为"一个媒婆引发的血案",因为在小说的开头,原本在正常婚嫁轨道上稳步前行的"钻石王老五"林祥福,由于媒婆的点滴暗示,而没有给自己非常中意的女子下聘礼：林祥福"感到自己热血沸腾起来……可是媒婆的眼色改变了他的想法……匆匆起身告辞"。原来，媒婆因为没逗出女子开口说话，怀疑对方是聋哑人。后来事实证明，女子不聋不哑，媒婆的怀疑纯属误会。而就是林祥福这样一个因为媒婆一个眼神就能放弃中意女子的老实男人，居然不走流程就娶了来历不明的女主人公小美，甚至在小美卷钱逃跑又怀孕返回后，依然不加追问就娶了第二次！这实在不像是"林祥福会娶小美"，而更像是"余华需要林祥福娶小美"。由此再进一步讲，变卖祖产、流浪寻妻，也不像是这么一个旧时代的老实地主少爷所能干出来的事情。再如土匪绑票一处，土匪原本绑走的是林祥福的女儿林百家，结果林祥福的好友陈永良夫妇竟然让自己的长子跑去替回了林百家，事后的理由是"儿子有两个，女儿只有一个"。用亲生儿子的命去换朋友女儿（最多算是干女儿）的命，这怎么看也不太像亲妈干的事儿吧！更离奇的是，陈家儿子在郊外追上了土匪，说他是男的，值1000两银子，她是女的，只值500两，让绑匪绑他、把她放回去。土匪居然照做了。没错，1000是比500大，但1500更大啊！小孩子才做选择题，成年人当然全都要嘛！说到土匪，故事的背景是民国初年，那时兵荒马乱、盗匪横行。然而，我们的主人公们（林祥福或者小美、阿强）经常身带巨款走南闯北，居然一次都没有被抢过；甚至，他们还时常出手慷慨，看起来毫不担心被人盯上。

如果说以上还只是局部问题，那么某些大情节的设计和逻辑同样让我感到困惑：林祥福准确地找到了溪镇，并且定居下来，发家成为了风云人物。陈永良等人逐渐知道了他寻人到此的故事。那么，明明就生活在这里的小美、阿强，怎么可能从来不被意识到就是林在寻找的人呢（毕竟他们没有另用假名）？虽说他们在林祥福定居溪镇那年已经死去，但在熟人社会里面，谁家的来历和人员能够从所有居民的记忆及话语中一夜蒸发？更何况，小说中，溪镇首富顾益民已经发现了阿强尸体上的巨额银票，因而对二人的北上之行产生了怀疑。这一切之所以没有穿帮，只不过是为了强行把"寻妻故事"扭转到"护女故事"的轨道上面来。

当然可以替余华开脱。林祥福抛弃所有、千里寻妻，是因为他的确是深情之人，要美人不要江山。陈家以亲生儿子换朋友女儿，也是纯粹出于恻隐之心。至于土匪"和尚"放还林百家，后来又善待陈耀武，乃至同陈永良结成了盟友兄弟，则是真心遇到了土匪里的好心人——盗亦有道嘛，人家是侠盗！这在逻辑上的确说得通。然而问题又来了：我们随即发现，《文城》不仅是一部巧合过多的小说，还变成了一部人物扁平的小说。人物要么"好"，好到极端、好到一根筋、好到没道理（小美和阿强的形象比较复杂，但他们的故事主要出现在主体故事结束后的"文城补"部分里）；要么"坏"，比如土匪张一斧，坏到活劈良民、吃人心肝、集体屠杀。甚至，在溪镇民兵阵亡以及林祥福死于土匪之手的情节里，"好人"们的表现简直就像是在向红色经典里的英雄人物致敬："死去的林祥福仍然站立，浑身捆绑，仿佛山崖的神态，尖刀还插在左耳根那里……他微张着嘴巴眯缝着眼睛像是在微笑。"

可以说,《文城》主体故事里的人物,几乎是不成长、不变化的,他们只是单纯地活着或者死去,忠实而呆滞地服从于情节需求——这种情况,与他们大起大落、高度极端、充满刺激性和冲击力的"精彩经历"是完全不匹配的。这样"非黑即白"并且"岁月静好"的设定,只有在童话里才会有吧!

"爽"和"甜"

情节逻辑不现实、人物形象不立体,在"小说"的评判标准里是很严重的问题,它们会直接导致小说文本假、空、立不住。但是,如果我们换个角度,就会发现,不顾逻辑细节,换来了故事情节的通畅狂奔;人物形象不立体,换来了人物特定方面的格外凸显。在客观上,这些恰恰构成了更宽泛意义上的"故事"的成功要素。于是,小说文本固然"假",故事效果却非常"真"。

在此意义上,我愿意将《文城》同网络小说或者流行电视剧比较来谈。在这类坐标系中,"像童话"就不再是贬义词,情节和人物的"简单化"、"类型化"也不再是问题,因为广义的"故事",其重要目标就是"造梦"——而且,是造熟悉易懂、能够迅速获得辨识的梦。《文城》牺牲了复杂性和真实感,但造出了读者们喜闻乐见的"梦"。这个梦跌宕起伏,这个梦情深义重。这个梦让读者乐于做完,并且做完了觉得很爽。

于是在我看来,《文城》近乎某种"纯文学爽文"。它更精致、更深沉,但内在机理与"爽文"、"爽剧"颇有相通。恰好几日前,"北青艺评"公号刊发了唐山的《〈赘婿〉的垮掉:爽文之后是爽剧 爽完之后是空洞》一文,其中总结了"爽剧"的几条基本特征:

首先,情节变化快:从被虐到复仇,不能超两集。

其次,人物极简,情节极繁:只提供类型人物,黑白分明,全靠情节曲折取胜。

其三,人设符合观众的自我心理预期:男女颜值高,无异性交往史,有钱有权。

其四,充满爽点:如智力碾压、完虐对手、调戏强者、有权任性等。

其五,情节游戏化:以直线逻辑为主。

我发现《文城》高度符合。就拿主人公林祥福来说吧!他在地主少爷、流浪汉、富商大户、孤胆英雄之间无缝切换身份并高速衍生情节,符合第一条。他爱憎分明、一"好"到底,符合第二条。他有钱、有才、有影响力还痴情盖世(唯一有次想去嫖娼,结果作者直接安排他从此阳痿),符合第三条。林祥福虽然没过多显示智力碾压、权力碾压,但反复表现出对这世界的道德碾压,是道德价值层面的绝对强者(近乎"民间圣人"),符合第四条。林祥福的故事单线行进,几无旁支,类似"打怪升级"然后"功德圆满",符合第五条。一条不落,全部吻合,读者读完故事觉得爽快,并不是奇怪的事情。

此外,我们还能够从《文城》里看到"甜宠文"的影子。这在女主人公小美的身上尤其明显。小说里,小美玩的是"仙人跳",这事儿实在不光彩。结果呢?原配丈夫和受害丈夫全都对她不怪不怨、宠爱有加,小美也对两个人真情实意、情深意浓,除了甜蜜到笑醒,就是纠结到哭晕,简直是"我爱人人,人人爱我",确实不知该选谁做郎君。甚至其他人物也显示出对她的宝贵善意:林祥福家的下人没有替少爷不平,提起她时依然是一口一个"少奶奶";童养媳时代的婆婆,即便一时赌气赶她出过家门,弥留之际还是一直叫着小美的名字,要把家传给她。至于最后的结局,小美惨死、林祥福惨死,并且两人至死没有相见、比邻而死却又彼此不知,则是在"死生亦大矣"的终极抒情上打了一个擦肩而过的时间差——非常典型的"虐恋"设置。

于是,"土味霸道总裁"林祥福,沿着七彩的童话之河,一路寻找着人见人爱的甜蜜宠妻小美,一路顺风顺水却又求而不得。这个故事既是喜剧性的,叫"风里雨里,总裁找你";同时也是悲剧性的,叫"冰里雪里,来生还你"。无论如何,它都是充满戏剧性的,并且融合了大量高度符合当下读者(我指的是普通读者而非专业读者)所最期待、最习惯的叙事模式及其元素,"诱人"并且"感人"。

值得一提的是,这样的故事模式很符合当下受众的习惯和期待,却未必是完全的新鲜事物。例如,丁帆教授在《如诗如歌 如泣如诉的浪漫史诗——余华长篇小说〈文城〉读札》里,就专门分析了小说的传奇性及浪漫叙事风格问题,并且将话题上溯至古典文学、民间文学乃至西方文学传统。我并不是说,我们必须在古典或西方的知识框架内拼死挖掘论证《文城》的艺术价值,我的意思是,《文城》作为"故事"而成功的一面，并非余华（或任何网络文学作家或编剧）的独家发明，也未必只关乎当下一时的消费流行。这一话题，显然比《文城》自身的好坏得失意义更大。

"老狮子"

同样比"《文城》好坏"意义更大的，还有其他一些"衍生话题"。

在《文城》里，有一处细节引起了我的注意（其实我已在前文一笔带过地提到），那就是林祥福"嫖娼——阳痿"的故事。林祥福在溪镇扎根落定之后，终于开始慢慢接受一个现实，那就是他此生很可能再也找不到小美了。在这一刻，他恢复为一个正常的、完整的、自由的男人。于是他去寻找那个当年曾被他误认为是小美的暗娼女子，进了她的家门、来到了她的床边……然后，他发现自己"不行"了。而在后面的故事中，林祥福与这位女子建立了某种奇特的、止于触摸、陪坐甚至沉默的依恋关系。故事的最后，这位女子甚至成为了林祥福遗书的托付人。

"阳痿"问题在男艺术家那里是非常敏感而重大的。有一种说法是，达利当年之所以画出那么多弯曲的钟表，背后正是对阳痿的强烈恐惧。这一话题看上去很低俗，但其实质却是低俗行为的永久性缺席（或者说，它就是对这一"缺席"可能性的完全暴露）；它以下半身的形式把问题深刻地转移到上半身，在性行为的语境里，把矛头直接对准了精神化的生命处境——

这不是简单的生理功能受损,而是强烈隐喻着整体生命能量的衰退,或者说生命能量的形态转化。

我想起了余华本人。我当然并且绝对不是说,余华先生的某些功能可能受损。我想讨论的只是,当一个以残酷、冷峻、锋利驰名的作家老去了,当他的生命激情变得柔和而稳定,当他的荷尔蒙和才华不再以当初那种极其暴烈的方式喷射到文字之中,他的作品,会呈现出什么样的状态?

当然可以有很学术的说法。比如"晚期风格",来自萨义德,前些年貌似很火。比如"先锋的内化",这不仅仅发生在余华身上,也发生在余华当年的"先锋文学"战友们身上。但我在此想说的是一些更加具体和真切的词。例如柔软,例如温情,例如和解,例如善意。

尽管我对作为小说的《文城》评价有很大保留,但我依然要承认,《文城》背后的余华似乎有些打动我——与此相比,《第七天》背后的那个余华就会让我感到不适,他功成名就,却偏要来不可靠地代言我们这代年轻人的愤怒和残酷。《文城》背后的余华,让我想起"老狮子"这个形象。血和杀戮淡了远了,它们仍在,但不再使他感到迷恋。他现在看到的是东非草原上的金合欢树,是升起又落下的太阳。并且,他愿意把这画面笨拙地分享给我们。

因此,我对《文城》的直观印象,就是它构成了《活着》的某种"背面":当然,就艺术品质而言二者几不可比,但如果说《活着》是关于残酷的生存,《文城》则确实试图去讲述温暖的死去。并且当林祥福时隔十七年再次来到那条引领他来到溪镇的河流、再次踏上当年的同一条船，我也真的忆起了《十八岁出门远行》里的那个少年——在残酷成人世界的起点和尽头，他们的目光相遇了。杨庆祥教授在《余华〈文城〉：文化想象和历史曲线》一文中谈到过余华的转变："余华将这种转变的缘由归因于一个梦：在梦中有人要枪毙他，他在梦里挣扎，最后发现并没有人来救他，他感到了巨大的恐惧……这个时候他从梦中惊醒，意识到没有救赎的时刻是多么让人绝望。文学如果仅仅给人提供这个绝望，是有所欠缺的。从那以后他决定要在文学里面提供温暖的东西。温暖是什么？其实就是希望——也就是布洛赫所谓的'希望哲学'。"杨庆祥也着重分析了《文城》里的"信"和"义"。温暖和希望是重要的，也是这部不使我满意的小说中少数令我满足的地方——尽管它或许跟狭义的文学无关。但关于文学的谈论为什么一定要是狭义的呢？

同时，我也想起了孟繁华教授几年前关于"中国当代文学情义缺失"的说法，他觉得文学里如果只有恨、只有残酷和背叛，显然是不够的。《文城》里面的情义是足够的，即便这情义显得有点笨拙甚至有点违和，尽管这情义或许仅仅是策略，或者仅仅来自年龄所带来的必然的坦然与和解。这并不影响我们去思考文学本身，去思考当下汉语小说写作普遍存在的某些症候性问题。

因此，在"是个好故事，不是个好小说"这个观点之后，我还要再加上一句：

它本身简单得不像话，但外围延展得有话题。

"上天入地"与巨大的不可解
——赵志明论

一

生存本身充满了无法逃脱的悲剧性——察觉并理解这一点，是真正走进赵志明小说的重要前提之一，因为赵志明小说的原动力和最终落脚点，往往都在于对这种悲剧性的体验与表达。这种悲剧性首先源自于生存本身的限度之外。丰盛、复杂的日常经验总是令我们沉溺其中，从而忘却了生命与生俱来的某些本质性的困境：先于我们存在的所在，是一片混沌；后于我们存在的所在，同样是一片混沌。生与死两种最重要的神秘向我们紧紧关闭住大门，真实的经验世界因此被限囿于一段极其狭窄的时空，而人偏偏是一种本能地向往无限和永恒的生物。况且，由于起点与终点在意义层面被无限虚化，乃至近乎取消，中间那段相对明晰的路程也不可避免地可疑起来——当一段旅程被发现是不知所起并且不知所终的，那么途中的风景和情绪就注定会蒙上一层荒诞的色彩，不真实和无意义的幻觉将如影子般蛰伏在光线之中，时刻蠢蠢欲动；因此，对于这路途中的旅人来说，他对这风景越是留恋、胸中的情感越是起伏，自己也就越容易陷入虚无和怀疑主义的包围。这感觉有些像梦境，事实上对于艺术家来说，现实、梦境与小说世界之间究竟存在着多么本质性的差别，这件事本身便颇可以怀疑。赵志明无疑深谙此中滋味。且看他那篇名为《你的木匠活呵天下无双》的小说①，在那座被复制（亦即被虚拟）出来的都城中，见证了时空秘密的首相（而他本身又是赵志明小说虚构的产物）在弥留之际的谵妄或者说顿悟中，紧紧握住了皇帝的手："圣上，我是不是生活在你的梦中？我们是不是被命运抛到了一艘奇怪的船上？"

这何尝不是我们的困惑？那一刻，赵志明笔下的首相感受到一种解脱。他即将死去，所有关乎虚幻与真实、空无与意义的秘密也将随之消散，再也不必也不能构成困扰。但赵志明以及他的读者们依然留在现实的世界之中，那艘"奇怪的船"仍旧在无边的海上日夜航行。与这种近乎终极的困惑作战，是一切有野心的小说家无法摆脱的命运——他们注定将在此一败涂地，继而在失败的废墟中意外地拾获胜利的勋章。而与此同时，在另一方面，我所提到的悲剧性也来自于生存本身的限度之内。原本在无尽时空映衬下显得极度渺小的个体存在，却因我们无休无止的悲欢和欲望，而变成了可无尽阐释、无限探索的深渊。

---

① 本文所引赵志明小说内容，除特别说明外，均出自《我亲爱的精神病患者》（中国华侨出版社 2013 年版）、《青蛙满足灵魂的想象》（作家出版社 2015 年版）、《万物停止生长时》（上海文艺出版社 2015 年版）、《无影人》（百花文艺出版社 2016 年版）。

爱与恨、聚与散、多与少、得与失……类似的事情，在这个世界上随时随地都在发生、以致看上去显得那般廉价，我们却还是不由自主地为之欣喜若狂或悲痛欲绝。潮水般的经验淹没我们，并非因为这经验本身的庞大，而是由于我们自身的渺小。这潮水里携带着无数信息，有残酷、有艰难、有孤独疲倦和软弱无奈，也有既脆弱又宝贵的善与温情；它们像海水中的盐一样包裹着每一个浸泡其中的个体，最终使我们通体浸透了浓浓的人间滋味。

好的小说家，自然要尝试描绘出这经验的潮水，并且捕捉那浸透了历史和个体生命的人间烟火气。但这同样是近乎绝望的企图。依然是《你的木匠活呵天下无双》中的想象，宫殿的内部还有宫殿、空间的内部还有空间，所有的经验都可以向内部无限扩张，那"是另外一个世界，可以不停地扩张。甚至我怀疑这种扩张是无限的。就好像宇宙一样，它可能诞生于一个原点，随后就不停地扩张蔓延，大到无边无际，长到无穷无尽"。

以上两方面，不论存在之问还是人世悲欢，不论无限大的还是无限多的，不论抽象而趋于哲学宗教的还是具体而偏向社会历史的，不论最终极的还是最日常的，都呈现出自身巨大的"不可解"：它们没有答案、难以言说、不可穷尽，像空气般围绕着我们却无从捕捉，像水晶般光影流转却拒绝确凿，只留给我们以坚硬、透明、充满悲怆意味的永恒沉默。赵志明对这限度内外的两种悲剧性都有着强烈的触摸企图——他似乎很少去埋头纠缠现实中的某类具体疑难，而总是不由自主地抬起头来，把目光由近及远地投向生存的总体性困惑。在我的理解中，几乎他所有的作品，最终都试图回应这样一个问题：面对谜一般的时空和无尽的人世经验，作为个体的人，该如何把握自身、自我安置？我们与这世界之间，又存在着哪些可能的关联？值得留意之处在于，赵志明在小说中所做的，仅仅是"回应"而非"回答"。这是小说家的谦卑，也是小说家的智慧：他避免去为世界不可解的部分总结答案（可以想象，那种强行得来的答案往往是狂妄而单薄的），而是仅仅寻求建立一种充满弹性的表达。他试着描述、至少通过语言与叙事触碰"生存"这一出本源性的悲剧，从而与之达成某种隐秘的交流、实现生命对自我的确认和安置。这是赵志明小说的落脚点所在。

当然，这样的落脚点，其实为世间许多优秀的文学作品所共有。赵志明小说真正散发出独特魅力的地方，在于其寻找到的表达方式。面对所有这些浩大而无解的对象，赵志明选择了两种取向相反却同样极端的做法，我分别称之为"上天"与"入地"。所谓"上天"，是指赵志明小说中依仗非凡想象力和通灵般的强烈精神体验展开书写的一路。这类作品在内部又可分为两脉，一脉近似于"生存寓言"，以既魔幻又真切的象征隐喻贯穿始终；另一脉则属于"奇谈异志"，借用了野史传奇的材料、民间故事的路数和说书人的腔调，尽情挥洒想象力和叙事冲动。所谓"入地"，则是指其作品中完全浸没于日常经验的一路。在这一路写作中，赵志明可以完全放下那些天马行空的想象和思接千载的情怀，只真实地去再现生活中那些最琐碎的事件和最寻常的人，而不显露出任何僭越的企图。前者呼啸着冲破了常规理性逻辑的束缚、在高处与世界的"不可解"遥相对话；后者则将自己彻底地浸没于生活之中、在低处与世界的"不可解"水乳相融。

从这幅分裂的图景中，浮现出赵志明小说写作中个性风格的独特性、令人惊异的复杂性和引人遐思的可能性。这些都构成了赵志明被关注的理由。当然，所谓的"上天入地"或许也属于某种创作上的无奈之举：赵志明试图去触碰的对象体量巨大犹如黑洞，他或者急速逃逸、与黑洞达成引力上的平衡，或者被完全吞没、让自己成为黑洞的一部分，除此之外少有他法。

二

截至目前，赵志明正式出版过四部中短篇小说集：《我亲爱的精神病患者》、《青蛙满足灵魂的想象》、《万物停止生长时》和《无影人》。此外，还有一本由联邦走马独立出版的《1997年，我们买了螺蛳，却没有牙签》。在他的所有小说中，带有寓言性质的作品在数量上并不算太多，但往往能够给读者留下极其深刻的印象；其想象之奇异大胆、叙述之从容精致、风格之强烈鲜明，的确在当下青年作家的总体写作格局中颇显独特。谈论赵志明这类带有寓言色彩的小说写作，无法绕过的文本首先是那篇《I am Z》。这篇精短的小说被放置在赵志明第一部正式出版的小说集《我亲爱的精神病患者》的第一篇，足可看出赵志明对这篇作品的珍爱；甚至某种程度上，我们还可以将它看作是赵志明对自己小说写作的一种总体隐喻——尽管就小说自身的充实感和完成度而言，我觉得《钓鱼》和《歌声》明显要更胜一筹。

《I am Z》没有什么统一集中的情节，它粗枝大叶地勾勒了Z的一生，通篇都在乡野传说（外在）与先知预言（内里）的双重腔调间游弋飘忽。Z是村子里一位瞎子的儿子，在瞎子死后，他继承了瞎子手中探路的竹竿，从此踏上流浪之途。借助手中的竹竿，他在天地万物的身上打下Z的符号，但终于在这种标记或者说命名的行为中感到厌倦——不论他怎样自以为是地为万物打上自己的烙印，这个世界还是依照他自己的方式存在；甚至作为其自我体认的象征的"Z"字，也最终显示出荒诞的意味来："他虽然是Z，但他是Z并不重要。他对万物说'I am Z'是可笑的……因为万物没有对他说，我是白云，我是苍狗，我是白驹，我是沧海。"

为天地万物命名，并通过这命名完成某种仪式性的占有和自我确认（Z在万物身上打下的记号乃是他自己的名字），这既是对写作的隐喻，也是人类命运深处的古老渴求。那么，"Z"的符号象征着什么？最直接的意义上，它是小说中主人公的名字，同时它溢出了虚拟的文本，正是赵志明姓名的首字母。而在小说的结尾，赵志明还给出了另一种解读，恰恰也提到了我前文所说的"黑洞"："'Z'是零和的意思，代表的是宇宙黑洞……那是一种绝对状态下的平衡和安全，既不衍生，也不消失。或者说，有无相生，活着就是死去。"

一种自我确证并在世间留存印记的努力，最终落脚于永恒的虚无；对存在的执着探究，在终点处却与庄子"齐死生"式的感慨意外相逢——这是人类（同时也是写作本身）始终无法挣脱的命运循环。"万物悠然自得,只有他自己在做着自以为是的毫无意义的事情。"但这一切真的毫无意义吗?在人对自身限度也即对存在之无意义的了悟之中,本身便寄寓着生命的成长;当小说中的Z第一次在命名的行动中体验到挫败(他始终无法在怪兽"须臾"的身上打下印记)、丢失了竹竿并感到筋疲力尽的时候,他同时发现自己的身体出现了变化:"这时他觉得自己下腹处有什么在破皮而出。他解开裤子一看,发现长出了几根阴毛。"紧接着,一个女人出现了。他在女人的身体内打下了"Z",将会有新的生命带着额头上的"Z"字标记继续行走在世界上,这一切的探问、尝试、失败和希望永无尽头。

小说的转折之处在于那头怪兽的出现,怪兽的名字叫"须臾"。这名字本身是一个时间的隐喻。而须臾的特点是变幻无形,它没有固定的形状、"好似天下万物都在它的拼装图中","到最后无限大的宇宙与无限小的粒子也奇怪地拼接在了一起",这又与空间有关。无疑,这头怪兽是一个巨大的时空象征,它也是小说中唯一无法被Z打上印记的东西。须臾抛给Z一个谜语,正是著名的"斯芬克斯之谜"。谜语的谜底是"人",在文学史的阐释中,这则出自古希腊悲剧《俄狄浦斯王》的谜语被赋予了"人类自我意识觉醒"的历史性意义。两千多年过去了,到了赵志明这里,相同的谜底背后却显示出完全不同的意味来:如果说斯芬克斯的谜语打开了个体觉醒后无限宽阔的可能,须臾和它的谜语却暗示着人之为人那充满悲剧性的限度;斯芬克斯在谜题被破解后羞愧地跳崖而死,须臾却任由Z将谜语悬置起来,只抢走了Z的竹竿,"张弓搭箭,把自己连带着Z

的竹竿一起射了出去，再也不见了踪影。"

时间、空间与人被直接并置在一起，这样巨大的格局和如此强劲的张力，显然不是依照常规逻辑运行的故事所能够承受的，赵志明唯有借助这种带有强烈诗性和寓言色彩的写法才能够顺利完成。值得注意的是，在这个故事中，那根竹竿成为了主人公与天地万物建立关系的媒介，它既是向外探索的工具（初始功能是拐棍），也是自我表达的象征（在Z的手中相当于笔）。这根竹竿被"须臾"（亦即无限时空）夺走了——它在"须臾"的面前突然失效，而一次失效也就意味着永久的失败，因此意外丢失是小说所能安排的唯一结局——但那个突然出现的女人告诉他，即使没有竹竿，他也能够继续在世界上留下Z字，那就是繁衍后代。由此，这篇小说不再是"Z与竹竿的故事"，它变成了一个永远无法写完、永远没有结尾的故事，赵志明在呈现出生存的悲剧性的同时也写出了一种西西弗斯式的希望和信仰：世世代代的Z在大地上行走、在我们每个人的灵魂深处渴望着，那根竹竿因而成为了人类命运深处无法被消化的坚硬骨骼。

这根不知所终的竹竿，后来又改头换面、多次出现在赵志明的其他小说里。例如在备受称赞的《钓鱼》一篇中，Z的竹竿就变成了"我"手中的钓鱼竿。钓鱼，这一日常生活中常见的行动，在这篇小说中忽然被赋予了强烈的精神性。主人公最初学习钓鱼，是出于十足世俗的动机：妻子生产，需要喝鱼汤补养身体。但随着日子流逝，主人公渐渐爱上了钓鱼，这种没有理由的爱最终完全盖过了最初的缘由；甚至我们还隐约感到，钓鱼本身不过是形式，主人公真正心仪的又是钓鱼背后的东西，正如"我"在小说开头就预先坦白过的那样："我跟妻子说，我去钓鱼了。如果我不想待在家里，我就只有到外面去，到了外面能干什么，就只有钓鱼了。其实我不是不想待在家里，我只是更想到外面去。"在钓鱼这件事上，"我"不知不觉地忘记了那个世俗生活意义上的"初心"，取而代之的，是生命意义上更本质的"初心"：他只是想与自己独处，想要从生活的困顿和人与人的隔膜中抽身而出、重新找回那种宇宙鸿蒙未开时分的孤独的安宁。

在我看来，这是一篇有关孤独的小说。主人公的母亲不满意他、他的妻子不理解他、他唯一的朋友也弃他而去。最终，他能够拥有的只有自己，而与自己相处的唯一方式就是钓鱼。就这样，小说的主人公在真实的世界中越来越像一个影子，只有在面对鱼群和水面、面对水面中倒映出和鱼影中幻化出的自己时，他才能变得完整、平静和真实。在想象中，他甚至同鱼建立起了神秘的感应与同情，进而从中体会到一种深情满满的悲哀："我犹豫了，考虑是不是把它放走，让它回到水的深处，把它藏起来，和它建立某种感应，在我钓鱼的时候，它会在水面时隐时现。它会赶跑我的鱼，它会让我眼前的水面热闹起来。可是已经晚了，这样的大鱼一旦精疲力竭，基本上就不可能复原了。即使把它放了，它也是死路一条，在某个水草丰茂的地方静静腐烂。"

在"我"和鱼之间，存在着某种精神上的同构性。"我"慢慢意识到，"生活在水里的鱼最渴望的不是水里的水草，而是长在岸边田野的草,它们也许做梦都想游出水域,游在空气里,大口地吞吃云朵"。"我"又何尝不是这样?"我"和鱼一样,都渴望另一个世界、另一种生活、另一个自己,但注定不得如愿。解忧之道唯有钓鱼:只有在钓鱼而非身处浩大人世的时刻,"我"才真正成为"我"。于是,主人公身后的世界越来越荒芜,只有身前的这片水域能带来安慰;由真实的他人织构出的生活之网渐渐变得模糊,独自钓鱼这梦游般的怪癖则清晰得分毫毕现。真实与梦境正在悄悄反转(小说中,钓鱼这件事的确有些像做梦,例如他时常半夜出门垂钓,而其钓鱼的过程本身也变得越来越离奇),一个人着魔般地走进自己的内心,并且把门关住再也不想出来。"我"能钓到的鱼越来越多,但钓鱼的结果变得越来越不重要。"我"钓了放、放了钓,渐渐变成了水边的姜太公,不用鱼钩、不用竿子,最后甚至不用到水面坐着了:"在家里的任何地方,只要我想,我就能觉得面前是一个清清水域。一些鱼在里面,很多很多的鱼,它们生活在水里面。"

《钓鱼》的精彩在于,它从真实的日常行为出发,最终写出了一种没有具体来由从而是近乎本质性的孤独。从这孤独的背后,浮现起一个松弛、疲倦、日渐荒芜的世界。在这个意义上,尽管赵志明的小说在取材和叙述腔调上颇具古典东方式的情韵,其最核心的精神体验却带有十足的现代主义色彩。类似的篇章还有许多,例如《歌声》,身患绝症的父亲如同世界荒废破败的隐喻,而"我"作为儿子必须日复一日地为他大声唱歌;"唱歌"变成了"我"强迫症般的习惯,令"我"痛苦、恐惧、绝望又无法自拔,"熟悉的旋律一起,我的嘴巴就不由自主地张开了"；发条般的歌声回荡在屋子里，甚至令人产生了错觉，"不是我在唱歌，而是房子在唱歌"。《我们都是长痔疮的人》对痔疮和排泄进行了人类学式的解读，甚至赋予其某些因果报应论的暗示，真实意图却是通过身体的病变，来引出人世的残缺：那些无法预知的苦难遍布在人的一生之中，而人心偏又是如此冷酷凉薄。《石中蜈蚣》里，蜈蚣、山鸡和几个难辨真假而命运迥异的"胡生"纠缠旋转在一起，共同拼合成对命运与时空的巨大困惑。如果说《石中蜈蚣》借助这困惑言说出了一种哲学层面上的虚无，那么《无影人》一篇则以"影子复生"和"反噬主人"为由头，对这虚无报以一场自我献祭式的解脱："我更想成为我影子的影子。管他之后世界将会变成怎样，沦陷在谁手上，我只是不想孤单。"

"对着墙根撒尿的时候，我发现墙基已经爬满了青苔。也许有一天，青苔会攀上墙壁、屋顶，会覆满人的身体和灵魂。这是可能的。"《歌声》里的这段描述，可以作为理解赵志明这一类带有寓言性质的小说的注脚。现实中，青苔只是占据了墙基；但对于赵志明来说，青苔已经在未来完整地覆盖住了整座房屋，而其对人的身体和灵魂的占据，也是可能性中无可置疑的必然。赵志明这一路寓言式的小说，往往是将故事放逐到一切可能性的尽头和极端，然后返身回望；借助小说，他把"虚构"的弹性拉伸到极限（比如挥竿刻字、对影成人、凭空垂钓、少年如上了发条一般唱歌不止），从而借助巨大的弹力跳脱出去，得以在脱离了理性逻辑引力的高处俯瞰这荒废的世界——这个世界，无疑是精神和哲学意义上的，而非物质意义上的。

面对这样一个世界，他思考着它的神秘、它的坚硬、它的不可解，并且在真真假假、虚虚实实的想象力幻术之中，带着悲悯去体悟人类置身其中时所遭遇的、命运般无法逃脱的困境。他所迷恋并书写的，是"真与假"、"实与虚"、"色与空"，是那些无限大的终极问题；但透过这些宏大的困惑，他也同样写出了人的限度、人的孤独、人的残酷和软弱，这类人之为人最真实的悲哀。

三

赵志明以上带有寓言色彩的小说，大多借助于想象力对常规理性逻辑和世俗生活世界进行抽逸、超拔，其想象力的爆发模式是竖直的、直指天际的，其方式类似于火箭发射。在同样依靠想象力的另一部分作品中，赵志明采取的则是另一种发力方法：在历史传说与民间故事的框架下，他把自己的想象力和语言天赋用冲刺般的速度摊开、铺展出去，在"奇谈志异"这一为中国读者所熟悉的叙事平面中，努力探索着自己的边界——这种方式不是竖直而是水平的，更像飞机起飞。

在小说集《无影人》中，赵志明将第一辑命名为"浮生轶事"，其中作品大都属于古史演义和民间志怪的范畴；他在豆瓣网和凤凰网读书频道专栏上刊发连载的"中国怪谭"系列故事，目前也正在筹备出版之中。"志异"式的写作似乎寄托了赵志明不少热情，我想这大概是因为此种写作能够充分匹配并发挥赵志明的优长：一方面，奇异的故事能够给作者提供发挥想象力的宽阔空间;另一方面,中国自古以来与"志异"故事相搭配的"说书"式的腔调,也是赵志明心仪并擅长的叙述风格[①]。尽管赵志明曾明确表示,这一路写作"只是戏作,不会是我的写作方向"[②],但"志异"小说作为赵志明作品中数量不少且独特性极强的一部分,仍然无法被轻易绕过。

  "浮生轶事"一辑中,有一篇小说相对较为特殊,那就是《你的木匠活呵天下无双》。这篇小说讲述了一个古代皇帝痴迷于木工制作、最终在复制宫殿模型的过程中发现了时空秘密的故事。这篇带有博尔赫斯色彩的作品,探讨了时空的无限性,进而涉及人性、历史等重大问题,按道理应归入前文"寓言性写作"的分析之中;但这篇小说始终是在历史秘闻乃至皇家隐事的框架内平稳进行,整个故事始终紧紧围绕着"皇帝和他的神奇木匠活"这一具体的"异事"内核展开,故而放置在此。更何况,这篇小说的历史背景虽属虚构,却一眼能知是从若干真实的历史原型中脱胎拼接而来:"木匠活天下无双"的戴

[①] 许多论者都曾提到过赵志明的小说叙事风格与说书等中国民间传统艺术形式间的关系。曹寇在《我亲爱的精神病患者》序言《一个货真价实的中国人》中认为,赵志明的写作是在"延续中国固有的记录方式,即记录中国最质朴的民间情感及其美学方式"。丛治辰在《抽打这个世界,并刺下印记——赵志明论》(发表于《百家评论》2014 年第 6 期)中提及过赵志明与中国本土叙事传统间既是继承又是背叛的复杂关系。木叶《作者与总叙事者的较量——论赵志明的小说》(发表于《文学》2014 秋冬卷)提到赵志明的小说叙事"远近轻重雅俗深浅之种种冶于一炉……模糊了家乡话与普通话、古代与当代、中国与西方"。蒋一谈则在《万物停止生长时》一书的序言《说书人的滋味》中,明确地使用了"说书人"这一表达来形容赵志明。

[②] 新浪网读书频道赵志明访谈《文学野心可以是平和的》,http://book.sina.com.cn/371/2015/1030/30.html。

允常，原型显然是"木匠皇帝"明熹宗朱由校；至于叔父逼宫、皇帝神秘消失、叔父夺位后移驾迁都的段落，又同朱允炆和朱棣的故事高度吻合。小说中，热爱木工活计的年轻皇帝戴允常发现，自己制作出的宫殿模型可任人自由出入，而其内部的空间竟是无限的：只要他在其中添加一样事物，供这事物放置的空间也就会自行出现。于是，戴允常对现实中的天下越来越不感兴趣，他把全部精力用来创造一个新世界；在那个无限复制的空间中，人与人将是平等的，每个人将得以根据自己的爱好选择身份和命运，换言之，"我不是皇帝，你也不是首相"。

这样的构思听起来像是一篇乌托邦小说，但小说后半段的走向却滑向了乌托邦叙事的反面。为了避让叔父的兵锋、避免生灵涂炭，皇帝将整个都城的百姓都带入了自己制造出的另一个空间——当然，除了皇帝和首相，所有人都不了解实情，因为戴允常所复制出的空间与现实中的都城别无二致，常人根本意识不到自己如今所处的世界已不再是原本生活其中的那一个。问题在于，一个全新的空间，真的就能成为"新天新地"的充分条件吗？形形色色的人进入其中，同时带来了比空间更难改变的人性和历史逻辑。人性的贪婪和软弱把一个新空间变成了旧世界，在这座虚拟的都城之中，争夺和背叛再一次上演：小说最后，由戴允常一手提拔起来的大将军发动宫廷政变，将皇帝囚禁了起来。这一次，戴允常没有再带其他人走。他孤独地在这虚拟的空间中又制造了一座新的模型宫殿，遁入其中，继而升入天际，从此不再返回。

戴允常可以用新的空间替换旧的空间，却无法替换掉"彼可取而代之"的历史逻辑和血腥丑恶的抢夺杀伐。小说中,赵志明让戴允常南辕北辙地道破了这个秘密:"这只是这个世界的原始状态,一旦有了人烟之后,这个世界就会在自己的车轮上前进。"戴允常以为这车轮能够由自己操控方向,事实却证明,他和他的秘密空间只不过是车轮颠簸下一次无关痛痒的意外。在这里,赵志明记录的是"异",最终写出的却是"常"。只不过这"常"已将我们环绕太久,以致大多数人都对之熟视无睹,只有在这样奇异的故事中,我们才恍然又察觉到它的存在。

就故事内在的动力来说,戴允常钟情于木工活,是因为他的热情始终都不在现实世界自己所扮演的角色之上。戴允常登上皇位原本是一个意外事件,对他来说,"做皇帝"并不是主动选择的结果。尽管小说明白无误地告诉我们,戴允常生性聪颖、性格坚韧、有足够的能力去成为一位中兴之主,但强行被安排给自己的皇位终究不同于处心积虑抢夺来的皇位,对于"皇帝"的身份,戴允常始终找不到认同的理由。因此,表面上看,他是试图去创造另一个世界;但本质上,他是想要创造另一个自己、探寻自己存在于世的另一种可能。赵志明那些脱胎于历史故事的小说,许多都与此相关:历史的边界在何处?它是否可以有另一套运行的轨迹和讲述的方式?或者说,深陷于历史之中的事件和人物,能否拥有另一种供人解读甚至自我选择的可能?《匠人即墨》中,天才工匠即墨主动申请去修建长城,不再是出于抵御匈奴这样宏大清晰的历史逻辑,而仅仅是为了能在现实中找到梦里的女子。他越走越远、远走越深,直到身边修筑城墙的役卒已逃亡殆尽,直到自己同本来要对抗的对象

（游牧民族）成为了好友，这个有关长城的故事终于彻底逸出了历史课本的固有叙述。《凤凰炮》里，高氏兄弟的荒淫被描写得肆无忌惮（极端高贵的身份结合于颠覆理性的情欲，这无疑是"志异"的绝佳对象），但这种放肆最终走向了充斥着酒神精神的迷狂：高洋与高湛们其实是纯粹的，他们只是以极端到病态的方式去追逐美，并最终因为绝对之美的不可得而陷入了深深的绝望哀伤。在历史的价值判断中，这样的皇帝无疑是反面典型；但小说的重写有意错开了历史规律和价值正义的维度，事情就变得暧昧起来。就好像《凤凰炮》的最后，亡国后沦落风尘的胡太后竟然发现，做妓女比做皇后更令她感到愉快。皮肉买卖当然是不齿之事，但在这篇小说的具体语境里，胡太后的行为其实无关肉欲甚至道德，而是关乎人重新选择命运的自主性："做王妃也罢、做皇后也罢、做太后也罢，都不是她所能拒绝的……只有做妓女这件事，让她感受到了自由。"

　　通过对历史传说的想象和改写，赵志明带领我们看到了人与世界的另外一重面相。至于那些民间奇闻式的小故事，也有着相似的妙处。赵志明的志异故事写得轻松顺畅，但其深层的动机，常在于为人世间以及人心内部的种种寻找一种与众不同的阐释方式、异乎常人的观察视角，或者可以说，是为生活中的诸多郁结打造一个理性之外、似是而非、一本正经却又完全不可信的出口。这种做法产生出一种独特的魅力：为一座迷宫留下一个无法当真的出口，最终只能使迷宫自身的形象更加强大。

　　发表于豆瓣网和凤凰网读书频道专栏、目前正在结集出版的"中国怪谭"系列中,有许多小说都是这样。《骷髅行乞》谈人的贪欲,赵志明把这场闹剧解释为仙人对人性的测试;测试之说自是说笑,贪欲的无尽倒是世间真理。《马桶姑娘》和《阅人者妻》写人的色欲,同样是人之为人最难以克服的困境之一;篇末留一笔道德劝谕,半是认真半是玩笑,像对传统民间故事叙述模式的戏仿;赵志明藏在这虚晃一枪的戏仿背后,脸上挂着既是解嘲又是哀悯的复杂笑容。《水中石像》、《穿过五百年时光来看你:羊男践前缘》和《爱人尾生之死》写爱情,借助的是人鬼阴阳的壳子,但猎奇中也有认真的关照——在那个"尾生抱柱"的故事最后,冥界判官忍不住拍案感慨"爱情真可怕",但作者随后也不能不承认这种狂热到可怕的爱情本身构成了人间一景。至于前文谈到的《无影人》、《石中蜈蚣》,无疑都有"志异"的色彩打底,然而其故事的离奇飘逸并不会遮蔽背后意指的巨大与深沉。

赵志明的志异小说,表面上看是对所谓"正常"的世界的畅快颠覆,但夸张的虚构背后,又往往饱含着对现实时空中那个坚固无比的世界的无奈与爱。诚然,赵志明的有些作品无需这样的阐释,其本身可以看作是想象与叙述的一场纯粹放纵:例如收入《无影人》一书的《昔人已乘鲤鱼去》,琴高、田四妃和赤鲤之间恩恩怨怨地纠缠了数个轮回,赵志明用"因果"的线索将这些杂乱的民间传说一口气串联起来,其严密和欢畅并没有留下太多阐释揣摩的空间。但更多时候,赵志明在其"志异怪谈"中展示出来的"轻"恰恰暗含着无从解脱的"重","逃脱"之外环绕着更大的"逃不脱"。就像《一家人的晚上》

里面，黑暗中起夜的小德被无常鬼引领着去见证父亲的死亡："空气被他破开，两边的空气朝后涌，在小德的身后聚合"。年少的小德就这样被包裹在奇异的真空之中，生与死的永恒命题围绕着他，透明而又令人窒息的沉默压迫着他，看似自由，却无法逃离。依然是前文分析过的命题：在赵志明这里，再飞腾的想象，也终会在情感交杂的一瞥回望中，落归于生存的困顿与悲哀。从他炫目的想象力中，流露出一种自知无望的超越企图、甚至是普世性的悲悯；因为一切正如同他在《你的木匠活呵天下无双》里写到过的那般，"这个世界已经停止生长，就好像星球进入衰变期一样"。在这种时刻，作为小说家的赵志明与那逃离到空中的木匠皇帝在形象上发生了重合，他的虚构之笔也恍惚间变成了戴允常手中的刨子："那些刨花不断飘落下来，就变成了雪花。雪花越来越大，越来越密……遮盖住了世界的贪婪、丑恶和肮脏。"

这一切，"虽然为时短暂"，但毕竟"美好得像一个梦一样。"

四

纵观赵志明"上天"一路的写作，其寓言性的小说带着博尔赫斯、卡尔维诺、安吉拉·卡特甚至马尔克斯等西方现代主义作家的影子，志异小说的写作则无疑挖掘过中国古代《三言二拍》、《聊斋志异》和笔记小说的丰富资源。就文学血统而言，同赵志明本人关系最为切近的，其实是他那一路"入地"式的小说。赵志明那些直接书写日常经验、细致真实到几近原生态，甚至带有"无聊现实主义"色彩的小说，很明显隶属于韩东、朱文乃至与赵志明同属"70后"的曹寇等人的写作脉络。从赵志明这一路的写作之中，当然不难看出包括雷蒙德·卡佛等人在内、以描写日常琐屑经验闻名的诸多西方小说家变形后的影子，其影响谱系成分复杂；但至少在中国当代小说的写作脉络之中，我们能够找到一个相对清晰的文学序列来对其进行讨论和放置。对于阅读者和评论者而言，这提供了某种确定和安心的感觉：我们可以拥有一系列固有的参照物，甚至可以在同行前辈们留下的、蜗牛黏液般晶莹的行走路径上进入并理解赵志明的文本；相比之下，其寓言志异类的写作，则是相当特立独行、不太容易归类的。然而，这样的情形，也无形中增大了我们谈论赵志明时的难度：如果说他寓言志异类的作品在着力强化小说的戏剧性和象征色彩，那么这些对日常经验的书写则近乎取消了故事与情节；前者的天马行空令人瞠目，后者令人瞠目之处则在于演绎到极致的"平实"。"上天"与"入地"之间，存在着如此巨大的风格区别、取径差异，有时甚至令人怀疑这些作品是否出自同一位作者之手。

这是赵志明的丰富性，此种丰富多半来自于写作者动机的纯粹、状态的轻松和精神的自由；对于写作者来说，这些是相当可贵的品质。

回到小说本身。单就数量而言，这种埋头直扎日常经验深处的"入地"式作品，是赵志明创作得最多的。《我亲爱的精神病患者》《无影人》《青蛙满足灵魂的想象》之中，这种作品占据了接近一半的篇幅,《万物停止生长时》里则几乎全都是这一路小说。这类小说呈现出赵志明日常经验书写的高度纯粹性：它们没有惊心动魄的起承转合，其兴也勃焉、其亡也忽焉，像日子一样来去无踪，不仅淡化了"因"，甚至无所谓"果"。赵志明在这些小说里剔除了"故"的元素，只留下光溜溜的"事"，一件一件坐在纸页上嘿嘿地笑着。

就是这些光杆司令般的"事"，却能够吸引我们读下去，这是赵志明的厉害之处。之所以如此，最直接的原因大概是，书中的人、物、事大多源自赵志明记忆深处最柔软真切的部位，如水溢泉涌一般自然又不可抑制，既显示出自由生长的野蛮活力，又拥有一种珍贵的诚恳真实。乡间少年的野趣、村人邻里的恩怨、青春时代的身心悸动、成人世界的众生百态……赵志明把它们忠实地记录下来，几乎看不出任何修饰的匠心，很少借助精确控制的转折或意味深长的意象来结构小说。他的笔下，这些经验显得那样寻常甚至廉价，但正因为赵志明认认真真地写出了它们的寻常和廉价，这些并不起眼的人和事反而流溢出珍贵的色泽来。在这类小说中，赵志明极少跨越出一个平常人的平常生活所应有的限度，只是一刻不停地向经验和记忆的深处不断开掘——用他谈天说地、东拉西扯、仿佛永远不知道疲倦的嗓音，以及铺天盖地的细节。

《还钱的故事》是赵志明的名篇。"我"家欠了堂叔家2000元钱，一直还不上。在乡村的熟人社会框架之中，讨债与还钱、急着要与还不起，无疑并不仅仅是一个经济问题——更何况，债务双方还是亲戚关系。不出所料，这笔长久拖欠的债务最后演变出一场闹剧,双方从开始时的礼节套路、来往暗示,终于闹到了扬言对簿公堂的地步。这本身并不是一个很有新意的故事,引人注意的是赵志明对这个故事的处理方式。如同青年评论家木叶所分析的那样,"还钱的难度一再被掀开,还钱的进程不断被延宕,双方的心情起起伏伏,而你并不觉得故事有多么苦大仇深……更关键的是作者对一个个人物心理的洞察,相互试探,拐弯抹角,有礼有兵。随着叙事的展开,重点转化为如何让人还钱,以及具体如何还钱,涉及借贷双方的困境和恩义问题……赵志明不会放弃沉重有力的细节,但不做讨巧的渲染与廉价的升华。他在意的是揭示与延展。"[1] 甚至可以认为,尖锐而清晰的冲突(债务纠纷)只作为线索或者说引子,就像过年时挂鞭的引信,贯穿始终却并非真正的主角;赵志明真正的书写意图乃在于由引信串联起的一颗颗鞭炮,而在小说中,那些鞭炮又都不会特意炸响,只是拖曳着赤红色的火光绚烂舒展到夜色之中,继而在无边的黑暗里依次湮灭了痕迹。堂叔堂婶、堂弟周小亮、送粽子的女邻居、煤建路老街和镇上简陋的菜市场、多年未见的老同学王海龙以及童年往事、真假难辨的回忆甚至由此引发的梦……无数的时空和人物穿插进来又无声溜走,赵志明的笔触一再溢出了一个严格意义上的"故事"所应保持的框架,却在"生活"的幕布上将水渍漫得越来越大、越来越深。赵志明的讲述始终是从容不迫的。令人着迷而又隐约感到恐惧的地方在于,他的讲述是如此平稳均匀、不动声色,

---

[1] 木叶:《作者与总叙事者的较量——论赵志明的小说》,《文学》2014秋冬卷。

仿佛可以一直持续下去，仿佛这个故事可以永远讲不完、不停地接续上或衍生出更多的故事。就这样，《还钱的故事》最终胀破了"还钱的故事"，它描绘出广阔的生活世界、庞杂的世俗经验和复杂的内心体验，却不是以高空鸟瞰的方式——如同其小说中多次提到过的水鬼，赵志明通过滔滔不绝的讲述和催眠般的语调制造出无形的旋涡，将企图在船头观望的读者拖进水底，淹没并迷失在千头万绪的暗流之中。

"因为我们是穷人，习惯被人怜悯，却不知道怎样去怜悯别人。"《还钱的故事》最后，赵志明这样写道。这是不露声色的赵志明，偶尔打开的一次心扉、偶尔没能压抑住的一声感慨。这个世界当然拥有着自己的温情与趣味，例如《小德的假期》里写到的"钓团鱼"便是有趣的经历（即便在小说的最后，此事也渐渐变得无聊）；《侏儒的心》里，男女侏儒的故事固然悲哀，却依然有浓浓的深情在；而《广场眼》在得过且过的杂乱生活之中，也透露出亲情的微光来。但生活的残酷悲哀依然是近乎本质性的存在，它的艰难和苦涩挥之不去，更大的问题在于，人们早已对这一切习以为常、最终变得无动于衷——对苦难的忍受，最终变成了对苦难的麻木，这才是最可怕的事情。好吧，既然人们已无动于衷，那我索性也无动于衷地讲吧。就这样，赵志明自顾自讲述起来，语调平实、不慌不忙、不动声色。他讲女儿们满心怨气地深夜去镇上寻找父亲，她们寻访了一切父亲认识的人、电筒光扫视过任何可疑的角落、心情由埋怨逐渐变成担心和恐惧，却命中注定般地恰好错过了在身边小河中醉酒溺亡的父亲（《一家人的晚上》）；他讲王家庄上的杨户头"命硬"的一生,这唯一的外姓男子自幼经历变故,又在村人有意无意的排挤欺压下灾祸不断、"像畜生一样过活",终落得穷困潦倒、孤独终老(《头上长角的人》)。他讲爱情,讲爱情的迷惑,讲昏昏沉沉的年少时光里性意识那得不到解脱的焦渴(《我们的懦弱我们的性》);讲爱情的挫败,或者是南辕北辙放错了期待(《两只鸭子,一公一母》),或者是缘尽时分只剩下冰凉的挽歌(《告别》、《四件套》);讲爱的焦渴和虚无,它曾给我们带来一瞬间天堂般的欢畅(《一根火柴》),却终将消亡于无尽的倦怠和茫然(《楼上楼下的爱情》)。

赵志明就这样一刻不停地讲着。然而,在他滔滔不绝的讲述中,隐约出现了一种"静止"的幻觉。我在此前一篇评论赵志明的文章中,采用了"亡魂的深情"这一比喻[①]。赵志明的叙述像一种亡灵般的叙述,他不是面对读者、而是面对神佛(当然,这里的神佛很有可能正是他自己,或者说是另一时空中的自己)。神佛眼中的世界是无所谓时间的,事情的因果也已然裸呈在外;飞速流转的表象背后,永恒不动的只有生活那难以名状的悲怆之核。在此意义上,作为写作者的赵志明并不想告诉我们什么、构造一些什么、用整个故事揭示一些什么,而只是想试着去说一些什么。由此,机窍重重的"叙述"变成了从容舒展的"讲诉",语言的流淌变成了对生存之痛的最后抚慰。

"一个沉默的坚果,在钳子下渐渐碎裂。这是生命内部的无言……沉默不是不想,而是无从说起,没有现成的语言,没

---

① 李壮:《亡魂的深情——评赵志明〈我亲爱的精神病患者〉》,《上海文化》2014年第6期。

有概念、观念，没有自我表意的系统和习惯，既不能自我诉说也不能自我倾听。"[1] 李敬泽谈论雷蒙德·卡佛的这段话，我认为对赵志明的写作同样有效。用语言的流动覆盖文本深处的静止，用声色起伏的讲述包裹起生活内在的沉默——这是赵志明所谓"入地"类型小说的秘密。这沉默，也就是我一直提到的那种生存本身的、无解的悲剧性。他以质感丰富的细节作为血肉、包裹起这坚硬的"不可解"之核，用冰包住了火（在如今泛滥的个人化书写之中，这隐秘的"火"时常是缺席的），用滔滔不绝甚至喋喋不休的谜面让人忘记了谜底——或者说，忘记了谜底本身的不存在。

五

赵志明小说的形式，与生存自身的悲剧性之间存在着一种强烈的同构性。如同生存自身的悲剧是难以解读、无法解脱的，赵志明的小说无论是借助想象力"上天"的一路还是在日常经验中"入地"的一路，其叙述本身也是"不可解"的：它们或者给出一种常规逻辑范畴之外的解读，精彩却在现实理性的层面上无效；或者干脆不给解答，让滔滔江河般的经验最终蒸发于酣畅的叙事过程之中，如同《画龙在壁》一篇中那条活灵活现却是用水画成、只能存留片刻的神龙。当然，这种"不可解"并不必然地意味着被动与消极。赵志明不惜打破那种精致、

---

[1] 李敬泽：《谁更像雷蒙德·卡佛？》，《致理想读者》，中国人民大学出版社 2014 年版，第 206 页。

稳妥、讨巧的常规小说形式,为此甘愿上天入地大费周章,正是试图对那不可解的存在之问给出自己的反应与回应。他的超逸或浸没、思接千载或沉溺日常、用魔幻象征冲破天穹或用经验细节充塞时空,其实都发端于这样一种最简单而又最终极的动机:一个从事艺术创造的人,渴望通过另一种途径和视角来审视有关生命的一切,并借此触摸人的灵魂。

因此,我始终认为,赵志明是一位深情而有大关怀的作家。不可否认,他这种"上天入地"的写法有时会令作品陷入"失形"、"失控"的风险、引发小说结构意识的垮塌,或在语言和想象的快感中迷失方向。例如《小镇兄弟》便有过于随意之嫌,《一根火柴》里老张和叶明明这两条线索显得前后脱节,《乡关何处》的衔接镶嵌本可做得更加巧妙,而青年评论家木叶指出的《你的木匠活呵天下无双》中的瑕疵也颇具代表性:"开篇时罔见、道听、途说三个人的出场很酷……不过,他们只是以异禀为王爷预言,此后便消失了。充满想象力的桥段,作者自是不忍割舍,一写就是1500字,却很快就给(故意)写丢了,后面他们不再参与叙事,亦再无照应,那么,这种开篇就成为了一种想象力的过剩,一种智性的炫技。过犹不及。"[1]但大多数时候,他能够把握好小说的火候,用非凡的想象、真切的细节、微妙的情绪和独树一帜的"说书人"腔调,对冲掉这类风险。一旦小说能够顺利进入赵志明得心应手的节奏,我们大可以对这篇小说抱有充分的期许。

---

[1] 木叶:《作者与总叙事者的较量——论赵志明的小说》,《文学》2014秋冬卷。

赵志明小说的优长之处,也常常让我反过身联想到当下中国文坛青年小说家写作中出现的某些问题。例如,赵志明的小说,常能透出一种粗砺的真诚、超越的诗意,以及不受规训、自由而原始的生命热度。这种真诚和自由,本应是小说写作的题中应有之义,在今天却成为了颇为珍罕的品质。大量的写作套路和旱涝保收的"期刊腔"小说被制造出来,"模式化"正在成为日益严重的问题;恰如张定浩近来在《大量的套路和微小的奇迹》一文中所谈到的那样,"很多业已成熟的小说写作者,似乎也还在满足于一些模式化的写作,满足于写出一篇篇像小说的或者说符合现有审美套路的小说",而对于小说而言,那种超越性的诗意"一旦沦为可以操控和机械复制的诗意……就难以动人"①。再如,他是一位富有幽默感的作家,有时在讲述的过程中,他会有意无意加入些"不正经"、"无厘头"的元素来进行调节。这种幽默和不正经,轻盈却不轻浮,它让我想到卡尔维诺在谈论"轻"作为优秀文学品质时,关于"幽默"的一句表述:"幽默把自我、世界以及自我与世界的各种关系,都放在被怀疑的位置上。"②如前所述,赵志明的小说与这种"怀疑"之间无疑存在着密切的关联,因而他的幽默里带着悲悯,或者可以说,他绝大多数的小说中都回荡着一种诗意的残酷、一种"哀而不伤"的悠远旋律。如果说赵志明喜欢"轻快地谈论重大的事情",那么当今中国青年小说家常常出现的一种病症,则

---

① 张定浩:《大量的套路和微小的奇迹——我所见到的2016年短篇小说形态》,《文汇报》2017年1月18日。
② [意]伊塔洛·卡尔维诺:《美国讲稿》,译林出版社2012年版,第21页。

是"郑重地谈论廉价的事情"。用崇高感十足的方式去谈论单薄甚至庸俗的话题，用圣歌般声泪俱下的唱腔去吟唱充满自怜情调的一己悲欢，这只会导致小说写作的格调、格局被一再拉低——反观赵志明，即使在其最日常性、最私人化的书写中，他也在竭力避免流露出那种自我感动式的廉价浪漫主义腔调。在此种反思的背景下，赵志明对模式套路的抗拒、对个体风格的坚持、对小说边界与可能性的探索、对存在之间的执着追寻，便又具有了超出文本自身的意义。

这种追寻，注定是艰难的道路。或者不妨这么讲，可能在所有对叙事心怀虔诚、对存在之奥秘抱有野心的写作者那里，等待着他们的都将是一场场狂热又无望的战斗。而我愿意再次重复开篇时写下过的句子：他们注定将在此一败涂地，继而在失败的废墟中，意外地拾获胜利的勋章。

时代林荫路上的纸箱坦克：论石一枫

对很多作家而言，创作生命的时间跨度可以是很长的。在这漫长的时间中，作家可以创作出风格不同的作品、关注不同的内容题材、投身于不同的思潮流派、秉持有前后不同的文学观念甚至留下一串前后打架、自我矛盾的姿态性话语……但是在我看来，一个真正的作家，他精神的底色与底气、对生活和生存的理解基点、在内心深处裹挟着他以文学方式思索并表达这世界的隐秘的引力源头，却一定有其顽固和一以贯之的部分。

就像这次，为了完成这篇评论，我特意找来了石一枫早期的许多作品。其中就有一本2007年中国青年出版社出版的、石一枫长篇小说处女作《b小调旧时光》。这部洋溢着荷尔蒙气息和幻想气质、以超现实方式讲述青春与爱情的小说，看上去似乎是非常"不石一枫"的，事实上这部作品的确不常被评论者提起。然而，我注意到了这本书的封底内页。内页上面印着石一枫的简笔肖像（看起来，那时的他还留着一头乌黑茂密的头发），肖像下方配着这样一小段"作者自白"：

> 五岁的某一天上午，我是这副模样：艳阳之下，肥白的小胖子，将一只电视机纸箱子套在身上，把自

己想象成了一辆坦克,嘴里砰砰有声,在大院的林荫道上开动。已经过去二十多年了,我不时幻觉自己仍然是那模样。一颗稚嫩的、充满个人英雄主义的心,比任何东西都有资格成为人所追求的理想。

一辆由稚嫩身体和废旧纸箱子构成的、幻想的坦克。这个意象击中了我——"砰"地一声,像一枚坦克炮弹所应当做的那样。我当然可以想象如今的石一枫看到我重新翻出这段"老词儿"时的反应,大概会熟稔地披挂上那副嬉皮笑脸玩世不恭的铠甲,操着其标志性的京腔,甩出"年轻"、"矫情"之类的词儿。但我也同样能够分辨出这段似乎有些浮夸的独白背后,那些沉郁而真诚、几乎带有些许羞耻感的东西——那种关乎时代总体却具体呈现于个人的英雄理想,那种充盈着存在主义意味的天真和赤诚,那种被欢乐(甚至荒唐)所包裹着的莫名的孤独与悲怆。

这些,正是我在石一枫那些广受好评的小说作品里读到的东西。在我看来,它们其实是以交缠纠结的方式拧成了一条无形的绳索,贯穿和连缀着五岁石一枫、2007年石一枫和今日石一枫的精神世界,并势必进一步引导着未来将从他笔下流出的作品。我们也由此得以触摸和进入这位正被讨论着的对象:我们此刻正在讨论的,是一位以"正面强攻现实"著称的作家,一位喜欢跟时代隐痛角力较真儿的作家,一位用荒诞感和喜剧感拓宽了传统现实主义边界的作家,一位用插科打诨的贫嘴天赋结构出浩大沉默的作家——或者说,是一位包裹着纸壳的希绪弗斯。

这是石一枫的"一以贯之"。那辆纸箱坦克，一直在时代生活的林荫道上轰隆隆地开着。而这一切，都在其小说对时间空间的策略处理、对现实话题的正面强攻，以及亦庄亦谐的话语风格中，具体而生动地体现了出来。

"北京偏移"：石一枫小说的空间策略

如果为石一枫的小说世界划定出一块最主要的时空坐标，那么这个坐标系的空间轴应该是北京，而时间轴则是改革开放以来直至今日的中国当代。正是在这样的坐标系中，石一枫得以展开其所得心应手的（其中大量经验是石一枫所熟悉的）、具有高度典型性乃至象征意味的文学书写。

先说空间。石一枫笔下的故事大多是发生在北京的。作为当代中国的政治经济文化中心、全球化时代各类资源和话语的重要集散地，北京理应在当下的文学书写中占有大量的配额。有趣的是，石一枫所最为热衷书写的，并非是那些与北京（真实的北京及象征的北京）完全合拍、高度融洽的人（例如手握知识话语权的精英阶层），却往往是那些与北京这座城市——或者说这个当代世界典型结构符号——痛苦磨合、相互磕碰、若即若离的群体。早期《红旗下的果儿》等充满青春气质的小说里大量出现校园生活的内容，虽然发生地是北京，但校园（已经校园语境过滤的小巷胡同）更接近一种"亚空间"——它是北京空间实体的一部分，却是其空间逻辑中的一块"飞地"。

短篇小说《三个男人》里的女主人公，其身份和观看（想象）姿态生活在北京的"局中人"和"局外人"间来回切换，而到小说最后，女主人公与"三个男人"之间的虚拟关系，最终被推门而入的真实丈夫打破了，戏中人又结结实实地变回了看戏的人——然而，看戏的人往往比戏中人看戏看得更清晰，甚至我们往往能够从看戏之人的脸上读到戏的真相。

到著名的《世间已无陈金芳》里，陈金芳从乡下来，她始终想要进入北京、试图在这片空间中找到自己的位置，她貌似的成功和最终的失败，都与这样的吁求不可分割。与陈金芳拥有类似身份的是《地球之眼》里的安小男，他的精神形象，连同其在大学城边的蜗居之所一起，构成了当代北京的隐秘褶皱。《借命而生》的故事发生在北京空间意义的外围（郊区），而这种物理维度的"外围"恰恰也应和着小说人物生命体验的"外围"及情感世界的隔离感、孤独感，其背后强大的情感力量在小说结尾"带棚三蹦子"与奥运烟花的同框竞速中彰显无疑。在新近发表的《玫瑰开满了麦子店》里，"北京"的独特意味则更加深长："麦子店"成为了主人公王亚丽心中的一种执念，它代表着被个体所渴望着的特定的"北京"和特定的自己：这里的景观是多层次的，"有二十四小时不关门的咖啡馆，有经营各种没用的小玩意儿的文创商店，有上演'不插电音乐'和'无台词话剧'的酒吧书吧"；这里的人也是捉摸不透的，"他们在忙乱之余，似乎又总在琢磨一些别的事儿——不在眼前的事儿，虚无缥缈的事儿。所以半夜有人抽疯大笑，清晨有人痛哭流涕，不分昼夜都有人喝多了躺在马路牙子上晾肚皮"。这样的北京显示出意义与逻辑的游荡状态，仿佛它的真实恰恰就植根于背后硕大无朋的不真实，因而刚好适合王亚丽这样的"新北京群体"：在身份认同和自我想象方面，王亚丽们——这些忠贞于半价法棍而坚定拒绝鸡蛋灌饼的年轻人们——与北京，或者说与这个时代最前沿、最核心的经验之间，始终处在暧昧、纠缠、若即若离、互释共生的状态之中。

这样的策略方式，从另类的角度应和了阿甘本那著名的、原本是论述时代和时间的观点："同时代性也就是一种与自己时代的奇异联系，同时代性既附着于时代，同时又与时代保持距离。更确切地说，同时代是通过脱节或时代错误而附着于时代的那种联系。与时代过分契合的人，在各方面都紧系于时代的人，并非同时代人——这恰恰是因为他们（由于与时代的关系过分紧密而）无法看见时代；他们不能把自己的凝视紧紧保持在时代之上。"[①] 石一枫也是以类似的方式书写着非典型性的"北京"和"北京故事"，他借由对核心空间聚焦的有意偏移，而使他笔下的人物和故事真正以生命附着在"北京"的坐标中，进而生动地展示出视野广阔、充满细节、极富象征感及穿透力的社会生活图景。

"小史诗"：石一枫小说的时间历史图景

"时代"与"空间"概念在阿甘本原文里的无痕替换，实

[①] ［意］吉奥乔·阿甘本：《何为同时代？》，王立秋译，《上海文化》2010年第7期。

际上正显示出二者间无法切割的关系。空间图景的变迁,其背后无疑彰显出强大的、具有完整性及必然性的时间逻辑。于是便说到了时间架构问题。石一枫的小说常常显示出某种"小史诗"的意味。《红旗下的果儿》"通过几个'80后'青年的成长写出了一代人的经验",因而被评论家形容为"'80后'的小史诗"①。此种青春成长当然不仅仅止步于浪漫感伤,而是有更加宏大的时代精神史维度插入其中,例如孟繁华就将石一枫《红旗下的果儿》《节节只爱声光电》《恋恋北京》三部较早期的长篇小说合称为"青春三部曲",认为其揭示出一代人乃至一个时代特定的精神状况:"这代青春的不同,在于他们生长在价值曾完全失范的时代,精神生活几乎完全溃败的时代。他们几乎是生活在一个价值真空中……他的人物是这个时代'多余的人',但是恰恰是这些'多余的人'的眼光,为我们提供了理解或认识这个时代最犀利的视角。"②某种意义上看,《世间已无陈金芳》的故事,其实是从"青春三部曲"那"价值真空"的废墟上建立起来的,这使得陈金芳的个人奋斗故事显示出强烈的大时代隐喻色彩。倘若抛开那个"久别重逢"的起兴式开头不论,《世间已无陈金芳》的故事,其实是从年幼的陈金芳第一次来到北京开始真正讲起。为了能够留在北京生活(更本质地说,是为了能像小说末尾所总结的那样,"想活得有点儿人样"),陈金芳在不同时期做出过相应的努力,她忍受过屈辱(被同学

---

① 石一枫、李云雷:《石一枫:为新一代顽主留影》,《北京青年报》2011年2月1日。
② 孟繁华:《当下中国文学的一个新方向——从石一枫的小说创作看当下文学的新变》,《文学评论》2017年第4期。

歧视、被家人殴打）、兑换过肉体和爱情（与不同的流氓地头蛇生活在一起）、做过生意甚至搞过诈骗，直至以改头换面的"上层人"面貌光彩熠熠地重回北京。最终，陈金芳在临近成功之处彻底坠落了下去。随之一同坠向历史深处的，还有那个众声喧嚣、鱼龙混杂、鼓荡着个人奋斗神话（及其谎言）的、活力与恶行交相辉映的时代。

将"小史诗"色彩演绎得更加充分的，是小说《借命而生》。小说里警察与逃犯的生命轨迹，虽然总是阴差阳错地重合到一起，乃至兜兜转转地回到原地，但《借命而生》的现实历史时间，以及与之相关的外部世界景观，却一直在飞速地流转变化。杜湘东最初来到看守所时，北京是这样的："出了永定门就是一片仓库，再往南走恨不得全是玉米地，杜湘东所在的看守所更是建在了玉米地边缘的山底下。"如此荒凉的环境，似乎是配不上高才生杜湘东和象征"政府"的看守所的。然而当小说来到结尾，这间看守所却变成了时代后腿上的累赘物，它马上就要被拆掉了，世界一直在变，并且还会继续变下去。《借命而生》里，每一次情节的转折、每一次人物处境的改变，都实实在在地根源于那风云变幻的现实时代。

巨大的时间跨度、众多的线索和人物，一方面展示出广阔的社会生活和历史变迁，使这部作品具有微型史诗的色彩；另一方面也为小说情节发展提供了不可或缺的合理性，极为有效地参与塑造了杜湘东和许文革这一对分出于故事天平两端的悲剧性人物。时代脱缰狂奔的历史侧影由此在个体生命的慢动作里得到捕捉，正如岳雯在《"那条漆黑的路走到了尽头"——读石一枫〈借命而生〉》一文中所说的那样,"他们共享了八十年代的精神底色……让我们沿着我们的来路,探寻我们今天所面对的世界的历史投影。"① 与此类似的当然还包括《心灵外史》。从特殊年代里变形的"革命",到气功大师、传销洗脑,再到乡村语境下走了样的"基督教"……大姨妈"信"的对象如走马灯般随年代刻度频繁替换着(这些对象毫无疑问各具时代特色),但"信"本身的荒诞性与悲剧性不变——这一系列话题甚至穿起了中国当代一部小小的"心灵依托史"。

话题核心与强动力机制:一种"正面强攻"式的小说

有关"北京"与时代历史现实,最新版的《红旗下的果儿》腰封上印着石一枫自己2011年时说过的一段话:"北京的冷暖在于普通人的冷暖。老舍伟大,并不是因为他写过北海故宫,而是因为他写过小羊圈。我的写作,不想继承民俗,只想继承现实。"② 而到了2018年,这一表述又更进一步了:"我们也应该意识到老舍之所以是老舍,并非仅仅因为他写了小羊圈胡同和一群形态各异的老市民,更是因为他所触及的往往是一个时代最主要、最无法回避的社会历史问题:阶级分化、民族救亡、旧时代的消失与新时代的来临。"③ 显而易见,特定空间与

---

① 岳雯:《"那条漆黑的路走到了头"——读石一枫〈借命而生〉》,《扬子江评论》2018年第2期。
② 石一枫、李云雷:《石一枫:为新一代顽主留影》,《北京青年报》2011年2月1日。
③ 石一枫:《我眼中的京味文学》,《福建文学》2018年第8期。

时间的坐标系内,深藏着社会与时代的话题之核。而这一枚枚的"硬核"的存在,以及作者对其猛烈和执拗的敲击叩问,无疑构成了石一枫小说中最引人注目也最具冲击力的部分。

孟繁华将石一枫的小说形容为一种"敢于正面强攻的小说",他认为"石一枫和一批重要作家一起,用他们的小说创作,以敢于直面的方式面对所曾遭遇的精神难题,并鲜明地表达了他们的情感立场和价值观。作为一种未作宣告的文学潮流,他们构成了当下中国文学正在隆起的、敢于思考和担当的文学方向。"[①]这一判断获得了广泛的接受。所谓正面强攻,当然不是挑软柿子捏、从汁水厚重的果肉部分开始下手,而是用勇气和底气明晃晃地冲向那个话题之核。石一枫常常喜欢在小说中设置一个坚硬的命题核心,这个核心就像是史蒂文斯放置在田纳西山巅的那只坛子,它使得凌乱的荒野纷纷向此倒伏。这一枚"核",在《世间已无陈金芳》里是"人样",在《地球之眼》里是"道德",在《心灵外史》里是"信",在《借命而生》里是"失败",到了《玫瑰开满了麦子店》里则是"亲人"。

石一枫对这类话题内核的冲击敲打,在我看来真的很有些"少年坦克"式的个人英雄主义色彩。他甚至敢于在小说中直接摆出这样的句子:"'道德'也不是一件事情上的对与错,而是笼罩着整个儿地球的神秘理念。但道德究竟是什么呢?它既然那么重要,为什么又会被人轻而易举地忘却和抛弃呢?一看到这个词我就想哭,一说到这个词我的心就会发抖,在我看

[①] 孟繁华:《当下中国文学的一个新方向——从石一枫的小说创作看当下文学的新变》,《文学评论》2017年第4期。

来，我爸不是死于自杀也不是被人害死的，他是为一个浩浩荡荡的宏大谜团殉葬了"（《地球之眼》）。之所以敢于这样做，说到底，还是因为石一枫能够将这些"关键词"充分融入人物形象甚至特定场景意象之中——当然，我指的是石一枫那些最好的、完成度充分的小说。在这方面，《世间已无陈金芳》和《借命而生》做得尤为出色。

例如，音乐元素始终穿插在陈金芳的故事之中，极好地保证了石一枫敲击内核动作的分寸感和自然感。开篇时主人公与陈金芳重逢是在音乐会上，少年陈金芳的形象一度被定格为阴影中的琴声倾听者，此后对于"学音乐"的不切实际的幻想曾直接导致其现实情感关系的崩塌，即便到了著名交际花出现的阶段，"音乐"也始终在她与主人公的交往关系中扮演着重要的道具性元素。"音乐"每一次的出现，似乎都参与建构了陈金芳在各个阶段的人物形象，并且常常十分巧妙地推动着情节向前发展。对"音乐"的偏执向往，其实一直是陈金芳内心情结甚至生命理想的外化，它象征着一种不一样的生活，那种生活里没有包子的气味、没有卑微粗暴的父母、没有她不得不与之同床共枕的地痞流氓、没有这出身底层的可怜女孩所一再经受着的拒绝与歧视——或者说，在音乐及其谱写的幻觉之中，陈金芳已不再是那个可怜的底层女孩，她甚至都不再是陈金芳，她是陈予倩。因此，别看这个故事灯红酒绿地热闹万分，其实它从来都不曾脱离过那个遥远的夜晚："我在窗外一株杨树下看到了一个人影。那人背手靠在树干上，因为身材单薄，在黑夜里好像贴上去的一层胶皮。但我仍然辨别出那是陈金芳。借着一辆顿挫着驶过的汽车灯光,我甚至能看清她脸上的'高原红'。她静立着,纹丝不动,下巴上扬,用貌似倔强的姿势听我拉琴。"

在根子上,陈金芳的故事并不是一个有关野心和欲望的故事,它甚至不是一个有关虚荣的故事。这是一个有关尊严的故事。为了获得尊严,一个人不惜献出自己的肉体与灵魂,不惜对道德和法律同时做出冒犯。陈金芳所做出的事情,就单独任何一件而言,几乎都是可以鄙视甚至批判的。但当这些恶的事情,同那个倔强孤独的听琴人影重合在一起,似乎又忽然变得惹人同情甚至令人心碎起来。"我只是想活得有点儿人样。"小说最后,当彻底失败的陈金芳说出这句话的时候,我们的疑问也不再是"她怎么会变成这个样子",而是改换成了"为什么一个人都变成这个样子了,还依然活不出人样?"

再如《借命而生》。小说的最后一段是这样的:"男人战斗,然后失败,但他们所为之战斗过的东西,却会在时间之河的某个角落里恍然再现。"一个人可不可以被打败?当然可以。杜湘东和许文革们不但败得相当彻底,而且败得极尽真实,他们的故事完全可以甚至的确已经在我们每个人的身上改换方式不断重演。但在此基础之上,《借命而生》的故事又明明白白告诉我们,纵使理想可以被辜负、命运可以被玩弄,人的生命中却总还有一些东西,连最彻底的失败都无法剥夺掉和消解掉它。许文革不顾一切想活成他"想要的那副模样"(在新的时代里出人头地),杜湘东则一心要做完年轻时没做完的那件事(把逃掉的罪犯抓回来),从年轻一直到衰老、从1989年一直到2008年、从第 1 页一直到第 265 页。剥去所有故事情节,《借命而生》其实写的是一种内心的偏执,这种偏执使人蒙受苦痛,但也因此使生命得以保全其最后的、存在主义式的尊严:一个人身上被夺走的东西越多,那最不可剥夺、唯一而绝对的部分,便也被看得越发分明。因此,关于"失败"的思考最终被转化为关于"失败"的反证:这是一个从死亡反证存活的故事,一个借朽腐对抗空虚的故事,一个通过投身失败来对失败证伪的故事,它弥漫着大悲凉,也深藏着大欢喜。

关于《借命而生》,同样值得一提的还有其故事模式。这个追捕故事使用的是侦探小说的壳子,与此类似的,是《世间已无陈金芳》对成长小说模式的套用、《心灵外史》和《地球之眼》的社会问题小说框架,以及《玫瑰开满了麦子店》对社会新闻和诈骗犯罪案例的借用。这类"模式套用",常用来为小说提供强劲的、几乎是情节赶情节的叙事动力。这种"强动力机制"也使得石一枫对话题内核的叩问得以尽量避开说教的气味或主题先行的嫌疑——从故事本身的层面看,这些小说总是非常吸引人的。

话语风格:不正经的嘴和太过正经的心

最后要说的,当然是石一枫鲜明强烈的语言风格。

《心灵外史》里有这样一段话令我印象深刻:"难道'不问鬼神问苍生'只是一小撮中国人一意孤行的高蹈信念,我们民族从骨子里却是'不问苍生问鬼神'的吗?或者说,假如启蒙精神是一束光芒的话，那么其形态大致类似于孤零零的探照灯，仅仅扫过之处被照亮了一瞬间，而茫茫旷野之上却是万古长如夜的混沌与寂灭？如果是这样，那可真是以有涯求无涯，他妈的殆矣。"

对这段话印象深刻，是因为它在百余字的篇幅内，集中、生动地展示出了石一枫小说的一项典型特征，那就是"正经"和"不正经"两副相反的面相，能够共生于石一枫小说独特的行文腔调之中。这看上去从属于语言风格的话题，但我想，"正经"与否（在一篇严肃的评论文章中使用这样口语化的词语似乎本身也有些不太"正经"）对石一枫而言，更关联着对经验材料的处理，乃至情感姿态的选择。换言之，它涉及写作者的基本精神立场，以及此种立场的具体体现方式问题。兹事体大，绝非"语言风格"四字所能简单敷衍过去。

事实上，大量读者有可能会被石一枫此种腔调的皮相所迷惑。仅就语气腔调而言，石一枫的文字的确令人想起王朔以及著名的"大院文化"。然而诸多论者早已指出了二者间的不同。例如王晴飞在一篇文章中就分析道，"石一枫则只是油滑，而没有王朔那么强烈的'贵族意识'，因而也没有他的'怨毒'……他讽刺挖苦一切的'装'，可是对于真正'不装'的道德，却心存敬意——他并不反对一切的既定价值。更准确地说，他正是出于对庄重道德的认同，对那些'装'的言行才不能容忍，必须施以顽童恶作剧式的嘲讽，以佛头着粪的方式表达自己的真信，并以此与那些虚伪的善男信女们划清界限"，而且，"只要拨开语言表层的'油滑'，便能看到他在认真地区分真知识分子与伪君子,真义士与假善人,并对那些'真人'心存敬意。"①

暂且将论者对王朔的判断搁置不论。在我看来,王晴飞所说的"佛头着粪"式的语言表层油滑,的确是石一枫有意为之的策略。就拿我方才的那一段话作为例证,有关启蒙精神、国族性格的思辨,如此直接(甚至有些粗暴)地出现在小说里,难免会对小说的文学品相造成伤害。如何使这种思想性阐释对小说本体的伤害降到最低?答案便是往"佛头"上盖一坨粪便:石一枫化用了《庄子》里"吾生也有涯,而知也无涯。以有涯随无涯,殆已"的经典语句,随后在"殆"字的脑门上潇洒地扣上了"他妈的"三字。

在上面的例证中,"不正经"的风格姿态,构成了对过于"正经"的思辨激情的缓解、控制手段。而在另外许多时候,需要缓解和控制的并非思想,而是庄严、深沉、极富悲剧性的强烈情感元素。石一枫的小说中往往充盈着强烈的悲悯情怀,许多笔触细腻、真实到令人心碎。最典型的,莫过于对《世间已无陈金芳》里陈金芳血迹的串联式书写。十多年前,为了留在北京,乡下女孩陈金芳与家人闹翻而遭到殴打。她的血迹流在水泥路面上,"被清晨的阳光照耀得颇为灿烂,远看像是开了一串星星点点的花,是迎国庆时大院儿门口摆放的'串儿红'。"痛苦的现实与美好的想象,二者在血迹中悄然重影,它们在肉眼所看不见的深处试探着暧昧却又坚固、荒唐透顶却又理所当然的隐秘关联。十几年后,当那位已经改名"陈予倩"

---

① 王晴飞:《顽主·帮闲·圣徒——论石一枫的小说世界》,《当代作家评论》2017年第3期。

的女人从虚假辉煌的顶峰重重摔下、继而割腕自杀,能够诠释她一切渴望与悲伤的意象,仍然是血:"在余光里,我看见陈金芳的血不间断地滴到地上,在坚硬的土路上展开成一串串微小的红花。"这是多么相似的场景,而比场景更相似的,是场景背后的坚固命运。当年,陈金芳卑微的血迹固然显眼却注定不得长存:"没过多久,血就干涸污浊了,被蚂蚁啃掉了,被车轮带走了。"若干年后,当陈金芳变成了陈予倩、当人物的形象和故事的走向早已天壤分别,她却"仍在用这种方式描绘着这个城市",并且"新的痕迹和旧的一样,转眼之间就会消失"。血迹里凝结着的是最初的陈金芳和最后的陈金芳,践踏并抹除这一切的是她最初的北京和她最后的北京,是一直在变却又恒久如一的冷酷世界。

这样的文字几乎是引人落泪的。问题在于,眼泪本身并不是石一枫在这些作品中试图追求的东西——甚至可以说,那种迎风流泪的陈旧美学姿态,恰恰是他努力试图躲避的。因此,"不正经"的文风语调,被打造成了独具石一枫特色的"缓冲带"。于是,我们看到了颇具漫画效果的"陈金芳式出场":"在一片叫好声中,有一个声音格外凸显。那是个颤抖的女声,比别人高了起码一个八度。连哭腔都拖出来了。她用纯正的'欧式装逼范儿'尖叫着:'bravo! bravo!'"这样的亮相是夸张的、喜剧性的,如果单看此段,我们甚至能够隔着脆薄的纸页听到作者嘲讽而轻蔑的冷笑声。然而,直到故事来到结尾,当曾经热爱以"欧式装逼范儿"高呼"bravo"的陈金芳用"我只是想活得有点儿人样"这样的句子作为自己一生的总结陈词，我们才忽然回味出，那看似油滑甚至有些恶毒的笑声，背后竟然藏着深切的、无从宣泄的悲怆。

石一枫要做的，是擦去眼泪做一个鬼脸，因为眼泪在当下似乎已经过分廉价，甚至随时有沦为"装"的风险。而当故事不断向深处发展、作者无法再自然而然地做出鬼脸的时候，一个可供替换的选项则是让其中的人物表现得茫然无措甚至痴傻无知（即同时瓦解掉"眼泪"和"鬼脸"双方的意义）。《心灵外史》中的叙述者"我"是一个看似理性实则无比焦虑的虚无主义者，站在"我"对面的是代表"盲信"的大姨妈。有趣的是，贯穿全文的对姨妈的启蒙式批判（她的形象的确充满了愚昧无知的色彩），到结尾居然出现了反转。"我"始终沉沦于无依无靠、无凭无信的虚无状态，反而是那个看似盲信的大姨妈，她形象中的精神力量变得越来越强劲。小说的最后，"精神不正常者"或者说"待启蒙者"（大姨妈），与"充分理性个体"或曰"启蒙者"（"我"）的身份出现了互换："我"被大姨妈感动，甚至受到了某种启迪。最后是大有深意的一笔："我"精神失常了。就这样，笑话百出的形象设计被替换成了精神错乱的形象设计，谐星的位置坐上了一位傻子。无论怎样变，有一条原则是始终不会被突破的，那就是这些小说永远不能呈现出一副人生导师谆谆教诲的嘴脸。

——以不严肃的方式保全严肃、以不正经的嘴脸守护正经的心，这是"严肃"和"正经"对自身的保护，同时也为石一枫的小说打上了鲜明的个人风格印记。正是这种戏谑犀利、游戏解构般的语言风格，将小说中严肃的思想和深沉的情感掩护在嬉笑调侃的背后，从而令石一枫在"现实关怀"与"时代反思"的巨大压强之下，稳健地守护住了小说的艺术水准。

从西郊的屋顶上能望到什么

——评徐则臣小说集《北京西郊故事集》

《北京西郊故事集》收录的作品，有许多写于2010年前后，而小说里的故事，看上去也与这个年份相距不远。我回忆了一下那段时期。那正是北京奥运会刚刚结束后的几年，全球化的繁荣浪潮与大国崛起的热切想象共同鼓动着几乎所有人的神经，北京，似乎成为了一种象征、一处符号般的存在。它意味着现代世界的舞台前沿，意味着人生在世的另一种逻辑，意味着理想乃至幻梦的实现可能。如同一枚巨大的磁极，北京把来自四面八方的"铁屑"——那些千姿百态甚至奇形怪状的人物、故事、话语、梦想——吸附到自己的身边，让它们如此近距离地挤靠、碰撞，摩擦生热或者相互消磁。

《北京西郊故事集》里的故事，多是关于那些最外围、最边缘的"铁屑"。所谓外围与边缘，在徐则臣的笔下，首先是一个字面意义上的、具体直观的空间位置问题——"西郊"这两个字本身便说明了一切。"我"、行健、米箩，这组基本贯穿每篇小说的"铁三角组合"，租住在北京西郊的一座平房里面。间或有其他人物出现在他们的生活之中，担当起书中某几个故事的主角，他们大多与三人共享着相似的空间定位：工作或日常居所与三人临近，或者干脆曾搬进这"三缺一"的简陋小窝里做过室友。在小说的语境中，西郊这片平房区，相当于北京的"城乡接合部"，属于"京内"、"京外"的过渡地段。这里没有高楼大厦，只有平房院落、苍蝇小馆以及错综凌乱的无名巷落；而这些匍匐在地的小院、小馆、小巷，本身也长期处在不稳定的状态中：这片空间的身份是暧昧甚至不太合法的，遍地的旧房危房和违章建筑随时都可能被清查和拆除（类似情况在《兄弟》一篇里写到过），到那样的时候，这些悬挂在都市空间外围的赘生物就会像息肉一样被精准剔除。在这样的时候，空间层面的"外围"、"边缘"状态泅入了时间层面：失去空间同时意味着失去时间，这里的一切都像是暂时性的，它看起来并没有真正进入这座城市的历史话语谱系。由于空间身份存疑，时间在这里也是悬浮、透明、可以被暂停或剪辑掉的。

因此，对于生活于斯的小说人物来说，"外围"与"边缘"，无疑又是一种抽象的处境象征。从题材类型上讲，《北京西郊故事集》里的大部分小说，属于较为典型的"北漂青年"故事。租住在西郊小平房里的这些年轻人，大都共享着相同的身份背景：来自外地（乡镇之类的小地方），缺少学历等必要的求职砝码，怀揣着或大或小的梦想，心事重重（又或愣头愣脑）地就开始闯荡北京。他们满怀渴望，同时又缺少立足北京的必要资本（货币意义上的以及身份意义上的），因此只能游弋在现代都市运行体系的边缘地带。有一处细节是很有意味的："我"和同样以张贴小广告为生的小伙伴们，为了避开城管与环卫工人，只能昼伏夜出展开"工作"。深夜无人的街道，才是他们的现世人间,至于那个忙碌、有序、依托于时代想象并不断对这想象展开再生产的白昼北京,是他们没有能力也不被允许触碰的。

在他们的身上,我们看到了一种奇妙的临界状态:他们来到了北京却似乎又进不来北京,身在北京的同时又不在北京,就像舞台上明明正上演着火热沸腾的时代大戏,一个人却忽然忘记了自己究竟是演员还是观众,只好卡在台口的台阶处进退踌躇——这有些像卡夫卡的《城堡》,只不过徐则臣的小说少了些抽象的荒诞感,而多了些人间烟火气,多了些闹闹腾腾的俗世乐趣与底层温情。老实说,我们很难想象行健、米箩们的小脑袋中能张罗起如此哲学化的内心戏,但可以想象的是,在某些莫名的、不可期的时刻,他们也会面对着类似的踌躇,陷入到类似的"恍然一愣"当中。于是,出现了《北京西郊故事集》里一种"招牌性"的、同时也极富象征意味的姿态:登上屋顶,遥望北京。在这组充满烟火气和喧闹声的小说里,这是沉思乃至沉默的重大时刻。当然,对行健、米箩和"我"来说,这样的时刻并不见得有多重大,它往往在不自知、不经意的语境中降临,有时还会以貌似雄心壮志的喜剧化方式呈现出来:

"'看,这就是北京。'行健在屋顶上对着浩瀚的城市宏伟地一挥手,'在这一带,你找不到比这更好的房子了。爬上屋顶,你可以看见整个首都。'"(《兄弟》)

"'我一直想到你们的屋顶上,'慧聪踩着宝来的凳子让自己站得更高,悠远地四处张望,'你们扔掉一张

牌，抬个头就能看见北京。'"(《如果大雪封门》)

"'同志们，放眼看，我们伟大的首都！'捉完黑A，米箩总要伟人一样挥手向东南，你会感觉他那只抒情的右手越伸越长，最后变成一只鸟飞过北京城……最后很可能只剩下一只鸟飞过天空，就是米箩那只抒情的右手，无论如何也拉不出来屎。但这不妨碍所有冲进北京的年轻人都有一个美好的梦想。"(《轮子是圆的》)

这是一种朴素的乐观，掺杂着几分近乎混不吝的对未来的期待。这样的乐观与期待飞翔在书里每一个故事之中（尽管常常跌落在地），它照耀着城市边缘小人物们的柴米油盐、爱恨喜悲、奇遇相逢，把他们的生活烘晒得晕头转向而又热气腾腾。其实，他们站上屋顶的时刻并不多，多数时候他们是在奔走、穿梭、挣生活、找女人；即便来到屋顶，他们做得更多的事情也是低头打牌。然而，只要他们抬起头来遥望和打量，便注定会迎面撞上一连串巨大的疑问：我是谁，我从哪里来，来北京找什么？在这样的时刻，别看故事里的人依旧撑着一副嘻嘻哈哈不以为意的架势，个体自我与这座城、这个世界、这个时代的关系，实际都会在情节的表皮之下受到重新的审视。

遥望的姿态呼应着我前文提到的临界状态。遥望的潜台词是隔绝，进不去的人才会在远处遥望。但是遥望的另一个潜台词又是看清，相比于浸没（也许更准确的词是"吞没"）其中的人，遥望者看到的才是结构、是全景、是凝结在沉淀之上的升腾,甚至是生存那宏阔而虚空的本身。正像阿甘本所说的那样,"同时代是通过脱节或时代错误而附着于时代的那种联系。与时代过分契合的人,在各方面都紧系于时代的人,并非同时代人——这恰恰是因为他们(由于与时代的关系过分紧密而)无法看见时代;他们不能把自己的凝视紧紧保持在时代之上。"无意之中,这些游荡在时代外围、无知而躁动的年轻人,在北京西郊的屋顶上完成了一次凝视。这是身心临界状态下微妙受力的产物:它与"我"神经衰弱时的"奔跑",拥有着相同的精神结构。

进而,从遥望的象征姿态中,派生出诸多具体的动作,就如同微妙的受力状态最终往往会导向强烈的应激效果。就像一座高高矗立的水塔,那些屋顶遥望的身影,向小说中一系列具体的现实动作灌入了无形而持久的动力,让情感的势能从天空下沉至地面、从头顶传递到脚底、从相遇涌流向分离:奔逐(《轮子是圆的》)、追踪(《如果大雪封门》)、抚爱(《成人礼》)、殴斗(《看不见的城市》)、流浪和歌唱(《摩洛哥王子》)……在这些眼花缭乱应接不暇的动作背后,挥之不去的是那几抹静立屋顶的身影,以及那些在每次遥望中被悄然唤起的纠结与执念——关于爱,关于梦想,关于孤独,关于走与留、聚与散、溃败与坚持,关于同样虚妄的绝望与希望。

说到"执念",我想起同样是 2010 年代初,我坐在北京师范大学的小花园里,读完了《跑步穿过中关村》。那是徐则臣更早期的代表作。我记得自己是那样深地陷入了徐则臣的语境,毕竟于我看来,在铁狮子坟的校园里读研究生跟在中关村大街上卖盗版光碟之间，未必有多么本质的区别——作为外省来的年轻人，我们同样不确定未来将会如何，为了留在北京、为了能用更长久的岁月去接近心中始终执着的渴望，我们都不惜吞下更多的辛酸和苦楚。那一个傍晚，我掏出随身携带的钢笔，在书最后一页的空白处写下了这样一段话——"小说的悲剧性力量来自如下事实：他们，这些奔跑在现代都市边缘的'局外人'，每日谙熟着文明世界里的'丛林法则'，却始终对人与人之间那点体温的呼应，以及人之为人那卑微却明亮的尊严，抱有致命的执念。"其实，当我在说"他们"的时候，想着的是"我们"。今天，在许多年之后，我又找出了当年那本书和书上我写下的话。我意识到，即便此刻的我已经实现了当初日思夜想的目标（体面地留在北京，从事自己热爱的工作），我依然不敢说自己不再游荡于某种边缘。或者说，我们身边的绝大多数人，其实都是在各自的维度上，孤独游荡于生命和世界的边缘，这是一个本质化的判断，它由人类自身天然的有限性所决定。进而我发现，当年的那段话对于《北京西郊故事集》似乎同样有效——当我又一次读到《如果大雪封门》里徐则臣对雪落帝都的想象，那场面里不仅仅有"白茫茫一片大地真干净"，不仅仅有"银装素裹无始无终"，还有"每一个穿着鼓鼓囊囊的棉衣走出来的人都是对方的亲戚"。

"下了大雪你想干什么？"他问。

……

> "我要踩着厚厚的大雪,咯吱咯吱把北京城走遍。"
>
> ——《如果大雪封门》

《如果大雪封门》的鲁迅文学奖授奖词里写道,这是一个梦想与现实、温情与伤害、自由与限度相纠结的故事,它"在呈现事实的基础上,有着强烈的升华冲动,就像杂乱参差的街景期待白雪的覆盖,就像匍匐在地的身躯期待鸽子的翅膀"。在此意义上,《北京西郊故事集》里的小说,很多都可以看作是这一徐氏"名作"的"姊妹篇"(当然,《如果大雪封门》本身也收录在书中)。同样是关于雪,我想起海明威在《乞力马扎罗的雪》里开篇写到过的那只豹子:"在西高峰的近旁,有一具已经风干冻僵的豹子的尸体。豹子到这样高寒的地方来寻找什么,没有人作过解释。"那么,当小说里的"我"走上屋顶遥望北京,他又是到这样边远的高处来寻找什么呢?

他想要望到的是什么?他望到了吗?

我们呢?

荷尔蒙的诗学,或"不离开"
——评路内《关于告别的一切》

一

早些年读路内的小说,常常觉得吃醋。那些精彩、热烈、荒唐、荷尔蒙气息暴躁的故事,乃是我未曾经历过的。我觉得那是一个人当有却被我自己错过了的青春。然而,当我阅读《关于告别的一切》——一部同样非常"路内"、非常"荷尔蒙系"的小说的时候,这种吃醋的感觉消失了。取而代之的,是一种感同身受的荒凉感和失落感。我想这大概是因为我开始老了。倘若其他读者也从中读出了荒凉或者失落,那么就不是我老了,是路内或路小路或李白老了。

对于男人来说,"老"是一个不太友好的敏感词,但文学另当别论。"老"在文学中绝不是一种贬义,即便对于"荷尔蒙系"的文学写作来说,"老"也能够制造出更加丰富和深长的意味层次。它令身体变得深刻。我想这是《关于告别的一切》打动我的地方:一种隐约开始老去的荷尔蒙,在自身的"告别"预感中尝试着拥抱"一切"。

是的,"荷尔蒙气息"。这几乎是无法绕过的部分,它既是这部小说的风格,也是这部小说的内容,其至既是题材也是体裁。路内的小说里向来充满了生理性和心理性的狂躁能量。我始终记得《天使坠落在哪里》(路内近十年前的一部长篇)中一处很小很小的细节,小说中的老杨大三谈恋爱谈了一个绍兴师姐,很快师姐毕业,毕业时十分悍勇地跟老杨在寝室里"搞"了两天一夜,她离开后老杨双腿发软、扶墙而出,当夜"形单影只,光膀子穿着她送给他的纪念品,一件真丝睡袍,坐在寝室门口唱越剧。"这是蛮典型的路内式画风:赤裸裸,坦荡荡,爱起来随性而为但又真心实意。那是一种生命力爆表状态下的全情投入+没心没肺。

然而有趣的是,如今"坦荡赤裸"、"全情投入"纵然不改,但"没心没肺"感已经消失了。人物的生命时间在这部小说中重获了线性维度的弹力(在以往的许多小说中,时间几乎是凝固、"闪爆"、燃尽便作废的),更加鲜明的"自我回望"姿态出现在这部小说中。对于李白来说,父亲李忠诚的形象和生活是一种重要参照,此点已有多位论者提及。我还注意到一处设计,小说抛出的第一个小故事,竟是关于性功能障碍的。多年以前,李白和曾小然听到咖啡馆邻座的中年男女在讨论"力不从心"问题:"每个男人到四十岁以后都会这样——虎鞭很难搞,我现在吃的是海马鞭,不不,海马,没有鞭,海马自己就是个鞭……"在追忆这个故事的时候,李白和曾小然刚刚完成了一场时隔26年的重逢。物是人非,廉颇老否?漫卷的追忆和漫洒的当下来回交织,这个过程所形成的庞大"话语实体"本身就是一只海马，它"自己就是个鞭"，就这样在缓慢而不可逆的脱水过程中满含意味地"支棱"着、骄傲着。

中年人的"告别"不仅发生在过去，更发生在未来；它是不可理解、不可接近的，因而又是永恒的。许多事情——包括那些最身体性的事情——因此变得充满了仪式感和启示意味。纯粹的青春大概是瞧不上仪式和启示的，它要的是荷尔蒙的现象学。如今，在青春的尽头处，荷尔蒙的现象学变成了荷尔蒙的诗学。

阅读小说的过程中，我好几次想到了史铁生《我与地坛》里的一段话：

> 可以想象一对热恋中的情人，互相一次次说"我一刻也不想离开你"，又互相一次次说"时间已经不早了"，时间不早了可我一刻也不想离开你，一刻也不想离开你可时间毕竟是不早了。

时间真的不早了——对路内，对"李白"，甚至对某种生活逻辑、某种时代氛围。而在此意义上，这部近三十万字的小说，或许讲的也只是三个字，就是"不离开"。

二

《关于告别的一切》具有很强的"主体经验唤起"效果。我指的是，它似乎很容易让读者代入自己、召唤出阅读者自身的某些共情甚至回忆来。这显然与小说选取的叙事姿态有关。

在我看来,《关于告别的一切》在叙事上有一种"不稳定的吸附力":叙事声音与小说情节之间的距离是不稳定的,它忽远忽近,时而置身事外、时而投入其中,时而冷静地讲"他"、时而深情地讲"我"(是的,连叙事角度和叙事人称都并非完全稳定);正是这种不稳定感,在阅读效果上制造出"如履薄冰如临深渊"的效果——无法预料在什么时候,读者也会跟着从"旁观"带入到"浸没"里面。读者的情感随时会被"吸附"进去。

没有办法不掉书袋了:这必然涉及韦恩·布斯在《小说修辞学》中一论再论的"隐含作者"及"叙述者"问题。在韦恩·布斯看来,现代小说里,作者的声音对文本的介入没有消失,只不过拥有了更加多样和隐蔽的形式。《关于告别的一切》当然也涉及这个问题,它甚至还把这"多样的形式"同时暴露在同一部小说之中。要知道,小说中的李白也是一个作家,他对往事的追忆回顾显然不是简单的事实呈现,而是从一开始就带着裁剪、编码、注入启迪、传递观念的痕迹;甚至在很多时候,我们无法很确凿地判定李白究竟只是一个"人物"还是故事的"叙述者"。因而,他的声音,显然会同隐含作者甚至现实作者(路内)的声音交叠混淆。陈嫣婧在《路内长篇小说〈关于告别的一切〉:当爱情作为一种实践形式》一文中也提到了这点:"作者、叙述者和人物时而分离,时而合一……李白就是这样一个极不稳定的叙事者(或主人公)……这让小说得以在真与假,虚与实之间更隐秘地流通。"

叙述的暧昧姿态，直接关联着叙事的破碎形态。路内的叙述姿态决定了他不可能（且不必）对这个故事进行十九世纪式的总体把握和鸟瞰处理（他甚至还在小说里玩"梗"调侃了一下十九世纪式的写作），程德培先生在书籍腰封上评价这部小说时所使用的也多是"以记忆为调度"、"语言混合"、"雪崩似的大量联想"等表述。换言之，这部小说不是情节本位、思想本位，而是经验本位、知觉本位甚至话语本位。一切的理解都是猜测，一切的告别都是预感。"告别"以及那些宏大的"告别对象"，在路内笔下呈现为某种无可逃避却无从把握之物——我们或许不妨把路内滔滔不绝的"说"和李白绵绵不断的"爱"，都看作是"无物之阵"巨大压迫力下的应激形式。

　　在此意义上，叙事形态的破碎实际是一个历史阶段内，文学对个体生命、社会历史和现实经验的总体想象破碎的表征——说到底，还是十九世纪以来一直困扰着文学（尤其是长篇小说文体）的核心问题之一。路内在小说里借人物之口自嘲，说倒叙会让读者跑掉。其实并不全是倒叙的问题，并且跑不跑掉可能也没有想象中重要。这样的写法、任何的写法，都必然是有人喜欢有人不喜欢的。重要的是写法背后的症候问题：如果说路内式的破碎形态叙事代表了一个时期内纯文学的部分趣味、潮流、思路，那么它在未来是否依然是可持续的？以及，它如何进一步地衍化、更生？

三

说件不着调的事。读完路内的《关于告别的一切》,我忽然想起了李敬泽先生《庄之蝶论》那个令我印象深刻的开头:

> 庄之蝶在古都火车站上即将远行而心脏病或脑溢血发作,至今十七年矣。十七年后,再见庄之蝶,他依然活着。

很奇怪的联想。我想直观的——近乎生理性的——联想机制在于数字:十七年矣!《庄之蝶论》的年份数字固然只是偶然,但《关于告别的一切》分明开篇就定下坐标,十七岁那年,曾小然陡然消失在李白的生命里。几年前路内还有一本短篇集,书名就叫《十七岁的轻骑兵》。我实在猜不准路内为什么喜欢跟"十七"较劲。

好吧,拿数字做联想是个巧合、是个玩笑。当然还有更本质的关联逻辑。《庄之蝶论》背后的《废都》,关乎环境和时代、关乎知识分子(乃至广义的现代灵魂)的自我想象问题。那么,同样是以"性"为杠杆,同样面临着时代氛围和历史环境的某种转型,《关于告别的一切》以及小说中的李白(多么反讽而又意味深长的名字),在今天试图撬动的又是什么?

我绝没有拿《关于告别的一切》类比《废都》的意思。只是不可免俗地,得谈谈这部小说的时代隐喻。诸多论者在谈论路内小说之时，会注意到路内对1990年代经验的系统性打捞。这一意图在其上一部长篇小说《雾行者》里尤为分明。《雾行者》里有这样一句话："这不是抒情，也不像迷失，或许可以判断为迷失本身的消散，然而也没有获得一种可以替代的清醒。"在我看来，《雾行者》缠绕交杂的叙事，本身就可视作"迷失本身的消散"的结构实体。路内小说中躁动不安的生命意志，在源头上根植于并在靶向上对准于时代经验的野蛮生长及其眩晕迷失。

有趣的是，《关于告别的一切》在年代成分上更加驳杂（小说一开篇就提到了李白"Z"形伤疤及其配套长发在不同年代的"象征演变史"），它直接把自己的年代覆盖面积印在了书封上：1985—2019。许多评论关注到了其中的大厂子弟生活、下岗潮书写，也提及了小说里资本运作、网络炒作等"当下元素"。换言之，故事开始的时候，全球化大潮才刚刚渗入到中国大地、生活"正在起变化"；而到故事"告别"之际，中国已成为全球化的主导力量之一，生活"处处是常识"。新的稳定形态已经形成。众神归位，各享各的香火；众生了然，各端各的饭碗。野蛮生长的日子结束了，随之途穷的是那种天马行空、不羁闯荡的精气神和现实生活可能。时代在发展，空气也会变化。

这是《关于告别的一切》深层次的张力：李白"告别"的，当然不仅仅是一个个爱过的女人，也不仅仅是他一个人的青春。我想起《十七岁的轻骑兵》的第一篇《四十乌鸦鏖战记》。小说的最后一句是，"后面站着一群莫西干头少年，我将和他们一样，或永远和他们一样。"多少年过去了，当初十七岁的轻骑兵们终究还是变得"和他们一样"——以另外一种方式,变成更广义的"他们"。几乎是每个人,当初隔栏观狮的少年,最后自己踏入了熊山。

这就来到了这部小说被反复分析的一组情节:两次在动物园里面对猛兽。狮子和黑熊意味着什么?有人解读为工业文明的践踏之力,有人解读为爱欲呈现的危险形式。就我个人而言,我愿意将其视为个体——以及一个时代——生命激情的外在投射:它曾经悍勇自由,而今日老于笼中。倘若靠得太近,这种被困的力量必将伤害到我们自身。

李白正是那个"靠得太近"的人。他当然做不了什么,年轻时的那一次他栽倒了,年长后的这一次他逃跑了。然而,也并非毫无安慰。小说最后,李白在攀上救生梯之前,终究还是救下了些什么:注意到了吗?彼时他的怀里,抱着一只流浪猫。

蛮荒及其消逝：林森小说中的海与人，兼及"新南方写作"

一

如果翻开长篇小说《岛》的单行本，你会发现，开门迎接你的并非文字、并非是一部小说必然会有的某种开头，而是林森手绘的几张画：小说里的"鬼岛"、岛上已然损毁却轮廓残留的房子、岛中央繁茂而带鬼气的野菠萝树。然而画里不曾出现人。不仅没有具体的脸，甚至连抽象的人形背影也没有。我视之为某种隐喻。我当然知道，林森在画下这些图画并往书中插入它们的时候，未必会想到这么多，但我仍认为这样的安排折射出某种深刻的潜意识——这部小说的真正主角，既不是叙述者"我"，也不是居住在"鬼岛"上的怪人老吴，而是大海，是被大海隔绝于人世的孤独的岛，甚至就是这种隔绝本身。"我"和老吴的人生经历和内心世界，与这海、这岛是同构的，他们在海和岛的躯体上取得了自身的表达，进而用自己的躯体赋予海和岛以表达。

包裹着人和岛的是南方的——"南"到边陲以至于在文化

和审美想象上已渐趋边缘的——海。它蛮荒、冷僻、幽深、狂暴，同时它富饶、清澈、明丽、诱人。它是难以捉摸的矛盾体，与林森笔下的故事一样，总是看似自然而然地溢出了我们惯常的书写及接受框架。充分而深入的海洋书写，是林森小说极富特色的个性标识。海洋，既构成了林森诸多故事里最重要的背景和经验滋生场域，同时也是林森小说世界中最高光且直接的审美对象之一。南方的（甚至"过于南方的"）海洋，是林森小说世界里频繁贯穿的主角或"潜主角"。

《岛》的开篇便是对蛮荒的、非理性的海洋的一段特写："有谁见过夜色苍茫中，从海上飘浮而起的鬼火吗？咸湿凛冽的海风中，它们好像在水面上燃烧，又像要朝你飘过来，当你准备细看，它一闪而逝。"咸湿、飘忽、伴随着燃烧、诱人又无法把握，这无疑是一个极其复杂、信息量极大的书写对象。然而，用"对象"一词来定位，似乎又有些窄化了林森的海洋书写。在他的小说中，海洋绝不仅仅是作为被观看、被窥测、被猎奇的对象，而且是作为生活和日常经验自身的一部分出现。林森用了颇多的力气，剔除掉大海身上那些浪漫主义式的抒情气质和象征隐喻，而把大海还原成"讨生活"的日常空间。渔民出海，就如同是农民耕地，其力量并非来自象征性而是来自日常性。即便在《海里岸上》这篇充盈着文化生态挽歌气质的小说里，大海依然呈现出其"现实主义"甚或"技术性"的一面：

"我们以前出海，都要依照上面的记载，算好船的速度和方向,海上茫茫,得绕开礁盘和暗流;风浪来了,得依照这本经书上的记载,找到最近的小岛来躲避……总之,若没有这两样东西,出了远海,即使全程风平浪静,也会迷失方向,没法返航。"(林森《海里岸上》)

"年轻时,出船一两个月,颠簸劳顿倒不是最苦的,最苦的是对女人身体的渴望。白天还好,在水中、烈日下搏斗;夜里,躺在船板上,星光满天,船随风轻晃,体内的欲望都被摇出来了。每次船回渔村,老苏和其他男人一样,在船头看到岸上的女人之后,内心的焦灼和渴盼达到了顶点。但,还得先把所有的渔获卸下船,再洗一顿痛快的淡水澡以后,才开始在女人身上驰骋。"(林森《海里岸上》)

在林森的笔下,海洋是渔人生活中一个需要对付、需要与之相处的部分,并且是生活内部(而非外部)的一个部分。人的有限性和真实的身体需求,在海洋生活的身上被激发并获得显现。一同显现的还有肉身内部的生物特质:《海里岸上》里关于水手曾椰子死亡的描写(其过程、原理、性状以及尸体运回的方式)、关于鲨鱼腹内遇难渔民残肢的描写,以及《岛》里关于海洋生物尸体产生鬼火的描写,显然都不仅仅出于"奇观书写"的考虑,而是试图直接在海洋与肉身之间建立知觉性的关联。因为,正如梅洛·庞蒂所说,"物体是在我们的身体对它的把握中形成的"①：通过嗅觉、触觉和视觉，海从那些依附于海的生命身上，不断获取着自己最身体化的形象，从而自足地进入我们时代的审美想象谱系。

在此意义上，林森笔下的南方海洋，不是作为价值想象或意义附着的载体，亦不是作为单纯的文化符号出现，而首先是作为现象学意义上的肉身实体，乃至是作为政治经济学意义上的生产资料出现的。林森提供了一种面对大海时平实、细致但又充满巨大自信的书写方式——与海洋有关的日子，不是用来"看"用来"想"，而是真正用来"过"的。这种书写的根系，在经验的脂肪上扎得如此之深，以致能够在不知不觉之中同人的情感命运建立最入微最自然的关联。这样的情形在中国现当代文学的历史上并不多见——我们以往所常见的，是土地渗入人的命运、大山砌入人的命运，或者是江河运送人的命运；而那种被海水和海风充分浸透的命运书写和情感描摹，在中国文学的记忆里的确属于某种结构性的稀缺。

大海以"常态性"的身姿出现在文学世界里并获得认可，意味着我们对海洋的书写及美学认知抵达了一个新的层级。就像柄谷行人所指出的那样，风景从不会"从无到有"，它被发现、被意识、进入审美视野的过程，本身便体现为一种认知性的装置而紧密关联着主体自身的意识形态②。林森对"海洋"的审美吸纳，显然是自信而清醒的："涉及地方性的书写，最容易

---

① ［法］梅洛-庞蒂：《知觉现象学》，姜志辉译，商务印书馆2012年版，第405页。
② 参见［日］柄谷行人《日本现代文学的起源》，第一章"风景的发现"，赵京华译，生活·读书·新知三联书店2019年版。

带来的,是进行奇风异俗的展示,沦为被观看的'他者';可我们要意识到,文学之所以是文学,就在于它能提供某种能与他人交流、引起共情的价值。从这个角度来说,写作者最不应该提供的,便是'猎奇式的展示'。"[①] 在林森的笔下,海洋不再作为"他者"或"奇观"出现,而是作为我们文化肌体上自然而不可分割的一部分出现。它所呈现出的,不再是珠宝的价值,而是血肉的价值——珠宝可以作为装饰而被摘下、被替换,然而血肉不能。

二

因此,接下来不得不提到的,便是海洋经验框架下,人的生存状态和情感状态。

林森笔下引人注目的海洋书写,其"落地"的途径和最终目的,无疑还是在于海洋语境中的"人"及其内心世界。蛮荒暴烈的海(以及广义的海洋性环境),投射于野蛮生长的人,这是林森小说中一再出现的情形。

在此意义上,"新南方"(主要指广义上的岭南地区,当然也可涵盖所谓"南洋"地区)之所以在文学的话题域内得以区别于"传统南方"(尤其是在历史上缠绕过经典性的士人文化想象、在今天又已高度资本化了的江南地区),很大程度上与其自然环境与人性质地的双重"热带感"有关:既蛮荒又繁盛,既

[①] 林森:《蓬勃的陌生——我所理解的新南方写作》,《南方文坛》2021年第3期。

新鲜又易腐，无比强烈而又高度不稳定。在这种充满不确定性能量的水土滋养中，人的境遇和状态变得颇为迷幻：炽烈的爱与恨、炽烈的向往与颓废，仿佛已足够在小说的边界内支撑起人的全部生活。

《岛》里面，那场改变了吴志山命运的"情感风波"，可以被一面之缘的女子挑明得如此赤裸裸："我们这些少数民族的人很直接的，到了节日就唱山歌，看对眼的人，女的会邀请男的到她独居的寮房里。我不是少数民族，我也不会唱山歌，可我也想邀请你去我住的地方。"这样猛烈的表白受挫之后，造成的后果当然是严重的，而这后果也就引出了后面的故事——吴志山在十年冤狱过后，直接选择远离人世、独居无人岛。在发生学上，他的行为动机是寻找鬼、寻找另一个世界的入口。而在行动效果层面，他行为的结果竟是创造出了他最初要寻找的东西：一个"鬼"、一个世界之外的世界。

一场溃烂演化成一场增殖，这是热带南方的生活秘密，也是巨大内心能量自由释放后的戏剧结果。鬼岛上的老吴也因此成为了一个极可玩味的人物，他同时在世俗意义上维持着"生"（具有生命体征和正常的人类行动能力），也维持着"死"（失去了实质性的社会关系和社会功能，类似于我们今天所说的"社会性死亡"）。他试图寻找"死"与"生"的临界点，最终把自己变成了这个临界点——不是像黑洞般沉默地吞没一切，相反，这个临界点更像是超新星爆炸，它放肆甚至是报复性地喷射出一切它内心无法继续容纳的东西。

在"新南方写作"的话题框架内，"临界"是一个高度核心性的概念。杨庆祥在《新南方写作：主体、版图与汉语书写的主权》一文中，曾经将"临界性"作为其对新南方写作理想特质的界定标尺之一。杨庆祥对此种"临界"的阐释，在"地理的临界"、"文化的临界"、"美学风格的临界"三方面宏观展开[①]。在林森的小说中，三种临界在具体的行文中具化为文本内部的一种综合性的临界状态，那就是人物情感结构和生命状态的临界。许多高度极端的、隐喻性似乎过强的笔触，在这种临界性的张力条件下都变得自然而然：老吴一再选择在暴风中离岸登岛，是自然而然的，因为死与生的界限混淆一直都是他的"初心"；"我"的二哥（包括《海里岸上》里的阿黄）选择划船出海结束自己的生命，也是自然而然的，因为依凭海延续生命的人就该在海上将这种延续取消。包围着他们的，是完全开放性（无边界）、难预知的海洋；高度理性的主流文化的强大引力，辐射至此力度已大大减弱。因而林森这样的"新南方"作家（同时也包括近年来热度颇高的几位马来西亚华人文学作家，如写下《迟到的青年》的黄锦树、写下《猴杯》的张贵兴等）在处理地方性题材的时候，完全可以放开手脚、营造出一个个既魔幻又写实的世界，可以像在《岛》里所做的那样，无须太多铺垫说明，便让一个开车环游全岛的"凯鲁亚克"同一个瓦解版的"20世纪鲁滨逊"劈头相撞，更不用说，这两个形象的背后还藏着一位盘古式的"创世一世祖"大伯。

类似的情形也出现在林森的许多短篇小说里。《抬木人》

[①] 杨庆祥：《新南方写作：主体、版图与汉语书写的主权》，《南方文坛》2021年第3期。

里的两兄弟在认知现实的层面,始终游弋在"理性"和"非理性"的边界线上,故事的重心因而得以在生存和死亡的双重界域间来回切换,甚至频繁"脱轨"。《海风今岁寒》中的"青衣",一方面在强烈的自我毁灭冲动中"折腾"不止,另一方面却又以不可理喻的方式寻求着自我救赎。《捧一个冰椰子度过漫长夏日》关乎爱和欲望,发生在故事里的一切都是闷热、潮湿的,也是无法辨清因由的:"毕业后,到底是什么力量推着我,让我住到这个城市边缘的村子来?又是什么力量让我浑浑噩噩,像一个飘荡的幽魂?"

一种不可名状却真实推动着人物动作的力、一种令人物浑浑噩噩却不断迸发出裂变能量的力、一种把内心火焰推向不可控燃烧的力,地火般奔突在林森小说的动脉里。这种力与我们今天所讨论的"新南方"紧密相关:它来自蛮荒的向外敞开的海,来自野性的热带的温度,来自地域文化基因里因遥远而尚未被完全规训的部分,来自随时可能激发连锁反应的内部"临界"。文化地理意义上的"蛮"、"热"、"潮"及"失控",与作家作品的内在气息高度同构。在这个连理性都需要被大数据化的时代,这种力和气息,提供着某种保护动物般的珍罕品质:那是炽烈的爱与恨、炽烈的向往与颓废,我们想象它们足够在小说的边界内支撑起人的全部生活。

三

环境(自然)的蛮荒热烈,以及随之而来的个体生命状态的蛮荒热烈，意味着一种"未完成性"甚至"不可完成性"。在今日的中国文学写作总体图景中，这种"未完成"和"不可完成"，似乎是分外鲜亮甚至是相当"提气"的——我们日常所见的，多是"梦醒了无路可走"式的小说，偶然邂逅一批根本不在乎"有没有路"或"怎么走路"的文学作品，怎能不感到激动呢？

然而，这种蛮荒热烈所带来的野蛮生长和意义增殖，正在被一种更具理性规训能量的、外部介入性的瓦解力量所删除。林森在《岛》、《海里岸上》、《海风今岁寒》以及《捧一个冰椰子度过漫长夏日》等短篇小说中，都一再处理过渔村拆迁、传统渔民文化（包括陶瓷制作等非物质文化遗产手艺）流失等重要的时代性主题。当然，这种处理绝不仅仅是负面的、歌哭式的。林森并不避讳普遍意义上的现代人本主义追求（让人过上更舒适的生活）与传统诗性追求（天人合一、亲近自然等）之间的裂隙，甚至他还常常试图在这裂隙中做出某种黏合的努力——例如《海里岸上》的这一段："人最重要。要是人都没了，留着那东西也没用。卖给懂行的人，可能保存得比留在我们手中还好。《更路经》比人活得长，我早想清楚这事了。"然而无论如何，林森的小说实际是在一个重要的历史节点，把一系列隐秘却敏锐的命题推到了台前，那就是我们如何面对今日这个正面临一系列结构性变化的"新南方"——一个试图把自由腐烂归化为垃圾分类回收的"新南方"？

当然，所谓的"垃圾"，只是一种被现代理性制造出来的"价值剩余物"，就好像福柯笔下的"疯癫"是被人为制造出来的一样。自由腐烂——也就是《岛》一开篇就特写过的场景，从尸体上绽放出火焰——之无价值，无非是因为它被纳入了现代文明的价值体系，并且不得不在此体系下重新接受审视和裁定。现代主流文明的侵入，全球化浪潮的深度漫延，造成了蛮荒感的消逝。如果我们从此种角度去思考林森在不同的小说中不厌其烦地一再写到的祭海仪式、村社祠堂、妈祖、关二爷或一百零八兄弟的小庙，它们当然便超越了一般意义上的装饰性民俗描写——当然，我们也都知道，这样去思考并不是一件很难的事，难的是在这样的思考过后，怎样真正找到一个足以安放我们情感姿态及文化反思的稳固的立足之处。

如同我们一样，林森的文字背后，也不时流露出现代社会文明价值与社群文化价值（《海里岸上》、《海风今岁寒》）及个体情感价值（《岛》）之间彼此冲撞的摇摆疑难。为了化解或悬置这种疑难，林森甚至不得不祭出一些具有高度时代特征的武器（这本与小说内部的气质有所不合），例如海疆主权话题（《海里岸上》）、生态文明建设话题（《岛》）。这样的摇摆疑难背后，同样潜藏着另一种更现实性的"临界"；世俗的界标将会倒向哪边，目前来看几无悬念，真正为难的是我们在文学的角度应当如何选边。"南方"之"新"的凸显，恰恰源自于"旧南方"的正被侵入——这种侵入，形式上是空间的侵入（侵入者是大陆文明，或者说是"连海如连陆"的桥梁文明），实质上则是时间的侵入：线性的、矢向的、自带价值刻度的现代机械时间，正在侵入吴志山"乃不知有汉，无论魏晋"式自生自灭、天地自由的古典自然时间。

  两种抽象的时间区分,有时被具体地投射在了不同代际个体的生活结构和时间感知里:在林森问世更早的长篇小说《关关雎鸠》中,我们已经读出了两种时间的缠绕与撕裂。上一代人在空屋子里回忆往昔,下一代人在街道上斗殴恋爱;作物生长的时间、走屋串门的时间、续写家谱的时间,渐渐被蹦迪唱歌的时间、赌钱打架的时间所取代。如果将时间与生命看作一对近义词,那么前者意味着积蓄和传承,后者则意味着消耗与异变。在同一条街道甚至同一个家庭中,两种时间痛苦而错乱地纠缠在一起,终章和序曲共同编制出一枚巨大的符号,像是问号,又像是叹号。

  拆迁面积、开发方案、货币数额、GPS 定位……最后的蛮荒南方,正在被纳入时代方阵的大一统。正如曾攀在论及林森时所言,"对于新南方写作的重要区域海南而言,从国际旅游岛到自由贸易港,风驰电掣的现代化进程中,如何重塑当代之'南方'的文化主体,已然成为全新的命题。"[①] 文学该如何面对这样的命题?这一命题集中叩响在"新南方"的身上,但其实它要比"东南西北"随便哪一方都更大。一切都在变化着。林森当然试图抚慰我们,他说"所有的痕迹,在水的面前都是暂时的"(《海里岸上》)。然而,相似的抚慰一百多年前就有人做过,在另一片海的面前、出自另一个人的口中:

    "到了奥列安达,他们坐在离教堂不远处的一条长

[①] 曾攀:《"南方"的复魅与赋型》,《南方文坛》2021 年第 3 期。

凳上，瞧着下面的海洋，沉默着。透过晨雾，雅尔塔朦朦胧胧，看不大清楚。白云一动不动地停在山顶上；树上的叶子纹丝不动，知了在叫；单调而低沉的海水声从下面传上来，诉说着安宁，诉说着那种在等待我们的永恒的安眠。当初此地还没有雅尔塔，没有奥列安达的时候，下面的海水就照这样哗哗地响着，如今还在哗哗地响着，等我们不在人世的时候，它仍旧会这样冷漠而低沉地哗哗响。这种恒久不变，这种对我们每个人的生和死完全的无动于衷，也许包藏着一种保证：我们会永恒地得救，人间的生活会不断地前行，一切会不断地趋于完善。"（契诃夫《牵小狗的女人》）

得救与完善是重要的，但绝大多数时候，它都在文学所能企及的范围之外。我们此刻所能够企及的，是一种正在被关注的写作于今日中国经验结构中的样本性意义，而这种样本特征——尽管它充斥着福尔马林气味的复杂预感——无疑在"新南方写作"的探讨框架下展现得格外充分。由此观之，"新南方写作"，在这种二律背反式的意义层面上，注定要关乎旧南方的瓦解——甚或，不仅是旧南方，这瓦解在可预期的未来终将被普化至整个昨日的世界。

"说"的悖论,或"有效的莫名其妙"

——关于郑在欢《还记得那个故事吗?》及其他

那是 2020 年春天的一个中午,郑在欢把他刚完成的一篇小说初稿微信发给我看。我当时正坐在麦当劳里嗑麦旋风冰激凌,本来只打算先看个开头,没想到一口气细细读到了底。小说看完,麦旋风已经化成了奥利奥奶盖,黑色的饼干碎屑漂浮在乳白色冰凉的液体上,就那么暗幽幽地闪耀着,像话语从内部解体后、散落在经验之河上的残片——借用小说原文里的一种描述,这实在"很古怪,也很悲伤"。

我端起这杯完全融化掉的冰激凌一饮而尽,用方言给郑在欢敲去了一句脏话。原文是:"我××××,写得好哇!"

小说有一个很莫名其妙的题目,叫《还记得那个故事吗?》。一年多后的此刻,我正试图严肃地谈论它。事实上,不仅题目,整篇小说都很莫名其妙。说得好听点,这篇小说的风格叫"王顾左右而言他";说得放肆点,那就是"一本正经地胡说八道"。整篇小说的精髓就在于"说的悖论":人物(包括作者)在其中所说的几乎全部的话,都与他真正想说的话没有直接关系。他一直在说,说得甚至非常有趣、让人极其想听,但实际上却似乎从未张口。这产生了一种奇怪的力量,乃至揭示了某种荒谬的必然。小说赋予"沉默"一种喧哗的形式，或者说，给"沉默"打造了一具叙事的、语言的肉身。

由此言之，这篇小说与前一阵莫名火起来的"废话文学"——"听君一席话，如听一席话"、"七日不见，如隔一周"云云——似乎有血缘之亲。它们共同指向一种呈现为喜剧的悲剧性"无语"，并将其打造为把玩、审美的对象。然而实际上，这篇小说的问世时间，可要比"废话文学"（当然，我在此指的是网络世界的新潮"话风"，而不是文学史上那个以"废话"为名的实体流派）成为青年群体"话语时尚"要早得多。谁说文学跟时代生活脱节了？有些时候，文学对时代生活隐秘气息的感受和捕捉，甚至比流行文化更早，只不过我们未必注意到了而已。

因此，"莫名其妙"当然不是贬义。在今天，有太多太多的"情真意重"，都只能通过"莫名其妙"表达出来。这并不是故弄玄虚。在这个经验繁冗、情感膨胀、"信息过载"与"信息茧房"并行不悖的时代，"无穷的远方，无数的人们，都和我有关"固然是事实，但"人类的悲欢并不相通，我只是觉得他们吵闹"也同样是实话。"表达"的力量，已经被严重地磨损了、透支了，以致我们很难再以古典性的方式，走着台步、甚至踢着正步，便穿透经验的厚重脂肪、讽刺中充满疑问的意识本质。

就拿《还记得那个故事吗？》来说吧！它当然有一枚"正经"的、本质化的内核。这篇小说要讲的，其实是人世的"变"、人心的"隔"，讲的是一位青春将尽的年轻人，对理所当然的、"正常"而"正确"的人生未来的恐惧。甚至说得再直白一点,这篇小说讲的,其实就是一位敏感青年的孤独内心,及其"恐婚"故事。这当然是很重大、也很有时代典型性的主题。但问题是,如果就单看上面这段"干货总结",如果作者就这么端起范儿来直愣愣扛上去写,反正我自己是一点也不想读这篇小说的。

这是文学面对着的巨大悖论:一方面,有些主题确乎值得我们一谈再谈;但另一方面,我们又很容易一动笔就把事情谈滥谈糟、谈成"套路"、谈出一股太过熟悉的酸味儿来——事实上,就像苏珊·桑塔格所说的那样,当艺术从宗教那里继承了语言问题后,话语似乎正变成某种阻碍,"一方面我们的语汇贫乏,另一方面我们又滥用词语",以至于同时导致了意识的过度活跃(紊乱)和思维的迟钝麻木(苏珊·桑塔格《沉默的美学》)。况且,这一切本也不是什么新奇的经验,"远行者有故事",但我们的读者乃至我们自己,都不是"远行者"而是"沉溺者"、"受困者"。近景魔术最难演。

怎么办?一种有效的方案,便是"劳师袭远"、"欲擒故纵"。把一桩正剧性、悲剧性的事情,用喜剧性、闹剧性的策略来写,甚至以"不谈"的方式来"谈"。我想郑在欢是此中高手。《还记得那个故事吗?》便是很好的样本:这个故事在不断地"跑偏"、"掉线",但又始终隐隐地围绕着某个不可见的力学中心,在偏离中求抵达、于沉默里求发声。小说的题目里提到了"那个"故事,单数。但这篇小说本身显然是一个复数的故事,三层不同的故事之间相互嵌套,相互遮蔽,相互呈现:

——首先就是字面上的"那个故事"。这是最直观的第一层。"我"忽然联系发小光明,想再听他讲一遍"小孩吃包子"的故事。对这个故事的回忆、讲述,构成了小说的绝大部分内容。"小孩吃包子"这个故事很荒唐,甚至有点恐怖(具体情节我在此就不再复述了)。比故事本事更荒唐的是,多年过去,故事原本的讲述者光明,早已经把故事给忘了,但"我"居然不依不饶,不仅强迫光明回忆这个故事,甚至拉着他一起推测故事的逻辑、补充故事的细节……谢天谢地,故事最后总归是被完整地回忆起来(你甚至干脆可以说"创造出来")了。然后,小说也结束了。

——其次是"失乐园/复乐园"的故事。在第一层故事中,存在着一对明显的对抗性关系。"我"一定要推动叙事(努力回忆那个故事),光明则一再地阻滞叙事(没兴趣回忆那个故事)。正是在这里,存在着小说故事的第二层:"我"与光明,或者说与失落掉的少年世界间的故事。一个成年人缠着另一个成年人要听故事,这显然是不正常的。换言之,此事背后是"有问题"的。这个"问题"便是,"我"对自己身处的成人世界产生了巨大的不认同。在"追讨故事"的缝隙里,"我"已经透露了自己在现实中遭遇的困境:生活仿佛索然无味,人与人之间无法沟通。

> 后来有一天,我突然觉得没意思,我意识到这个让人沮丧的事实:我们好像在聊一件事,其实我们在聊八件事,那七件我们根本不想聊的事情伪装成我们想聊的那一件事情,搞到最后我们都不知道自己在聊

什么了。所有聊天都是这么结束的，我们突然忘了原来在聊什么。我们偷偷地看对方一眼，觉出尴尬，并迅速道别。

这是一条隐藏着的故事线："我"从北京回到了老家，因为"我"成了一个被无聊而虚伪的成人世界"开除"的人。在形式上，"我"回来是为了"换换心情"、为了"和闲人聊天"；而在本质上，主人公乃是试图找回那已然沉没在水面之下的少年世界。"小孩吃包子"的故事，便是覆盖在少年世界之上的那一道水。"我"要找到这水，要像摩西分开红海一样分开这水面、穿过它抵达记忆中的黄金国度。这层故事，建基于当下现实经验背景（虽然相关元素并不浓重），同时又相当古老、带有某种母题性的色彩。

——最后，是一个"哈姆雷特式"自我怀疑的故事。与"我"不同，光明显然不想跟"少年黄金国"较劲。并且，光明是希望"我"长大的："你就是太闲了，为什么非要想起来？想起来有什么用？你找工作了吗？没有工作你怎么结婚？小娟是个好女孩，你不要让她吃苦。"小娟是光明的妹妹，是"我"的女朋友。终于，我们来到了小说最核心的却也是幽灵一般最飘忽的第三层故事。"我"不想结婚。"我"对生活、对人、对爱，似乎都是没有信心的。他不信任别人告诉他理应信任的一切，或许这在本质上是因为他不信任自己：他对自己可预见的未来乃至"自我"本身，藏着一份根本性的怀疑。他"不确定"，故而"没想好"，并且因此"说不出"。"我正努力发现她的优点,好下定决心跟她结婚。我不是装修不起房子,也不是不想装,我只是故意拖延。光明的意见就是从这来的……我喜欢她,但不确定这种喜欢能支撑多久……我爱她,毫无顾虑地爱,我爱她,所以顾虑越来越多。这种话跟光明怎么说呢,他现在连故事都不讲了。"

是啊,这样的话,怎么好跟别人讲呢?于是没有办法,只能去讲那些不相干的话,去讲那些徒劳的、无意义的、故意延宕的话。只能去追讨和回忆一个故事,而对"那个故事"的追讨,完整地构成了郑在欢笔下的"这个故事"——并且,在其中藏匿了更多更重要的故事。

这当然是莫名其妙的。但它是一种"有效的莫名其妙":通过近乎通篇的"无效的说",郑在欢把一些"不好说"甚至"不可说"的东西说了出来;甚至对于生活、对于围绕着生活的种种表述("表述"的背后当然是"认知"),这篇小说还构成了对其无效性的充满悲哀的反讽。

因此,化用一下前面的"干货总结":这篇小说,其实是把"变"与"隔"直接转化成了叙述的形式,在自我表达的可能性被不断耗尽的巨大焦虑中,完成了对理所当然的、"正常"而"正确"的故事形态的超越。

按道理,文章到这里可以结束了。但我还想宕开一笔,聊聊作者郑在欢的总体写作。因为事实上,话语的失控和无效,一直是郑在欢小说重要的主题甚至形式。这在当下文学经验乃至精神体验的谱系中,具有特殊的重要性。在另外一篇论及郑在欢的文章中我曾提到,话语强大的理性力量,也即话语概括、整理、阐释甚至管理现实经验的能力，恰如乔治·斯坦纳在《语言与沉默》一书中所描述的那样，曾经作为一种普遍性的信念，支撑起人类文明的大厦："古希腊—罗马和基督教意义的世界，设法在语言的支配下管理现实……努力将人类的所有经验、人类有记录的过去、人类的现状和对未来的期许，统统包含在理性话语的疆界之内"，与之相关的是这样一种信念："一切真理和真相，除了顶端那奇怪的一小点，都能够安置在语言的四壁之内。"（乔治·斯坦纳：《逃离言词》）。然而，在包括郑在欢在内的许多青年小说家的作品中，语言的"神圣四壁"土崩瓦解；这并非是由于作者在写作层面的疏漏或无能而导致，相反，话语理性的大量丧失——即话语的失控现象——本身，恰恰承担着强大的叙事功能：它为作品提供了特殊的动力逻辑、话语形式，并直接指向小说的精神题旨。在郑在欢的成名作小说集《驻马店伤心故事集》里，许多令人印象深刻的故事都与此直接相关（如《咕咕哩嘀》、《电话狂人》、《吵架夫妻》等）；在他刚刚集中推出的两本全新小说集《今夜通宵杀敌》、《团圆总在离散前》中，这种"喧闹的沉默"、"荒唐的合理"、"带哭腔的笑"依然延续着、生长着、变异着。插标卖首的鬼魂、归去来兮的旧友、田野或网吧里嘈杂的人声……一切依然是"莫名其妙"的。这"莫名其妙"是形式外壳，也是精神内核；是行文假面，也是心头本真。

——而我们的心，或许也正跟这些故事一样，渴望在不相关的形象和不可解的话语里，找到自己隐秘的抵达。

变宽的时间与平静的直觉:从宋阿曼《堤岸之间》《白噪音》说起

一

一天早上,法图老汉从睡梦中醒来,发现自己的时间变宽了:"现在,他觉得一切都踏实了,地面上的一切好像被一个巨大透明的手掌捂住,不能动弹,不能旁枝斜出。时间也比从前更宽阔,一天之内他可以做很多事,似乎每天至少有三十六个小时。"

请原谅我使用了这样一个略显俗套、充满碰瓷儿精神的仿"卡夫卡式"开头。卡夫卡以其石破天惊的方式,打开了一扇现代体验书写的文学大门。多少年来太多太多的诠释者和追随者们都无法绕过这扇门和门框里臃肿疲惫的甲虫投影,以致这扇门常常处在无望的话语堵塞状态之中。然而问题在于,貌似过剩的言说,始终都无法消除这样一种要命的焦虑:当我们离开那扇门打开的具体时刻,离开那由层层叠叠的历史事件和语境材料筑成的逼仄门框及其后狭窄的过道门厅、而进入宽阔的(甚至看得见风景的)房间,离开充满断裂能量的现实冲击下那种极富震惊感的形式表达，我们——这些漂流在以日常与通识形态呈现的现代经验海洋中的当下个体——如何在新的历史语境下表述自己的感受与困惑？

对文学而言，奇迹与灾变固然不易处理，但更大的难度，或许出现在奇迹和灾变已成为习焉不察的常识的时候。因此，我时常觉得卡夫卡和他的同代人们是幸福的（尽管这是一种与卢卡奇笔下那些以星空为地图的总体性时代个体完全不同的、十足现代主义的幸福）：一切都出了问题、一切都使人感受到前所未有的讶异，他因此可以让格里高尔一觉醒来就直接变成甲虫，可以让他的人物倒悬在天花板上打量变了形的世界和变了形的自己。而我们呢？我们这代人似乎已经失去了这样任性的权力，因为那个问题重重的世界从我们出生时就安安稳稳地坐在那里（仿佛可以天长地久似的），而我们自身"成问题"的部分，又恰恰是与这世界的"问题"同源同构的。

于是，当宋阿曼笔下的人物带着疑问、试图重新打量世界和自己的时候，就只能选择一种更加柔和也更加微妙的方式。例如，一觉醒来，发现自己的时间变宽了一点点；或者在昏睡之前，忽然想起地铁探出地面的瞬间。

一点感受性的变异、一次似是而非的象征启迪，成为了宋阿曼小说的"开门"方式。这种方式在当下小说写作中无疑是具有典型性的：面对当代生活厚重的、形体暧昧的经验脂肪，她和他们没有选择在天启般的冲动里持刀刺入，而是用一种平静的、或许带有一丁点儿神秘主义的直觉，去猜想和触摸脂肪之下那遥遥跳动的温度。

二

现在具体说说宋阿曼的这两篇小说,《堤岸之间》和《白噪音》。

小说本身的故事都很简单,甚至谈不上有什么统一完整的情节。《堤岸之间》讲小城里一对老夫妻的晚年生活片段,两位老人一个在外游荡、一个静坐家中,却不约而同地"意识到一些过去的东西",感受到一些"以前从来没有意识到的遗憾"——有时还会做一个梦或出现一些幻觉,导致自己被"一种巨大莫测的情绪"卷裹,但最终也没有做出什么出人意料的事情来。《白噪音》同样写的一对男女,只不过"老年夫妻"换成了"年轻情侣",地点也从小城换到了繁华忙碌的一线大都市。两个谙熟于数字时代前沿生活的年轻人,过着看起来衣食无忧、跟科技或艺术频频互动的"高质量人生",却在"想象"与"习得"、"虚拟"与"真实"这类概念对子间陷入了某种难以言明的踌躇困惑。两篇小说都是开放式的,甚至是片段式、灵光式的——它们异常活跃的多解性不仅体现在未曾给出答案,更在于其抛出的问题都是若有似无、模棱两可的。

这样的方式,让这两篇万字以内的短篇小说看起来充满了诗歌的质感。一种氤氲流淌的情绪,一种并不激烈的直觉,勾勒出小说人物看似无心的怀疑主义,及其恬淡随性却又不失严肃的自我审视。具体到叙事层面,小说里此种质感的出现,是通过对时间体验的变形重塑而得以最终完成。比如,《堤岸之间》里，时间被拉伸和摊大了——就像一团面或者一块布。曾经本分的农民夫妇，在晚年忽然得以合理合法地无所事事起来，这实际上造成了一阵小小的不适乃至眩晕。原因在于，时间在他们的生命里忽然铺平了，它剔除了自身的褶皱（那些与秋收冬藏攒钱过日子相关的具体任务），并且展示出超现实的平整与洁白，就像水面结成了冰面，就像皇甫山麓一夜之间覆上了大雪。与此相对应，宋阿曼的叙事方式也是平整、开阔、边界虚化的——她几乎在叙事中剔除了"速度"而只着意于"宽度"，以此适配于那种充分空间化了的时间。

这一切，在小说人物身上激发出细微却饶有深意的化合反应。"他开始能看清很远很远处的事物了。这和以前大不相同，在此之前他只能看清手头的东西，眼里只有那些近身的、与一时一地相关的东西"，那些消失的人、那个消失的自己，都沿着平整辽远的时间表面缓缓走来，随之而来的还有那些原本被挤压吞没在时间褶皱里的感受和念头，例如一个人竟然"就是这样'咔嚓'一声老了"，例如"好像她总有机会可以纵身一跃，但又往往选择举起盐瓶"，又例如"绣花的女人一辈子是绣不完一本花样集的"。在宋阿曼松弛而缓慢的平静语调中，酝酿着莫名其妙的虚幻感，仿佛这一切都是不真实的，仿佛人生的消逝和可能性的关闭原本是一种充满沉浸感的假设——只有时间本身才是永恒和确凿的，它就如同宋阿曼在小说里选取的叙述方式一般，从容、平静、无所谓方向也不设计出口，仿佛可以这么一直一直讲下去。

三

　　相比较而言，时间在《白噪音》中则更像是被切碎、铺平了。这同样是一种变宽的时间，但《白噪音》的"宽"似乎不是"平面化"而是"原子化"的：一个话题连着另一个话题，一件事接上另一件事，而这种"连"与"接"看上去都具有一定的随机性质。整篇小说呈现出类似瓷釉开片的质感，留下了大量的意义缝隙，这使它看上去就像是当代大都市青年生活的某种化合提取物——小说呈现出的那种真切与缥缈、具体与抽象相互混融的质感，就像是占星师与炼金术士跨界合作的产物，而对它们的解读触碰，却又需要量子物理一类充满现代精神的微观视野。总而言之，这不是一个属于经典牛顿物理世界的故事，我们从中感受到的是一大片细碎、跳跃、彼此游离、方向模糊的时间碎片，不同的拼组方式将指向不同的隐喻和天堂。因此小说中非常重要的一个词是"沉浸"，这个词既指向男主人公的具体工作（VR产品设计），同时也对应着两位主人公整体的生活状态、精神状态，我们甚至可以说这个词里蛰伏着作者对当代生活的一种总体感受判断。随"沉浸"而来的，则是对"想象"和"习得"的思索（"我们逐渐被现实所见和获得的信息攻占了……我们已经习惯在虚拟世界审美。这可能就是习得的副作用"），进而引出一种现代语境下对"真实"（"真实的"生活与"真实的"自我）的怀疑。当然，这种怀疑并不暴烈，细品之下几乎还有几分浪漫温暖——它只是引导我们见证了时间碎片的宽阔沉积带上,意义的隐秘游移状态。

事实上,《白噪音》里这种从叙述形式到精神气质的游移和不确定感,以及由之而来对所谓"真实"的反思诘问,在《堤岸之间》中同样存在,甚至在宋阿曼此前发表的《李垂青,2001》和《西皮流水》中都有非常精彩的表达。令我颇感吃惊的是,面对这些相当重要却又极难把握的东西,宋阿曼常能够拿捏得轻巧、精确。我想其中的秘诀之一,便是她把时间打造成了可触摸和铭写的表面,这种触摸与铭写,恰又与生活世界对我们的铭写——以及我们对此的怀疑——形成了隐喻性的同构。

好吧,请原谅我在结尾处又进行了一次仿用,这次仿用的对象是福柯。在福柯眼中,现代文明里的"人",乃是一个被建构的对象、一件"可供铭写的物体表面"。宋阿曼的小说,也正是在以她自己的方式,关注着充满疑问的个体生命与意义不稳定的世界间的关系——以一种直觉的、非对抗性的、更加平静冲淡的方式。

瓢虫的凝视：关于三三的两篇小说

一

2021年快要过去时，我去了一趟潭柘寺。天气很冷，游人不多，那两棵著名的唐朝银杏的树冠间，几只喜鹊有一搭没一搭地跳着，响声过处，下午的阳光随之摇晃起来。树下散落着银杏叶，想是时间久了，那些金色的扇面已经干硬并明显发黑，仿佛真的是从唐朝落下来的。其中一片落叶上，伏着一只红色的瓢虫。

我拾它起来。是一只死去、风干的瓢虫。

后来，我把这只瓢虫送给了三三。

直接的原因，当然是她在《即兴戏剧》这篇小说里写到了潭柘寺——而且怪倒霉的，小说里的主人公"我"，走了一整天的穿山野路，最后抵达潭柘寺时景区已经关门了。因此替三三笔下的"我"从潭柘寺里面认领一只瓢虫回来，也算是演了一场跨越虚实真假的"即兴戏剧"。更深层的原因则是，我似乎在这一只瓢虫身上，看到了与三三小说相似的气质。这只瓢虫，它半球型的外壳在阳光下显得光洁、鲜艳、充满动感，红色中点缀着醒目的黑点,仿佛这是整颗星球上最俏皮、最顺畅、最不存疑问的事物。然而,如果你翻开它的另一面,你会看到它深具哥特感甚至工业朋克风的腹部(或者说"内部"):那整齐地蜷曲成两排的腿,那紧闭着却并不能藏住痕隙的口器……它以繁复纠缠的"生"之形式、裹紧了风干脱水的"死"之气息,用那些隐喻的管道与轴承锁紧了它内部的地狱和天堂。

仿佛是一座世界上最小的迷宫,在尽头处藏着世界上最大的秘密。

三三的小说就像这只瓢虫:光滑闪亮的外壳之下,蛰伏着幽密的体验和纠缠的心思。我想初次读到三三小说的读者,大概首先会被她灵气满溢的语言才华击中:那些轻盈、飒爽、顽皮而机智的句子,就像阳光撞击在瓢虫外壳那恰到好处的弧度上,然后泼水一般响亮地散开溅射出去。她的小说里没有那种苦大仇深的文学表情,或者那类故意"端"上桌面的文艺范儿——显然,这是一个聪明且自信的人在写小说。一切看上去举重若轻。"故事"本身也相当可读:《巴黎来客》的情节非常完整,在一种看似传统的方式里,"人物形象"及"角色命运"成为了小说的力学轴心;《即兴戏剧》则显示出一种友善温和的实验性,"戏中戏"的嵌套结构和频繁出现的"叙述中断"并未影响小说自身推进的流畅度,结尾处的"闭环反转"与其说是"冒犯"(这几年文学评论界似乎很喜欢使用这个词),倒不如说是更好地帮助那些层层嵌套中的故事实现了自身的"景观化"。

因此,在最直接的观感上,三三的这两篇小说堪称"漂亮"和"完整"。它们的质地是通透、清亮的。然而,"清亮"不等于"清浅"。语言和故事的甲壳之下,乃是极深极复杂的体验及思忖:关于时间,关于空间,关于情感,关于真实,以及凝视并表达真实的可能性。

——三三向我们展示了一种在清新、灵动之中,处理复杂现实和重大疑难的意识与能力。我们能够感受到这些"重大"与"复杂"的存在。问题是,它们"在"的方式是"无处不在",没有"曲终奏雅"、没有"点题升华",没有"上价值"、"上意义"的动作暴露给我们。我们对这些"在"无法指认,甚至难以提炼。与《补天》、《晚春》、《来客》等前作一样,《巴黎来客》和《即兴戏剧》这两篇小说,有着雌性背后的雄性、鬼灵背后的深沉,有着用风铃说出的谜面和藏在铜钟内部的谜底。这是魅力,也是三三小说的"难度"所在:故事很愉快很确凿地结束了,但又好像有什么一直没有讲完;我们的心里"咯噔"一声,而三三已经潇洒地拂身而去,只留下满山"咯噔噔噔噔"的回响。带着所有的平整与纠缠,瓢虫飞走了。

二

还是回到小说本身。

《巴黎来客》讲的是世纪之交前后,一批留法中国学生短暂的命运交集和隐秘的情感故事。小说的时序在"后来"与"当初"间频繁、顺畅地切换,人物的内心及境遇在烟火生计中渐渐由颠簸躁动走向平淡柔和,"曾有一些激烈而神秘的成分，现在被时间蒸馏去了"……然而，始终有一个人，固然也正走远，也正在尘世的浩瀚景观中逐渐褪小，却依然如同"从回忆里生出的一粒红色靶心"。这个人叫 Lou，一个神秘的、张扬的、带有亦正亦邪的活力及诱惑感的女子。与 Lou 在留学生群落里发生故事的，是"我"——一个家境清寒、带有一点郁达夫笔下"零余者"气质（当然，远没有郁达夫笔下的人物那般极端）的男人。某种意义上，小说借用了"好男人"与"坏女人"之间（注意，"好"和"坏"在此并非价值判断）经典性的情感故事模板：在一群人中，令男人们垂涎幻想、令女人们嫉恨提防、让所有人都用自己的余光不时瞄着的那个"她"，与人群中收获目光最少的那个"他"之间，发生了一点不一样的事情。当然不会是爱情，那会是童话故事的扫兴版本。但事情又比爱情略大一点点：一个没有安全感的人卸下了自己的防备，一个人给另一个人看了自己真实的内面，给对方看了甲壳之下、自己蜷曲着的手与足。与 Lou 有关的一切，远不如别人猜想的那么光鲜。原来，光芒四射的背后是孤独，一个人对自身魅力的执念根植于巨大的不安感。危险的美往往是悲伤的。

"明磊，我跟你说这些，不是要你体谅我，也不想解释什么，只不过觉得你可能理解我。我一个人在巴黎，连说点真心话的朋友都没有，人对'真实'多少都有需求的。"

在另一个同样孤独不安的灵魂面前，Lou 出人意料地选择敞开自己的心。这是比爱情更大的决绝：敞开就意味着可能受到伤害，事实上，这种伤害的确在小说里发生了。然而无妨。在选择敞开自己的那一刻，敞开者便已经做好了承受伤害的一切准备，她知道这一切必将发生。敞开者是坦然的，如同这世间诸多激情过后的赴死。隐秘的痛苦是留给"我"的：在回归正轨、看起来了无遗憾的生活中，那种"与永恒之间的落差"、那种"无处依附"的巨大孤独感，依然无从解脱。"异乡感"与"伪装感"不会因具体时空坐标或生活境遇的改换而消失，会消失的仅仅是那个用犄角与世界激烈对撞过的自己。

因此，某种意义上，Lou 风情万种的喧哗，是对"我"的沉默的另一种翻译，是对终将消散之物的一种提前缅怀。这是只有在将老未老的年纪、在遥远无助的异乡，才能够获得的体验。多年以后，已不再年轻的"我"站在世博园园区的办公楼下，如同站在阿波利奈尔写过的米拉波桥上，倒影里 Lou 的形象如同塞壬，而"我"终究没有勇气打开自己的胸膛一跃而下，也不曾再遇见一个带着骄傲敞开内心悲伤的人——也许，再不会有了。"我一路目送她，任凭无法挽回的距离在我们之间发生。"

……

> 顺着她的兴致，我说自己也曾被《米拉波桥》打动。不是因为"为了欢乐我们总是吃尽苦头"或者"爱情离去如逝水长流"，实际上甚至和爱情无关；诗中另外存在一种永恒而置若罔闻的目光——米拉波桥下塞纳河在流，不变的方向、速率，对世间万种幻化浑然不觉。

Lou 的身上有一种危险的吸引力、一种挑衅性的光彩。世故与单纯、至伪与至真，在她的身上旋涡般地混合着。三三对这一形象的塑造令人印象深刻，同样令人印象深刻的，是 Lou 这一形象所构成的、对软弱而敏感的"我"的凝视："我"是那个掀开过潘多拉的盒子的人，是那个看过一眼又迅速把盒子盖上的人。"我"将带着对盒内之谜的记忆，把平凡的日子继续过下去，看上去什么事情都不曾被改变过；然而谁都不会知道，盒内之火片刻的闪耀，已经在"我"的视网膜上留下了不可逆的灼伤印记。那是沉没在一个人青春记忆里的亚特兰蒂斯。

三

如果说《巴黎来客》里，Lou 的形象如同潘多拉魔盒内部的隐秘火光，那么另一篇小说《即兴戏剧》，则整个就是一场对盒子内部结构的猜测与虚拟。如同小说最后那篇《假创作谈》所交代的那样，整个故事，是小说家"吴猴儿"对"师姐"徒步登山遇难当天所发生之事的一场虚构，或者说重新想象（毕竟，事情的结局被修改了，"师姐"在故事里并未遇难）；而在吴猴儿的小说（这篇"小说内部的小说"）里，"师姐"也就是"我"，又在向自己的旅伴讲述"吴猴儿的故事"——在那个故事里，两人商讨和修改着一篇小说。这是一篇"小说套小说再套小说"的小说（不必奇怪，毕竟三三的上一本小说集名字就叫《俄罗斯套娃》），间杂其中的，是细节饱满、气韵丰盛的关于"徒步之旅"及"校园文学生活"的经验填充。

我不觉得这样的嵌套是一种炫技，我倒觉得这是一种顽皮。有趣的是，这种顽皮的背后，恰恰沉淀着对极深沉、极严肃之事的思考："在这过程中，一种重复却又难以把控的元素隐藏起来，而那正是当下相对匮乏的——时间。负载我们的这一刻被多重时空穿透，悻悻向感官的边界逃逸而去。"层层嵌套、层层虚构之下，核心的秘密或许并不在"真相"或者"结局"（悬疑元素在这篇小说里仅仅是一种点缀甚至戏仿），而在于对"真实"的思考、凝视。我想，这也是三三在小说里让"师姐"（也即"我"）不厌其烦地讨论"小说"和"虚构"的原因："一种是普鲁斯特的真实，通过个体无限延伸乃至霸权式的感受，使诸多往事拓片构成一个清晰的空间。其中，人是经验的载体，同时也是反哺机制的构建者。另一种真实则更宏阔，来源于同历史、现代、人类进化相关的一切综合知识。它永远无法以精确的形式呈现，只能表现为流动的趋势，但'流动'本身是可靠的。"

"人们都想知道造成结局的原因——不是真实的原因，而是那个被提炼出来的替罪羊。真实的原因是一串连贯、不可叙述的过程，你只能凝视它，感受它如何无奈又决绝地指向某个尽头。"这是"我"大概也是三三本人，在《即兴戏剧》里的自白。如果说《巴黎来客》展现的是关于"不可附着"的经验，那么《即兴戏剧》讨论的，则干脆就是经验本身的"不可附着"——以一种充分展现了经验的质感及魅力的方式。哪些经验是可靠的？哪些结局是可理解的？一种企及本质的叙述是否是可能的，如果可能，那么它是否必然要以偏离的方式求得最终的抵达？《即兴戏剧》将这些问号一一悬挂起来，像在橱窗里挂起一只只外皮酥嫩的烧鹅。当一列火车缓缓开动，目的地或许并不重要，需要被关注的是"开动"本身；就像当一场即兴戏剧忽然脱离了剧本，就让演员继续说下去，"说些什么"的动作在这里就是"说"的内容本身。小说里，吴猴儿参与的即兴戏剧，混淆了演员与观众、角色与本尊、台词与日常话语的界限。《即兴戏剧》这篇小说，也在尝试混淆小说与"小说"、虚构与真实的边界。这是饶有趣味的、本身便如同"即兴戏剧"的小小把戏，但背后或许有大的意指：在今天，叠加的、流动的、复合杂糅的、高度虚拟化的现实经验，带给我们的是怎样的内心体验？它在怎样的程度上，改变了我们的认知模式和情感结构？我们需要的是一种怎样的叙事方式，才能够与之相匹配相对话？这种远离了卢卡奇意义上"星图即是道路"的古典经验谱系的生活，其真相究竟是否是可抵达、可言说的？

在此意义上，《即兴戏剧》里弥散着某种关乎写作"本命"的悲剧感："我们凝视着晚寺，如此切近，却不可进入。"如果说《巴黎来客》里涉及的"真实"是情节化、仪式化的，那么《即兴戏剧》里探讨的"真实"则几乎是本质化的——这种"本质"，或竟就是"本质的缺席"。借用席勒的著名概念，它是属于我们这一代年轻人的、大数据时代的"感伤的诗"。然而，真的"感伤"吗？真的"缺席"吗？故事里的"吴猴儿"还在写着，故事外的三三和我们都还在写着。我们仍然尝试在变动不居的生活和想象中，为我们试图把握却尚难把握的一切，赋予一具叙事的肉身。那将是我们借之完成自我表达、实现自我认同的隐秘支点。在老去的女神身上，在一段被重构的徒步旅行之中，某种危险的、动荡的、暧昧而不可指认的"真"，让我们为之凝视。

像 Lou 一样，那是一粒红色的靶心。它在时代经验的尽头处闪烁着。

也像潭柘寺里那只红色的瓢虫。它在银杏叶上匍匐着，如同一只坛子放在田纳西的山巅，使凌乱的荒野围拢而来。巨大的复杂性在它不可见的腹部如腿肢触须般交叠，密集、精准、生动，带着无言的雄辩。当你凝视它，它也在凝视你。如果你把它托举起来，它会振翅而飞。

写实的自然,隐喻的自然:评张柠长篇小说《春山谣》

《春山谣》是一部好看而不好谈的小说。在这部长篇小说里,张柠先生对待广大读者是友善的(小说的叙事舒缓流畅、细节也鲜活丰满),对待小说人物是温柔的(顾秋林和陆伊们的命运固然泥泞,却永远不失盼望),对待摩拳擦掌的评论者们,却多少有些无情——我们似乎很难从小说中找到确凿的"关键词抓手",借以去攀登并开凿那些熟稔而宏大的阐释。抓手并非没有,但往往显得可疑:这部作品写到了"历史",然而并未专究;写到了"苦难",然而并未痛陈;写到了"人性",然而既不赤裸也不极端……说到底,《春山谣》只是写了一群年轻人,他们胸中揣着代代相似的火,在一个有些特别的时代,去到一个未曾料想的地方,经历了一段偏离常态的生活。

此事可大可小。可大,指的是"偏离常态",偏离总有原因,而世间的原因但凡较劲总都可大谈特谈、上纲上线。可小,指的是"经历生活",生活本是寻常的,也是每个人都要经历的,至于它被归入哪一类人间的指称——在上海逛街或者在江西伐木——或许没我们想象的那么重要。重要的是什么?是那些源自生活的"差别"却又超越了"差别心"的事物,诸如忍耐,诸如希望,诸如成长,诸如爱。这些永恒的、江海般宏阔的话题,就像有缩骨术或遁地法一样,蛰伏在小小的、寻常的生活体内。《春山谣》的取径是事情"小"的一路。它没有那么多惊心动魄、没有那么多争斗曲折,甚至没有那么多刨根问底,只是把生活的卷轴缓缓打开、只是让年轻的男女哭了又笑来了又走,书脊下悄然沉积的种种,却不可谓不大、不重——这是管中窥豹,是小孔成像式的投射,它通过细窄的不规则的穿孔,把小小的火焰投射成大大的光明。

在此意义上,《春山谣》颇有几分"道法自然"的意味。这里的"自然",既是写实的,也是隐喻的。小说中大部分的内容,都关乎人对土地和森林的重新接近,人要在缓慢的、质朴的、近乎前现代式的自然环境中,重新打量自己的生活乃至生存。"自然"在此,是明确的、实体化的对象,它是林场里的乔木、水田里的蚂蟥、空气中弥散的稻花与粪便的气味,是荒山野岭、野兔豪猪、野鸡鹧鸪。《春山谣》对这样的自然从来不吝笔墨。

> 大路两边是起伏的山丘。路旁刚从冬眠中苏醒过来的灌木蓄势待发。水田里的泥巴和野草根茎,在中午的阳光照射下,散发出一种躁动不安的气息。栗树林里不知名的野鸟咕咕地叫唤。田埂上放牛的孩子,骑在牛背上慢悠悠地走着。秧田里已经开始长出绿苗,大片等待耕种的水田里,长满了即将成为绿肥的紫云英。

这是知青们初到春山岭时的"直观冲击印象"。这样的细致的笔墨和荡漾的情感，使我想起屠格涅夫笔下的乡间风光，也想起中国古典田园诗或民歌里的句子，此类描写借助了知青们的眼睛，进而无疑是知青们内心震颤的投射："对于陆伊而言，眼前这些景物和人物，此前只是在书本上见过，如今却近在咫尺。她简直不敢相信自己的眼睛……他们真的像是绘在图画之中一样啊！"

不同于其他很多知青题材小说，《春山谣》没有简单地把那段生活讲述成"激情燃烧的岁月"，同时也并不急于让故事变得苦难深重、涕泗横流。对自然——以及紧紧依托自然存在的农耕生活——的细腻感知，在小说中获得了很从容的铺展延续。知青们迅速投入到生产之中，虽然时常遇到小的意外和阻挠（例如被蚂蟥叮咬、不能习惯粪肥、长期吃不到肉食等），但总体上都能够跨越克服。事实上，直到小说大约三分之二的篇幅处，知青们的"回归自然之旅"依然总体顺利，他们都还在平静甚至不失热情地操持着辛劳的农村生产生活。甚至我们看到，幽深强大的自然悄悄改变了这些年轻人的性格——在西岭沟无人山洼里待了几个月后，顾秋林"像换了个人似的"，变得沉默、强硬、坚定。自然与人的内心形成了对话，并且相互浸染，它的强大力量逐渐显现出来；自然不仅仅是外在的对象，也时常作为内化的"我"的一部分而出现，并由此不断接近"青春"与"成长"的故事内核。与此同时，在另一群人眼中，这自然始终是亲切的、抒情的，例如本地的孩子们。与自然有关的愉悦，始终环绕着马欢笑、王力亮及其兄弟姐妹们。自然的世界是单纯的、充满诗性的。反诗的是叛离了自然、明显已不再天真的成人世界（父母辈的世界）。

小说里，年轻人们"上山下乡"，形式上是对人造的、充满意识和观念固习的都市文明的逃离，它呈现为一个回归至农耕文明也即自然世界的梦幻式的过程。这样一个过程，或者说这样一种社会实践，之所以能够如此大规模地展开，一方面存在着历史运动的外力因素；另一方面同样也有知识青年自身的理想主义情结在起作用——倘若说，下乡一事于顾秋林而言还带有某种难以明言的无奈成分，那么陆伊选择投身农村，则属于完全主动的个人选择。有趣的是，这种从人造世界向自然世界的逃逸冲动，本身是人造世界观念高度繁衍增殖的产物。在这些年轻人看来，不直接从事生产劳作是不光彩的，高度精细化的社会分工是具有腐蚀性的，只有亲手种出自己的粮食、亲手盖起自己的房子、在习性乃至样貌上尽可能地与土地同一，这才是英雄的行为——抛开真实历史中的意图背景不谈，至少在现象层面，结构复杂的现代革命话语，同最质朴的古典诗性理想，在这群年轻人开赴乡间的队列中重叠了起来。

然而，这种回归在相当程度上只能是虚幻的。就在此前的引文中，出现了美丽的紫云英。然而，它们是"即将成为绿肥"的。天人合一的理想，在分类学和现实理性的冲击下瓦解了，田园风光固然美丽，但其中的某些风光终究只能被用来沤肥。而肥料无非是帮助庄稼生长，到底是为了满足人的生存需要，既然如此，为何又要离开上海到乡下来呢？亲手种出的粮食，同城市里精细分工之下获得的商品粮，究竟又有何本质区别？这是一个难以解决的难题。一场对历史逻辑的颠覆，依然被强大的历史逻辑以更加隐秘的方式捕获。因此，在小说的后三分之一部分，辛劳、单调、自力更生的乡村生活终于变得难以忍受，"闯进乡下"的青年们，又急切地渴望"逃回城市"。矛盾冲突随之多了起来，有人机关算尽，有人造化捉弄，有人疯了，有人想死。在与城市生活的对照中，自然和乡村生活，逐渐他者化，甚至隐喻化。

值得一提的是，即便在"反向逃回"的部分中，《春山谣》的叙述也依然是节制、从容甚至松弛的。矛盾很多，冲突不少，但没有出现什么真正的坏人：知青群体中固然有人搞阴谋诡计，但这在我们看来多少有值得同情的成分，甚至阴谋诡计的最终结果也往往是"未能如愿"甚至"适得其反"；负责林场工作的当地干部彭击修，看起来最像是"反派人物"的模子，其实也并不算飞扬跋扈、草菅人命的角色，相反，他其实也是个满腹苦水有情感有悲伤的倒霉蛋。《春山谣》里不乏悲苦，但不特别强调苦难；有人变坏，但很少见完全意义上的恶人；流泪流血，但并不一味地"问责"、"控诉"——顾秋林的诗里，出现了侵入性的、带有施虐色彩的"老鹰"形象；然而读毕全书，我发现，对"老鹰"的解读或指认，似乎是一件有些暧昧、颇可阐释的事情。无论如何，生活依然在继续，它看起来就像几千年间所习惯的一样正常，所有的难题依然要放在这只筐子里慢慢寻求解决。这是《春山谣》一书的沉稳松弛，是叙事本身的"自然"风格。

在这种自然的、平静的叙事之中，我们逐渐意识到，春山林场的生活是苦的,甚至有些记忆还很悲伤,但人性的考验在这里并不明显殊异于其他地方,生命的成长在这里并不比在别处夭折得更多,情感的盛开和淬炼也并不因一时一地的特殊处境而变得有本质不同。在救起试图自杀的陆伊后,顾秋林沉痛地进行了反思:"到底是什么把我们都变成这样了?……无论在哪,我就是想和你在一起,陆伊,我们在一起过好自己的日子,不好吗?"幻想中的乌托邦彻底垮塌了。这瓦解或许根源于个体成长和人性深处的某种必然,它只不过是同春山林场特定的、略显极端的历史和现实处境发生了一些化合反应。"无论在哪",似乎是顾秋林无意中说出的、以偏离的方式抵达真相的谶语。这是时代经验之上的"超时代性",它把"天堂瓦解"的图景及过程由外部世界引向内部世界。终于,"诗"和"手风琴"郑重地登场了。与其说是"逃离",倒不如说"诗"和"手风琴"在顾秋林的生命中意味着更彻底的"抽离"——从话语中抽离出沉默,从世界抽离回内心。当"尾声"部分以跳跃着的加速度来到我们的面前,顾秋林在十多年后的样子令我们吃了一惊,然而细想之下又充满必然:他孤单一人生活着,然而心一点也不孤单。"他跟这个世界和爱相伴。"

回归上海后的十几年中,顾秋林每天都做着同样的事,卖香烟、想陆伊、写诗歌。"那是三件很小的事,但也可以说是三件很大的事。"说到底,发生在春山岭的所有故事,发生在我们每个人身边的故事,不也都与这三件事有关吗?它们是当下、记忆和永恒,或者说,是现实、理想和爱。

又是很多年过去,顾秋林所关心的这三件事情,在时过境迁后的春山岭，借助"纪念馆"的躯壳再次进入我们的视线——虽然，依旧是"有些懂，有些不懂"。甚至，跳出《春山谣》这部小说之外，很多年过去，在与顾秋林有密切血缘关系的子辈们的生活中，这三件"可大可小"的事情依然牵引着年轻生命的轨迹起伏与内心潮涌——那是另一个故事，在先前出版的《三城记》中，"80后"青年顾明笛已经向我们展示了古老命题在新的时代语境中的重新阐释。在王力亮们的记忆中，顾秋林们"神仙一样突然从天而降……几年之后又突然消失无踪"。但是人、但是青春，真的能够突然消失无踪，就像在梦里一样吗？在顾秋林的风琴声里，在《春山谣》诗句的朗诵声中，古老的命题将被再次叩问，一本书将要接续起另外一本。

就像这部小说的题目，《春山谣》。山是恒久的，而春草年年茂盛，然后它们枯黄、它们凋萎，它们重新成为大地的一部分。这是寻常的，是"自然"的。道法自然，更高的规律性鼓动着青春的梦幻，种下树，也种下鸟。顾秋林们是这寻常中的一部分，甚至那风琴里飞出的谣曲、那些比人活得更久的诗，也终究是山的一部分、是春的一部分。这没有什么大不了。然而，当它们被意识、被写下、被读到和听到，却又注定将非比寻常——并且，注定投射出无限绵延的回响。

失控的话语与弱者的孤独

——以阿乙、赵志明、郑在欢小说作品为例

现代以来的文学记忆中充满了各式各样的"不正常者"。所谓"不正常",显然是参照"正常"而言,意味着相对于同时代绝大多数其他人的行为方式、身心状态,个体显示出特殊、另类、变异的特征(也即"出了问题")。以"不正常"方式呈现出的个体,就好比人体内的结石,它无法被常规经验消化、通约,却无疑是常规经验的产物;正如局部的病变往往透露出整个身体系统的健康隐患,在那些"不正常"、"出问题"的个体身上,也凝结着我们时代的诸多精神疑难。这是作家们热衷书写此类人物的深层原因之一。

当下小说作品之中,颇为常见的一种"不正常"形式,便是"说话问题"。小说中的人物无法好好说话,一方面难以精确顺畅地体认和表达自我;另一方面亦难以同外界形成有效沟通。对于此种现象,我在本文中以"话语失控"称之。事实上,就人的言说行为及言说内容而言,可以用来概括指代的概念有多种选择。例如,语言学家索绪尔便对"语言"和"言语"作过著名的区分。在索绪尔的定义中,"语言"是"一种表达观念的

符号系统"①,"言语"则指对语言的实际运用,是个体在符号系统之内展开的具体语言活动。之所以没有在核心表述中选用以上二者,一方面是为了同索绪尔的理论保持合适的距离、避免在行文过程中不断陷入语言学领域的概念辨析,另一方面也是因为在我将要分析到的许多文本中,"语言符号系统"与"具体言语活动"的领地切分未必绝对,二者有时会共同作用并体现于同一个话题,不宜强行割裂讨论。在表述上,我最终选择了"话语",这一概念曾在海德格尔《存在与时间》一书中被重点讨论:"现身在世的可理解性作为话语道出自身……话语是此在的展开状态的生存论建构,它对此在的生存具有组建的作用。"②"话语"(Rede)是存在自我道出的方式,同"此在的展开状态"紧密相关、组建着此在的生存,这在最直观的意义上,也与本文所要讨论的问题相关。当然必须说明的是,语言哲学问题并非本文的关注重点,因此本文对"话语"一词的理解和使用,未必限囿于海德格尔的哲学范畴。

失控的话语表达形式,不仅是生理问题或心智能力问题,许多时候,往往又同人物在精神情感、物质生活、人际处境等方面的困境间存在着互为因果甚至相互彰显的关系。换言之,话语失控现象的背后,折射出个体的精神疑难与生存困境,进而对社会、人性等更为阔大的话题领域有所指涉。这些,在阿

---

① [瑞士]费尔迪南·德·索绪尔:《普通语言学教程》,高名凯译,商务印书馆1980年版,第37页。
② [德]马丁·海德格尔:《存在与时间》(修订译本),陈嘉映、王庆节合译,生活·读书·新知三联书店2012年版,第187—189页。

乙、赵志明、郑在欢三位青年作家的小说作品中有着鲜明的体现。

一、三位青年作家的三重话语世界

选择阿乙、赵志明、郑在欢三位年轻小说家的文本作为分析对象，并非偶然或随机之举。一方面，三位青年作家在近年来都获得过较多关注，创作成果较为醒目，具有一定代表性；另一方面，三位小说家的风格特点又各自鲜明，彼此作品之间具有较强的区分度——本文所选取的文本分析对象，多出自于三人的早期代表作（阿乙《鸟看见我了》是作者第二本小说集，赵志明《我亲爱的精神病患者》和郑在欢《驻马店伤心故事集》则是作者正式出版的第一本小说集），也是为尽可能地突出风格差异性。因此，当他们的小说在"话语失控"这一话题上难得地汇聚出交点（当然也并非是唯一的交点），这一现象才格外值得关注。

就年龄而言，阿乙和赵志明皆为1970年代生人，但两人的写作同"70后"概念间的关联程度，却显示出明显的差异。阿乙出道较早、名作较多，被视作"70后"代表作家之一。他的小说下笔大胆、风格鲜明，其对乡镇经验的刻画、对人性恶及生存困境的展示、冷峻而近乎暴力的语言风格，在"70后"小说家中颇具代表性。相比于阿乙，赵志明的写作似乎较少与"70后"的年龄代际概念联系在一起。赵志明最初从"豆瓣网"走红，其写作也更多是被放置在风格独特的个体语境中进行谈论。赵志明的小说写作大致分为两路，一路接续韩东、朱文直至曹寇等人的日常经验写作，在某种程度上近似于陈晓明所说的"无聊现实主义"①，另一路则是志异化、寓言化的"反常"写作。本文尤其关注其后一路。三人里最年轻的是郑在欢，这是一位地地道道的"90后"小说家。郑在欢对破败乡土及底层社会个体人性的书写，在许多方面较前人更显触目惊心：一方面是其内容更狠更粗暴；另一方面则是由于写作者自身年龄的缘故，其所表现的经验距离我们当下的生活更为切近，故而冲击力极强。值得一提的是，狠与暴力只是郑在欢小说的表层特征，在"狠"的背后，却常埋藏有深切的温柔甚至温暖。他的小说固然始于残酷，却很少炫耀残酷，更不会简单地终于残酷；唯其人物屡遭伤痛而又总不假思索地善着、爱着，那些故事才显得格外令人心碎。

三位作家，三种风格，群体意义上的三种定位。当三位彼此交集有限的作者，在小说中不约而同地呈现出"话语失控"的图景，这一话题才变得格外具有代表性。更重要的是，就"话语"自身而言，以上三位青年作家的小说，分属于三重话语世界；或者不妨说，这些作品分别代表了当下小说话语模式的三种重要指向。例如，阿乙的小说，基本建基于成人的经验世界；小说中人物所操持的话语，也大都属于现实话语。阿乙热衷于残酷经验书写，他笔下的故事，往往关联着人类社会在现代文明伪饰下的"丛林法则"、弱肉强食的生存命运，一言以

---

① 陈晓明：《无聊现实主义与曹寇的小说》，《文学港》2005年第2期。

蔽之，即是赤裸裸的现实利益逻辑。得与失、成与毁，这是阿乙小说中人物话语系统的基本逻辑，也构成了捆绑着人物的具体而真实的困境。

如果说阿乙的小说表现的是成人世界里的现实话语，那么郑在欢在《驻马店伤心故事集》里收录的小说，则更多落墨于未成年人世界里的原始话语。《驻马店伤心故事集》通篇以"童年回忆"式带有非虚构色彩的语调进行故事织构。借由少年视角，郑在欢写出了一种"初始之恶"，写出了人世间天然的残忍和朴素的苦难。有趣之处在于，已然成年的作者即便有意识地选择少年视角进行讲述、尽力回到少年心态中感受喜悲，但他仍然无法——或者说未曾打算——完全剔除当下性的情感底色。从表层故事的背后，我们不难发现一个早已远离故土、经历了更多人世风霜的成熟青年面对乡村往事时的悲悯目光。因此，这在事实上是一种"假扮的少年"或"有意识的少年"。

与阿乙和郑在欢皆有不同，赵志明的许多小说，展现出的则是一个"异人"的世界。所谓"异人世界"，即是有别于常人的世界；细数其中人物之"异"，精神分裂者有之、沉溺幻想者有之、特异功能者有之，总之都难以为正常的理性逻辑所解释或安抚。这样一个充满变异的世界无疑是反真实同时又影射真实的，观其小说文本，通行其中的无疑是一套充满隐喻意味的象征话语。于是，我们看到了满含羞耻却不得不开口歌唱的少年（《歌声》），看到了以孤独为水面下竿垂钓的男子（《钓鱼》），看到了一心要再造平等世界、却一再为世道人心所不容的木匠皇帝（《你的木匠活呵天下无双》），看到了要为天地万物刻下印记却最终陷于永恒虚无的流浪灵魂（《I am Z》）。在赵志明的笔下，时常会出现不正常的人、溢出现实逻辑边界的人；就文学而言，在现实主义的理性边界之外，除了彻底的猎奇与荒诞，余下便是哲学的领域。赵志明笔下的异人身上，往往闪耀着强烈的象征光芒。他们的"奇"与"异"固然带着说书故事般的个体特殊性，但背后潜藏的意味，却与人类真实的精神生活共振着相似的频率。这是"志异"外壳下的生存寓言书写，不妨称之为"异人世界里的象征话语"；借助于"异人"们的话语行为和情感方式（这种行为和方式往往以深意绵长的失败而告终），赵志明在某种程度上，构筑起对现实中芸芸众生之生存困境的隐喻表达。①

不同的话语模式，关涉话语背后的价值逻辑，也即人物的精神支点和现世关注——这正是话语问题的要害所在。成人世界里的现实话语、少年世界里的原始话语、异人世界里的象征话语，当我们将以上三重话语世界（及其所支配着的三种话语模式）放置在一起，会发现其具有相当程度涵盖性和代表性：就个体生理时间层面而言，它们涵盖了成熟与未成熟这两类话语主体；进而从社会秩序系统角度（即个体话语的社会化程度）看，它们同时包括了收编与未收编、规训与未规训两种话语状态；除此之外，这三重话语世界中也包括了正常与非正常、现实与象征的两种话语模式，兼涉理性内外的双重领地。最后需要指出的是，三位作者在话语模式上的分野亦非绝对，通过

---

① 有关赵志明"志异/生存寓言"式小说的相关论述，可参见李壮《"上天入地"与巨大的不可解——赵志明论》，《中国现代文学研究丛刊》2017年第10期。

更全面的阅读不难发现，不同的话语世界在他们的笔下其实互有交叉。例如阿乙也写过《发光的小红》《先知》《北范》等"异人志"式的作品，赵志明在志异象征写法之外数量更多的其实是日常经验的"浸没式"写作（其《我亲爱的精神病患者》及《无影人》两本小说集内多有志异及寓言化的作品，《万物停止生长时》[①]一书中的小说却以日常经验书写为绝大多数），郑在欢孩童般天真的口吻也并不避讳成人世界的残酷逻辑，而是令二者相互映衬乃至彼此加强——尤其在《我只是个鬼，什么也干不了》[②]等作品中，孩子般的执拗质朴、成人世界的残酷堕落、充满情感张力和现世指涉的超现实元素兼糅在一起，郑在欢让这三种话语共同交织出了五味杂陈的复调混响。

二、无欲、无效、无力：话语失控的三种症候

阿乙、赵志明、郑在欢的小说中，经常出现的一种情境是，人物在话语层面上变得混乱、失控。换成更直接的说法，他们小说中的人物，在"说话"这件事上出现了问题：他们难以正常地与人沟通，亦无法顺畅地表达自我。

就字面意义而言，"失控"指的是失去控制，这是一种实践理性崩解的表征。正常的话语行为以理性为前提：它是人类交流、沟通、表达自我的手段，当它出现之时（尤其是在关涉

[①] 赵志明：《万物停止生长时》，上海文艺出版社2015年版。
[②] 郑在欢：《我只是个鬼，什么也干不了》，《小说界》2015年第3期，发表时题为《七十八的奶香》。

他人的社会性场合出现时），构成话语的一切字词将天然地带有意义指向性。话语强大的理性力量，也即话语概括、整理、阐释甚至管理现实经验的能力，恰如乔治·斯坦纳在《语言与沉默》一书中所描述的那样，曾经作为一种普世性的信念，支撑起了古典时代的人类文明大厦："古希腊-罗马和基督教意义的世界，设法在语言的支配下管理现实。文学、哲学、神学、法律、历史艺术，都是努力将人类的所有经验、人类有记录的过去、人类的现状和对未来的期许，统统包含在理性话语的疆界之内……它们神圣见证了这个信念：一切真理和真相，除了顶端那奇怪的一小点，都能够安置在语言的四壁之内。"[1]

然而，在以上三位青年小说家的作品中，人物身上这种话语的意义指向功能（即话语的理性构成）成规模地丧失了，语言的"神圣四壁"土崩瓦解；更有意味的是，这种丧失并非是由于作者在写作层面的疏漏或无能而导致（比如让小说中的人物实施诸多毫无必要并不承担叙事功能的语言行为），相反，话语理性的大量丧失——即话语的失控现象——本身，恰恰承担着强大的叙事功能：它建构起作品特殊的美学意味，并直接指向小说的精神题旨。

纵观阿乙、赵志明、郑在欢三位青年作家的小说，其中的话语失控现象，具体呈现为三种最主要的表现形态。

---

[1] ［美］乔治·斯坦纳：《逃离言词》，见《语言与沉默——论语言、文学与非人道》，李小均译，上海人民出版社2013年版，第21页。

无欲

第一种形态,是话语的"无欲"。"无欲"即放弃了对话语的操持,这类人物失去了言说的欲望,丧失或拒绝了表达的能力,将自己禁锢在冰山般坚固的沉默里。阿乙《意外杀人事件》中的中年男人赵法才,就是一个典型的沉默者。他唯一感兴趣的事便是用滥饮来毁坏自己,在此之前,赵法才似乎断绝了与外界一切的交流、拒绝了这世界一切的意义("眼睛直勾勾,不要吃不要喝,抚摸钱就像抚摸枯叶"),剩下唯一的愿望,便是"将剩下的生命……胡乱消耗掉"。赵法才原本并非是沉默的。他最初是名从容的砌匠,喜欢"骑在屋顶上吹口琴,欣赏自己漫山遍野的作品",即便超生的罚款和生计的奔波也不曾完全打倒他。然而,当这个已婚男人不可救药地爱上了年轻女子渺儿时,事情终于开始变得失控了:那一夜,赵法才几乎是一次性地释放出了内心全部的激情与苦楚,"他像洪水一样言说了半个晚上以至当他走进卫生间时,内心空荡得像一只筛子。"在我看来,从滔滔不绝的演说中袅袅升起的,绝不仅仅是对一个女人的情欲,更多的其实是对自我的意识、以及紧随着意识而来的落寞甚至悲悯:在渺儿身上,赵法才第一次抬起头来,他看到的不是女子的胴体或小旅馆肮脏俗气的墙壁,却是那个曾经潇洒自在、却终于在辛劳愁苦的人世泥潭中垂垂老去的自己。在话语能量的透支性爆发中,一颗压抑而孤独的心得到了释放,他感到踏实:"他在这踏实的感触里暗自流泪,好似旱地飘起大雨。"但这释放和踏实却是建立在违背现实伦理的地基之上（它冒犯了成人世界的运行规则），因此注定不得长久。终于，当这场洪水般的爱情在"捉奸"这同样如洪水一般的羞辱中宣告破灭，赵法才也随之决绝地放弃了言说的权力：在给自己满面泪水、滔滔不绝试图劝说的妻子留下一串"别说了"之后，赵法才中止晚餐、买来白酒，"开始了那个宏大而默然的自残计划"。[①] 赵法才的沉默源于灵魂深处真实而深切的破灭感，阿乙小说中其他许多人物，则是沉默于内心难以解脱的重负。《鸟看见我了》里的单德兴永远保持着神秘的缄默，唯一一次喝醉酒吐出了半句谜般的呓语，便抖出了那桩多年前的奸杀案；与之相似的是《阁楼》里的朱丹，这位长久生活在强悍母亲阴影之下、一辈子麻木畏缩的女子，其木讷寡言背后的秘密，竟是阁楼上的一具陈年尸体。[②]《巴赫》里的巴礼柯沉默着上山、沉默着出走，只为面对同样无言的群山喊出一个女人的名字——藏在那短小名字和漫长沉默背后的，是一段关乎等待与背叛的伤心往事。[③]

阿乙小说里的沉默者大多在内心深处埋藏有沉重的秘密。这秘密往往与曾经的罪过或放纵有关，因而那所谓的沉默作为某种自我毁坏的隐秘形式，也多少带有些担负与偿还的意味。而在郑在欢的笔下，沉默者背负的却未必是自身的罪孽，他们之所以关闭自己，完全是世界之恶、人心之恶的结果。最典

[①] 阿乙：《意外杀人事件》，见《鸟看见我了》，文化艺术出版社2010年版，第1—53页。
[②] 阿乙：《阁楼》，见《春天在哪里》，中国华侨出版社2013年版，第1—22页。
[③] 阿乙：《巴赫》，见《鸟看见我了》，文化艺术出版社2010年版，第120—158页。

的莫过于《咕咕哩嘀》中那位半疯的老人。外号叫"咕咕哩嘀"的老人与乡村社会格格不入,"除了和小孩说句'咕咕哩嘀',他很少和大人说话"。作为村里当年的第一个大学生,他的失常与沉默,其实是现代文明理想观念在充满原始恶的乡村社会一再碰壁的结果。他一度尝试养鸡致富,可惜没多久闹起了鸡瘟,小鸡全部死光——这是天灾。他随后开始养鱼,承包了村里的鱼塘,不仅动用了"科学方法",甚至还在水塘中央建了一座整夜亮灯的小灯塔。然而鱼儿还未及收获,村里的不良青年们便拉起大网把鱼偷了个干净——事情就发生在白天,"称之为抢也不为过"——这是人祸。大白天的偷抢行为为何没被发觉?因为那时"咕咕哩嘀"正在自建的教堂里带着大家做礼拜(他是位基督徒),而岸上围观的人为了能分到鱼也不约而同地做了抢劫者的同谋——"咕咕哩嘀"一厢情愿地为大家传播善音,村人们却齐心协力为他准备着恶果,多么残酷的黑色幽默。就这样,原本便与村人格格不入的"咕咕哩嘀"变得愈发沉默,尤其"抢鱼事件"发生后,他"更加不和大人说话",甚至见到原先那些小孩子,也不再说声"咕咕哩嘀"同他们玩了:"看来,在一夜之间,我们全变成了大人。"为什么变成了大人?因为"我们"也吃了抢来的鱼,这似乎是一种仪式,"我们"从此成为了这个残酷而充满罪恶的世界的一部分。[①]

不同于阿乙和郑在欢,赵志明在其名篇《钓鱼》里写出了另一种沉默。《钓鱼》里的主人公"我"之所以放弃表达、悬置

[①] 郑在欢:《咕咕哩嘀》,见《驻马店伤心故事集》,上海文艺出版社2017年版,第21—25页。

话语，乃是出自一种本原性的孤独；他之所以丧失了语言的欲望，并非是由于任何具体性的挫败，而是出自对人类根本生存处境的本能般的洞悉。主人公的母亲不满意他、他的妻子不理解他、他唯一的朋友也弃他而去。但这一切都是无关紧要的，几乎从一开始他便朦胧知道，他能够拥有的只有自我。然而何为自我？一个人是否能够真正做到抵达自我，并且学会与自我相处？这依然是鸿蒙难解的"天问"。主人公找到的方式是钓鱼。只有在面对鱼群和水面、面对水面中倒映出和鱼影中幻化出的自己时，他才能变得完整、平静和真实。在"我"和鱼之间，存在着某种精神上的同构性。"生活在水里的鱼最渴望的不是水里的水草，而是长在岸边田野的草，它们也许做梦都想游出水域，游在空气里，大口地吞吃云朵。""我"又何尝不是这样？"我"和鱼一样，都渴望另一个世界、另一种生活、另一个自己，但注定不得如愿。岁月奄忽，"我"能钓到的鱼越来越多，但钓鱼的结果变得越来越不重要；"我"钓了放、放了钓，渐渐变成了水边的姜太公，不用鱼钩、不用竿子，最后甚至不用到水面坐着了，因为"在家里的任何地方，只要我想，我就能觉得面前是一个清清水域。一些鱼在里面，很多很多的鱼，它们生活在水里面。"就这样，钓鱼一事渐渐冲破现实，成为了一种神秘、强烈、充满隐喻的精神性行为；垂落的鱼线取代了语言，沉默地诉说着人类那些能够说出与不可能说出的话语。①在《钓鱼》一篇中，赵志明由真实的日常行为出发，最终写出了

---

① 赵志明：《钓鱼》，见《我亲爱的精神病患者》，中国华侨出版社2013年版，第17—34页。

一种没有具体来由从而是近乎本质性的孤独。从这孤独的背后，浮现起一个松弛、疲惓、日渐荒芜的世界。

无效

话语失控的第二种形态，是言说行为的"无效"。三位青年作家的小说中常常出现这类人物：他们几乎一刻不歇地说个不停，但所有的言辞都轻若鸿毛、起不到任何实质性的效果，它们属于"无效表达"，是词语的无意义裂变和无目的增殖——就像癌变的人体细胞一样。在这方面，郑在欢笔下的那位"电话狂人"堪称代表。小说《电话狂人》里的这位主人公，出身卑微、智商有限，一生中唯一的价值依托，便是"说"："他的嘴恐怕是世界上最忙碌的器官了，有人的时候不停地说话，没人的时候就放声歌唱，除了抽根烟的工夫，恐怕从来没有停歇过。""电话狂人"的语言冲动并没有充分实在的动机，他只是迷恋"说"本身，至于说些什么、说了有没有用，始终都不在他的考虑范围之内。"电话狂人"的语言冲动给他带来过麻烦，例如他的婚事迟迟无法落实（姑娘们觉得他神经不大正常）。但更多时候，"电话狂人"的"说"显示出喜剧性，能博他人一笑，似乎也令他自己快乐："他看起来永远都是那么开心，不管是家人遭了灾还是自己闯了祸，只要能做个谈资博大家一笑，他永远都乐此不疲。"我猜想，"电话狂人"体内之所以久久燃烧着炽烈的诉说激情，多半是渴望获得认可、印证存在、参与群体的情感共享；可惜的是，大家仅仅将他作为一个笑话看待，就像观看动物园里跳舞乞食的马来熊。小说最后，当喜剧性的

"电话狂人"最终落入了悲剧性的处境、当他真的需要抚慰性的情感交流而非以往表演性的语言杂耍时,我们终于意识到,他此前滔滔不绝的口舌都不曾为他争取到说话的权利:"直到有一天他突然哭起来,大家还是以为他在故意搞笑。"①

倘若说"电话狂人"的滔滔不绝是为了显示自己的存在,那么郑在欢另一篇小说《吵架夫妻》里的女主人公"吵架女",则是把自己的存在意义直接定义为吵架。她为同一个主题吵了整整四十年(怀疑丈夫出轨),郑在欢说她"浸淫此道几十年,早已经是炉火纯青";直到老了骂不动了,这种"骂"的仪式依然如惯性动作般不曾荒废:"没有再大声骂过,而是改成了小声唠叨,有时候站在她身边都不一定能听清她在说什么。"然而,正是这老去的骂声泄露了"吵架"背后更深沉的秘密。当骂人者并不介意有没有谁听见她的咒骂,我们只能理解为,所谓的"骂"只不过是难言之怨的形式表达,是一种自己对自己的告解和抚慰。老人们讲述起她当年的往事:这个曾经的美女,在爱人的背叛(那男子最终选择了城市里的女人)之后终于一蹶不振,自暴自弃般地嫁给了如今的丈夫,并以日复一日的争吵来麻醉和消耗自己的余生。当爱和美被无情地抛掷在污泥中,"吵架女"终于选择了这种粗鲁恶毒、不加节制甚至毫无意义的话语行为,来散发生命中仅有的美好部分腐烂后沤出的浓烈毒素;进一步而言,当"吵架"一事在经年累月的填充之后已成为了"生活"的同义词,我们似乎也可以认为,"吵架女"几

---

① 郑在欢:《电话狂人》,见《驻马店伤心故事集》,上海文艺出版社2017年版,第32—38页。

乎是在以一种堂吉诃德式的勇气，来对这辜负她又困住了她的生活，施以自杀式的否定和诅咒。①

在这里，无意义的话语同无意义的生活之间，出现了某种隐秘的同构性。二者互相佐证、互为因果，生活对人的虚耗，几经曲折后化作了话语虚耗的具体病征，脓疮般胀出了经验的体表。话语的虚耗，在叙事的层面上往往体现为情节的延宕：小说中的人物迟迟无法抵达行动的目的地，只能在循环往复、方向缺失、意义不明的行为和话语中，耗散着自身的体力与热量；而小说的真正意图，恰恰埋伏在这耗散的过程之中。在这方面，赵志明《还钱的故事》颇具代表性，这篇小说呈现出"交谈"的不断扩张与情节（"还钱"）的一再搁置，正如同青年评论家木叶所分析的那样，随着叙事的展开，故事的重点悄悄转化、挣脱了最初的框架，"他在意的是揭示与延展。"② 无数的人物依次登场又中途消失，彼此间高谈阔论或神秘低语，令无限扩张的话语如水渍般越漫越大、越漫越深……就这样，《还钱的故事》最终胀破了"还钱的故事"，它描绘出艰辛的生活世界、庞杂的世俗经验、真实的人情冷暖，以及一种难以言说却无处不在的虚幻感、荒芜感。③《还钱的故事》肇始于具体的因由，阿乙的《先知》却是直接指向了生存的终极之问：生命的意义何在？小说中那位"先知"是一位民间哲学家，他几

---

① 郑在欢：《吵架夫妻》，见《驻马店伤心故事集》，上海文艺出版社2017年版，第66—75页。
② 木叶：《作者与总叙事者的较量——论赵志明的小说》，《文学》2014秋冬卷。
③ 赵志明：《还钱的故事》，见《我亲爱的精神病患者》，中国华侨出版社2013年版，第185—228页。

乎耗尽一生苦苦追索着生命的意义问题，最终写出一封长信，寄给了想象中或许会理解自己的人：国内一位顶级的哲学学者。然而，这凝聚了他一生心血的长篇大论，并没有收获有效的回应（事实上，终极之问的确难以获得答案），这封长信最终的归宿是垃圾桶——永恒的、毫无价值的沉默。①

无力

一种自发的、无限扩张的、体量巨大的表达，最终得不到真正的倾听、无法产生有针对性的效果，这是"无效"的悲剧。而我将论及的第三种话语症候形态，则是连话语自身的酣畅或激情都无法实现，那就是话语的"无力"。所谓"无力"，不单单是指无法发出声音、无法实施语言行为，更指向一种与外力侵入相关的受迫性表达：在某种外力的强大压迫下，原本完整健全的个体话语世界被击毁，话语主体不由自主地发出变异的声音（丧失自主性）；这话语往往背离于真实的经验或意图，从而呈现出扭曲、混乱、撕裂的状态。换言之，"无力"的并非是话语自身，而是话语行为的主体——更强大的话语逻辑强行侵入并支配了弱小的个人，颠倒了"说"与"被说"的角色逻辑，使之近似于拉康"不是人说话而是话说人"的经典论断②；至于

---

① 阿乙：《先知》，见《鸟看见我了》，文化艺术出版社2010年版，第67—84页。
② 拉康认为，"不仅人在讲话，而且是在人身上，通过人话在讲"（〔法〕拉康：《拉康选集》，褚孝泉译，生活·读书·新知三联书店2001年版，第578页）；在此之前海德格尔也有过类似表述，"人说话，是因为人应和于语言……我们是通过让语言之道说向我们道说而听从语言"（〔德〕海德格尔：《在通向语言的途中》，孙周兴译，商务印书馆2010年版，第27页）。

那些试图顽强坚守的幻想性个人话语世界，也终难避免被无情碾碎的结局。

外力压迫而导致的话语畸变和话语支配，正是赵志明在《歌声》中讲述的故事。在这篇小说里，身患绝症的父亲如同世界荒废破败的隐喻，而"我"作为儿子必须日复一日为他大声唱歌，以使那垂死、腐烂着的生命获得一点可怜的慰藉。"我"厌恶这项任务，但唱歌一事却不知不觉化为了"我"强迫症般的习惯。小说中的"我"迷恋去看马戏团演出。在乡间，走街串巷的马戏团隐喻着离开故土的强烈冲动，象征着一种充满可能的流浪生活，这正与"我"心中的隐秘渴望相吻合。谁知，阴差阳错，马戏团里的侏儒开口唱出的，竟然正是"我"每日必须要向父亲歌唱的曲子。于是诡异的一幕出现了："熟悉的旋律一起，我的嘴巴就不由自主地张开了。所有的人都在看着我，我害羞极了，想闭上嘴巴，可是闭不起来，嘴巴不属于我了。我又惊又怕，眼泪顺着我的脸颊流下。我转身就冲到了外面。但是，在外面，歌声一直歇不下来。我只有跑回家中，站到父亲的床前，把歌唱完。"讽刺的是，这首歌恰恰是一首充满了苍凉壮阔的自由感、洋溢着不羁生命力的民歌《黄土高坡》[①]。这里出现了话语本事与话语行为的猝然断裂：这首歌本身朝向自由，"我"唱歌的行为本身却是痛苦无望的禁锢。

就这样，幽灵般的歌声日复一日回荡在屋子里，甚至令人

[①] 歌曲《黄土高坡》创作于上世纪80年代末，由陈哲作词、苏越作曲，部分歌词如下："我家住在黄土高坡／大风从坡上刮过／不管是西北风还是东南风／都是我的歌我的歌。"

产生了错觉:"不是我在唱歌,而是房子在唱歌。""我"已然成为了这沼泽般的环境的一部分,并将与其一同沉没。"对着墙根撒尿的时候,我发现墙基已经爬满了青苔。也许有一天,青苔会攀上墙壁、屋顶,会覆满人的身体和灵魂。这是可能的。"这既是一种神经过敏式的想象,但在另一方面,又是对命运的敏锐捕捉。现实中,青苔只是占据了墙基;但对赵志明来说,那隐喻的"青苔"已经在未来完整地覆盖住了整座房屋,并且终有一天,会彻底完成对人身体和灵魂的占据。①

《歌声》里"我"的悲剧在于,明明拒斥和厌恶自身的处境,却终究不能摆脱被这旋涡般强大的处境所吸纳吞没的命运——在这个过程中,话语既是表征,也是方式,随着年龄的增长,"我"的口中注定会喷出如父辈一样的烟臭气和粗鄙话语,也许有一天,"我"也会躺在病床上命令自己的儿子放声歌唱。这类主人公在话语层面上属于"欲自主而不能够",阿乙小说中的许多人物面临的问题却是"以为自主而不自知"。《意外杀人事件》里的黑社会老大狼狗便是这样的人。他曾经以为自己是那套暴力话语系统的绝对支配者,最终却意识到,那套"打"、"杀"、"死"的话语逻辑,其实是一根链条、一条流水线,自己只不过是其中可随时替代的一环,注定跟随肉身老去而抵达终点、滚落到深不见底的黑暗里去。他不是主人,而是奴隶。紧随狼狗登场的于学毅也类似:于学毅始终沉浸在自己幻想的爱情里,但同学程艺鹤却无情地挑明,这一切不过是令

---

① 赵志明:《歌声》,见《我亲爱的精神病患者》,中国华侨出版社2013年版,第41—50页。

人恶心的一厢情愿:"她烦你,一直烦,烦死了。"更要命的是,这像是一种郑重的宣布,来自无情而不容反驳的普遍真理世界:"程艺鹤说的时候就像身后站着全世界的人,全世界的人一起说:'她烦你,一直烦,烦死了。'"于学毅站起身,把敲碎的酒瓶扎了过去,并从对方痛苦的表情里破译出那句残酷的话:"这就是事实,这就是,你杀我也没用。"他彻底崩溃了。

"我是老大"或"我有女神",都是建基于误解或幻觉的个体化语言"飞地",它们注定将被强大的现实逻辑和碾压性的社会话语彻底击碎,原本强大坚固的话语主体(黑社会老大及痴情者)也随之丧失了力量。与以上二者相比,《意外杀人事件》里最后登场的凶手李继锡则是另一种情况:他从未试图建立自己的叙事,相反,他从头到尾都无力发出自己的声音。他一直在被世界的喧哗所牵引、所威胁、所压迫、所淹没。镇上的何神医从三皇五帝滔滔讲到延续子嗣,这是引诱;火车上形似黑社会的男女同座时而有意搭话时而相互争吵,像极了心藏阴谋的抢劫犯;李继锡躲进厕所,外面的人开始不耐烦地拍门叫嚷——全火车的人都是同谋,他们要害我!直到山穷水尽,红乌镇的居民还故意说错话指错路,百般艰辛找到的警察又甩给自己无穷的冷漠——这原本大喊大嚷的世界,在这一刻忽然充满了阴险的沉默。李继锡心中所有的话语归根到底只有两句:我需要钱,我要保住钱。但就连这两句话也说得毫无底气、毫无作用。这世界的所有声音和词句都充满威胁,他从中感受到巨大的恶意,在这恶意面前他变得精神错乱、产生了一系列应激性的话语"他们要谋杀我"和行为(扔下钱跳车逃跑),最终在一柄小小的水果刀上酿成了六人命案。①

三、从身体到话语：精神衰变的形式表达史

失控的话语，透露出表征背后更本质的问题：个体的内心世界正面临失序。

在"话语失控"问题上，阿乙、赵志明、郑在欢三位青年小说家的作品只是其中代表，是我集中展开分析的例证切片，事实上，类似现象绝不仅仅存在于以上三者的小说中，它在当下写作的整体图景中颇为常见。在我看来，这种失控暗示着当下经验中一种很典型的精神症候，那便是个人与自我、与外部世界之间，难以做到和谐相洽。这种"难以相洽"，根源上恐怕同人与世界、个体与秩序系统的关系相关，当一方过于虚弱，平衡便无法达成，所谓"相洽"自然也无从谈起。显然，过于虚弱以至于无法维持平衡状态的，在绝大多数情况下只能是个体。此事关乎剧烈变动的时代中个人无所适从的窘境（这也便解释了，为何我重点分析的三位青年小说家的作品大多是乡镇或小城市题材，因为在这种现代文明与乡土社会的中间过渡地带，变动的剧烈感及其造成的不适感会尤为强烈），根源而论，更折射出现代文化语境中个体生命能量的衰减，也即人的精神世界的衰变。

人的精神衰变，这是一个典型的现代性命题。在新世纪以

---

① 阿乙：《意外杀人事件》，见《鸟看见我了》，文化艺术出版社2010年版，第1—53页。

来的写作中,成长于大变革时代的青年作家,在享受极其丰盛的物质生活与新奇多样的现实体验的同时,也充分感受到了剧烈的时代上升运动中,精神的失重感甚至幻灭感。在精神衰变的形式表达方面,青年作家们经常会选择"身体"作为介质来加以展现。"70后"最早出场的卫慧、棉棉们在书写中释放出咖啡、酒精、烟草甚至体液的气味,其疼痛和快感中交杂着肉体的觉醒。而肉体释放后的精神彷徨和时代疑难,则像性高潮后的性空虚一般,在此后更多青年小说家的笔下无可阻挡地漫溢开来。盛可以等人在性爱方面的书写同样大胆,但这大胆或者无疾而终,或者在现实生活的漫长预感中不了了之地搁置下来。路内笔下的少年多带着不羁的欲望和自由的深情,但在时代变迁的大潮之中,那些图腾般的青春肉体符号也终难避免被磨损的命运。从《跑步穿越中关村》到《如果大雪封门》,"奔跑"和"飞翔"的动作意象在徐则臣笔下始终关联着人物的现实处境与精神疑难[1]。甫跃辉《动物园》里的男女主人公在交往中总隔着难以名状的内心隔膜,这隔膜最终被意象化为具体的嗅觉问题。[2] 抛开层层遮掩的哲学性疑难,曹寇在《躺下去会舒服点》中做得更加直接甚至粗暴,他把俗世生活中不堪承受的重负,暂时性地在身体的垮塌和置换中悬置起来,所有的苦闷虚无被归总到了自暴自弃的一"躺"之中:"我不知道是什么原因,就像两条腿不受使唤那样,我从人群中走了出来,来到粉

---

[1] 徐则臣:《跑步穿越中关村》,《收获》2006年第6期。《如果大雪封门》,《收获》2012年第5期。
[2] 甫跃辉:《动物园》,上海文艺出版社2013年版,第41—66页。

笔描画的尸身上，然后像拼图高手那样对照着爆头哥的死相躺了下来……人群真正爆发出来拍手称快的声音。"①

　　从身体的异常中展示出精神的衰变，这是当下文学书写中颇为常见也较为有效的取径。而我以上分析到的三位小说家，其笔下呈现出的"话语异常"、"话语失控"，也正归属于同样的方法谱系——毕竟"说话"是人类身体功能的一部分（说话行为是肺叶、声带、口腔、唇舌及一系列肌肉系统协调运作的结果），而"话语"在某种程度上也可被理解为身体的延伸物。更何况，"在心为志，发言为诗"、"情动于中而形于言"，话语行为更直接地接通着人物的内心世界，就人类演化流程而言，语言活动也是比身体动作更晚出现、更高级、更复杂精确的一种沟通方式。因此，我们不妨将"话语危机"看作当代人内心焦虑、精神衰变的问题谱系上，建基于"身体表达"而又更切近、更深入的一种形式尝试。此外，相对于性爱、施暴等激烈的身体行为，"说话"一事所损耗的能量最低、主体的参与成本也最小，正如前一阵流行的"葛优瘫"，疲惫的人瘫倒在椅子上，最大幅度的运动也只是动动嘴皮，与世界间有效的能量交换程度也随之降至谷底——由此来看，"话语"相较于"身体"，实在又是倦怠和虚无的进阶版形式。总而言之，我们不妨将二者放置在同一谱系内加以观照，从身体失常到话语失控，勾勒出近年来书写当代个体精神衰变的（可能并不完整的）形式表达史。

---

① 曹寇：《躺下去会舒服点》，中国华侨出版社2013年版，第272页。

回到文章本身。话语失控的背后是内心的失序，言说者或者无法认同自己（例如那些心藏秘密和羞耻的沉默者），或者无法认同这个世界（用无效话语的垃圾废料与无意义的生活相互抛掷），再或者在内与外的冲突中一败涂地（自己的声音与意志被更强大的话语彻底压倒）。换言之，他们多是于内难以自处、于外难以相谐的"弱者"；他们遭受到不同形式的挤压，像一只易拉罐在巨足的践踏下扁掉，从而以非正常的方式从变形的内部空间发出了怪异的声音。这怪异声音的背后，是渺小者无所适从、被抛掷在生活之外的幻灭感，更是随幻灭而来的巨大的孤独。这种境遇让我联想到石黑一雄 2017 年诺贝尔文学奖颁奖词里的表述："他的小说有强烈的情感力量，挖掘了人类与世界虚幻联系下的黑洞。"[①] 失控的话语，及其所背负着的弱者的孤独，又何尝不是人类踏破这虚幻、坠入这黑洞时无望的求救声？

当然，即便个体一再陷入无力言说之悲、无法自全之弱，生命力量的丧失和破灭也并不是唯一的选项。在阿乙、赵志明和郑在欢的笔下，我们同样看到了反抗的勇气、质朴的追寻和纯净的温暖。郑在欢笔下有一位终身不肯结婚的"圣女"，名叫菊花，《圣女菊花》和《枣树保卫者》两篇讲述的都是她的故事。菊花用一生时间保卫着自己的贞操和屋前的一棵枣树，并获得了成功。无疑，菊花这样惊世骇俗、有违常理的做法，使

---

① 英文原文为：who, in novels of great emotional force, has uncovered the abyss beneath our illusory sense of connection with the world，见 https://www.nobelprize.org/nobel_prizes/literature/laureates/2017/.

她在那小小的村子里成为异数,并毫无悬念地引起了众人的围攻:"人们说她是怪胎,骂她是疯子,说她一心只为自己,不管家人死活。"然而,面对世界的冷嘲热讽,菊花一向不予争辩,只有在一种情况下我们会看到她的反击,那就是有人要偷枣或砍掉枣树的时候:"(菊花)举起铁锹就奔伐木工过去了……菊花站在树下,对所有人说,你们谁砍我的树我就要你们的命。"铁锹和怒目,这就是菊花的全部"语言",简单、有效、旁若无人。菊花的"宁死不婚"始终是一个谜,这个谜看样子永远都无法揭开——在越来越激烈的反抗中,反抗本身往往会取代最初的动机,而使自身变成自身的理由。而我宁愿理解为,她要保卫的不是清白的身体,而是自己清白而独立的灵魂、清白而独立的话语世界——当她接受了"村人媳妇"的身份,便终将在未来的某一天成为路边偷眼看人的大姨大妈中的一员,对每一个行为稍有异样的人指指点点甚至辱骂诅咒。最终,"她成功了,代价是孤老终身"。但孤独一定就是代价吗?如今,"每一天,她拿着铁锹,站在枣树下,无忧无虑,怡然自得"。[1]

赵志明笔下出现过另一种更具哲学意味的抗争,这种抗争,呈现为存在主义式的执着探求。《I am Z》的故事本身便是一个巨大的象征:主人公 Z 借助手中的竹竿,他在天地万物的身上打下自己的符号("Z"字)。这根竹竿即是人物的口与舌、是对言说和命名的隐喻,也寄寓着人类命运深处那种确认自我并触及天地万物的古老渴求。Z 失败了(当然会失败),因为不

---

[1] 郑在欢:《圣女菊花》、《枣树保卫者》,见《驻马店伤心故事集》,上海文艺出版社2017年版,第3—13页。

论他怎样自以为是地为万物打上自己的烙印,这个世界还是依照它自己的方式存在:"他虽然是Z,但他是Z并不重要。他对万物说'I am Z'是可笑的……因为万物没有对他说,我是白云,我是苍狗,我是白驹,我是沧海","万物悠然自得,只有他自己在做着自以为是的毫无意义的事情。"然而,这一切真的毫无意义吗?在人对自身限度也即对存在之无意义的了悟之中,本身便寄寓着生命的成长;当小说中的Z终于丢失了竹竿并感到筋疲力尽的时候,他同时发现自己的身体出现了变化:"他觉得自己下腹处有什么在破皮而出。他解开裤子一看,发现长出了几根阴毛。"紧接着,一个女人出现了。他在女人的身体内打下了"Z",将会有新的生命带着额头上的"Z"字标记继续行走在世界上,这一切的探询、尝试、失败和希望永无尽头。①

即便退却到最后,在依旧呈现为混乱的语言中,温暖和慰藉也并未绝迹。阿乙《意外杀人事件》的结局耐人寻味:陷入疯狂的李继锡一路逃一路杀,但最终,这疯狂是在一位神志不清、语言混乱的老人面前得到了消解。如同奇迹一般,当一种失控(源于外力压迫)邂逅到另一种失控(源于自然衰老),两种失控似乎都在一瞬间被治愈了。内心重归安静、灵魂忽然澄明,我们从中看到了弱者间相互抚慰的一种可能;或者说,这本无关乎强弱得失,两个被世界抛弃(这抛弃如同我们每人命运的普遍隐喻,区别仅在于被抛出的距离程度不同)的人,恰恰是在这抛弃之中、在此生迫近终点的最后燃烧里,向我们展

---

① 赵志明:《I am Z》,见《我亲爱的精神病患者》,中国华侨出版社2013年版,第1—16页。

示了生命最初也最本质的善和光亮——

> 他手里还提着滴血的水果刀,因为杀戮过多,刀背弯曲,刃口卷如刨花。叶五奶奶说:"我要去看我儿子,他们不让。"
>
> 李继锡听不懂。
>
> "你是谁啊?"叶五奶奶温柔地问,李继锡答了,"我杀了六个人。"
>
> "等下就在我家歇吧,今天就别回去了。"
>
> "他们在追我。"
>
> "你饿吗?"
>
> 她把碗伸过来,他才弄清楚她的意思,因此丢掉水果刀,抱住她的腿哗哗地哭。我们是在这里抓住他的,叶五奶奶说:"你们抓他干吗?"
>
> "老人家你差点被人家杀了,你还不知道?"
>
> "我儿子在住院,身体比我都不好。"
>
> 叶五奶奶边说边进去,关了门。①

---

① 阿乙:《意外杀人事件》,见《鸟看见我了》,文化艺术出版社2010年版,第52页。

L. 华兹华斯先生在东土城路

一

人总是喜欢搞一些具体的纪念日出来。生死最大，对应的日子必然记住，于是有了生日，也有了忌日。如果能与另一个人在一起生活，便要过结婚纪念日，记性好一些的，还要过初次相识纪念日、正式恋爱纪念日，甚至拉拉小手纪念日、亲亲小嘴纪念日。生日、忌日大抵是让别人对得起自己（生日总归是要别人来给自己庆祝的，至于忌日……甚至都没有人参与过自己的忌日，我们只不过是预先知道别人会来纪念自己的忌日而已），爱情纪念日多半是为了自己对得起别人。若要细想，倒极少有什么值得纪念的时刻——请原谅，我即将抛出一句非常饶舌的话——是单纯为了"自己对得起自己"而被自己记住的。

比如，你参加高考是在哪一天——你记得住吗？

你人生中第一次感受到爱，我指的是，真正的、刻骨铭心的那种爱，是在哪一天——你记得住吗？

你人生中第一次决定了未来的志向，或者认真思考你后来从事一生的事业，是在哪一天——你记得住吗？

大概多数人是记不得这类日子的。

这是多么奇怪啊！人是一种何其自私的动物，在某种角度看却常常自己对不起自己。或许，人的自私并不意味着他爱自己，而仅仅是意味着，他需要别人爱自己？

我不知道。我也不打算细想。

今天我以文学为业：职业（安身），以及事业（立命）。一个人为什么会爱上文学，这是一件很复杂的事情，它当然同一个人与生俱来的兴趣或天赋侧重有关，但后天的影响，诸如童年经历、青春历程、一路遇到的人与书等，无疑同样重要。在合适的时间读到了合适的作品，这是一个人爱上文学、甚至最终走上文学道路的隐秘而重大的根源之一。我自然不能例外。联系到前面的话题，我其实是惭愧的，我说不清具体是在哪一天读到了那些影响我的作品，也从未想过要在特定日子专门纪念我与它们的"相遇"，这一点我同大多数人没有不同。

但无论如何，我依然记得那些作品，记得那些具体相遇的画面，记得那时我的所思所想乃至我指尖泛起的细微震颤。我之所以忘却了具体的日期，只不过是因为，那些时刻从不会被某个具体的日期困住，从不会仅仅在一个特定的 24 小时内发端又终结。那些时刻留存着、延续着、生长着，彼此连缀起来，引导甚至铺满了我此后的一生——铺到我三十多岁的今天，以及未来那些不知长度的岁月。

那些作品、那些时刻，很多时候，可以是来自另一种语言、另一片土地，来自浩瀚的世界文学。

二

十多年前，我在青岛读中学。暑假漫长，有时会去市图书馆上自习，课本啃累了，便去期刊室翻阅各类杂志。那天翻阅一本文学期刊——对不起，我甚至连杂志的名字都记不得了——在其中"经典重读"之类的栏目里，读到一篇很短的小说，叫《B. 华兹华斯》：一个小男孩，认识了一位奇怪的"诗人"，这位"诗人"致力于写出一首"世界上最伟大的诗"。但这首诗没有写成，诗人死了。

就是这么简简单单的故事。

小说的作者叫"奈保尔"。

彼时的我，对那位名叫"奈保尔"的作者毫无印象，好像对"华兹华斯"这个名字也没有太多概念（因而自然无从领会小说题目的妙处）。但我被那个故事震住了。现在想来，之所以被震住，首先因为"我是我"：我从小就喜欢文学，到中学的时候，"当作家"的念头已经若有若无地闪现在自己的脑海中，因此看到一篇专写"诗人"的小说，自然会产生某种其实荒唐的亲切感和代入感。但另一方面，这篇小说也是恰逢其时地出现在一个十五六岁少年的世界里面。不仅是我，所有心智敏感的少年的十五六岁都面临着同样的问题或者说思考机缘：这是从"孩子"向"大人"转型的年纪。我们隐约意识到，世界不仅仅是我们以往所看到、所习惯的那个样子。它很大，大到可以拥有不可限量的隐藏地图，因此，也就存在对它的无数种奇奇怪怪的感知方式。在这些不同的感知方式背后，生活着与我们不同的人——或者说，存在着不一样的、无数种"可能"的自己。毕竟，上学放学、考试放假，不可能是我们一生的全部内容，并且它们也并不提供任何活着的理由。

就是在这样的年纪，我读到了《B. 华兹华斯》。我头一次意识到，一个人生命力的骤然委顿，是可以同"诗写得不太顺利"这种理由联系在一起的；我知道了有些奇奇怪怪的念头和梦想固然无用，却可以导致"世界变成了一个令人兴奋的地方"；我还记住了小说最后，少年告别了垂死的诗人，"哭着跑回家，像个诗人一样，看到什么都想哭"。

小说里有一些细节，是至今重读都会令我会心一笑的。例如"诗人"先生的出场，他的现身竟然同形形色色的乞丐栖居在同一个序列里面：

> 在米格尔街，每天都有三个乞丐准时来到热情友好的人家门前……有天下午四点左右，来了一个特别奇怪的乞丐……他身材矮小，穿戴整齐，头戴礼帽，身着白衬衣和黑裤子。
> 我问："你要干吗？"
> 他说："我想看看你家的蜜蜂。"

这位奇怪的"乞丐"，就是 B. 华兹华斯先生。他不像前三位乞丐一样要米、要烟，他要的是"看蜜蜂"。注意了，米和烟是为了占有，而看蜜蜂并不能占有蜜蜂。也是很久以后我才明白，这样不占有的"看"，其实是一种更阔大的占有。"且夫天地之间，物各有主，苟非吾之所有，虽一毫而莫取。惟江上之清风，与山间之明月，耳得之而为声，目遇之而成色，取之无禁，用之不竭。是造物者之无尽藏也，而吾与子之所共适"（苏轼《前赤壁赋》）。诗人就是这世界的乞丐，诗人并不占有，因为他要以更贪婪彻底的方式饮尽这个世界。当然，B.华兹华斯先生也不是毫无所求，第一次见面，他就试图用四分钱的价格，卖给"我"一首"最伟大的写母亲的诗歌"。而母亲的回应如下：

> 你听着，告诉那该死的家伙，赶快夹着尾巴离开我的院子。

直到今天我读到这里都会笑出声来。当然，今天我的笑声里会带着些许自嘲，我既开心也难过，为了诗人也为了很多其实并不是诗人的人。有很多美好的、有情怀的东西，其实并不被多数人的生活需要。而B.华兹华斯先生就那么自然而然地替我说出了我一直不好意思说出口的话："这就是诗人的不幸。"不同之处在于，他看起来一点都不难过，"他把纸片放回口袋，似乎并不介意。"

就凭这一点，B.华兹华斯先生比我们强不少。

尽管卖诗失败，B.华兹华斯先生还是和小说里的"我"成了好朋友。有一天，"我"被母亲责骂了，跑出来找B.华兹华斯先生哭诉。诗人带着"我"散步，教会"我"躺在草坪上看星星："现在让我们躺在草地上，仰望天空，我要你想想，星星离我们有多远？"

天啊！这是多么矫情的桥段！但在奈保尔极尽寻常却又高度象征的笔风之下，它竟不知怎么回事地变得如此理所应当而动人心魄。奇妙的事情发生了："我感觉不到任何东西，同时又感到有生以来从没有过的骄傲和痛快。我忘记了生气，忘记了眼泪，也忘记了所有的不幸。"事实上，这并不是发生在B.华兹华斯先生与"我"之间的事情，这是发生在诗（或者说是广义的"诗"）与"我们"之间的事情。它确实不值四分钱，因为它根本不能够用任何数额的一般等价物来加以衡量。这是生命中美妙的、甚至超越了生命自身的时刻。然而紧接着，另一种"妙"现身了。在这样的时候，居然出现了警察——

"这时，一道光射到了脸上。我们看见一个警察走过来，便从草地上起来了。

警察问：'你们在这儿干什么？'

B.华兹华斯说：'四十年来，我也一直在问自己同样的问题。'"

"警察"的出现很弗洛伊德。在意识与潜意识之间，在"本我"、"自我"与"超我"之间，警察逡巡游弋着。他恪尽职守地将我们押回到合逻辑的、理性的世界。诗人并非不了解那个理性的世界。他只是在这个世界里依然抱有幻想，甚或会在警察下班的有限时间里，尝试构建这世界的另一种运行法则。比如那一天，小说里的"我"与B.华兹华斯先生走在海边，"我"问，如果"我"把手里的钉子扔进水里，它能浮起来吗？

B.华兹华斯先生说："这是个奇妙的世界。你扔下去试试，看看会发生什么。"

然后，"我"扔了。再然后，"钉子沉了下去"。

当然会沉下去。这事儿牛顿早就告诉我们了。但是，它真的沉下去了吗？那个时候，B.华兹华斯先生正在写一首"全世界最伟大的诗"。这是B.华兹华斯先生自己的钉子。自此以后，情节忽然加速，我们很迅疾或者说竟是很顺利地，迎来了B.华兹华斯先生的死亡："诗写得不太顺利。"诗人失败了。于是他死了。他的钉子沉了下去。然而，却有什么其他的东西浮了起来：

> 我离开了那所房子，哭着跑回家，像个诗人一样，看到什么都想哭。

十多年过去，我与小说里的少年一同离开了B.华兹华斯先生的房子，到今天仍然在文字和隐喻的街道上奔跑着。我竟然真的成为了一个诗人。我渐渐明白，"诗写得不太顺利"本是不可避免的事情，它是一种广义的寓言，指向人之为人的普遍命运，关乎着人之为人的根本的有限性。而文学的力量，或许就在于让我们看到点什么竟莫名地有些想哭——当然，不是指的那种迎风流泪的做作哭法。我们日益被透支的陈旧世界，或许会因此而被擦亮，甚至变得令人兴奋起来。

历史上的大诗人"华兹华斯"是 W. 华兹华斯（William Wordsworth）。B. 华兹华斯是一个无谓却真实的赝品。我名字的首字母是 L。有时，当我写下自己的句子的时候，当我面朝大海扔出属于我的"钉子"的时候，我会忆起十五六岁读到《B. 华兹华斯》的那个遥远下午。我想我是另一个华兹华斯——L. 华兹华斯。

三

B. 华兹华斯先生的房子垮塌数年以后，我结束了自己的中学生涯。很惭愧，我的确记不得自己高考的具体日期，因为那是我竭力想要遗忘的事情之一。试考得不太顺利。当然，也没有太糟。我没有如我预期的那样考入名校，而是不得已去了一所相对普通的省重点大学。那时我基本可以随意挑选专业。有很多世俗前途光明的专业摆在我的面前，但我选择了中文系。L. 华兹华斯先生决定要学文学。

然后又是几年过去。有一天，我读到了另一篇震住我的小说。那约莫是我大三那年，期末考试结束后的一个下午，我滞留在学校不想回家（我一直都是个不想回家的人），整座教学楼里只有我一个人在上自习。每间教室的门都关着但是都没上锁，所有的椅子倒扣在课桌上。那座教学楼叫"博文楼"。我藏身的教室在三层。

我读的是乔伊斯的《死者》——他小说集《都柏林人》的最后一篇。

很难用精确的语言来形容我当时的感受。我只能说，我读完这篇小说，把从图书馆借来的那本《都柏林人》轻轻倒扣在桌面上，然后拉开门，从空无一人的教室里来到了同样空无一人的走廊上。博文楼是那种老式的1990年代建筑物，截面是"回"字形，走廊环绕一周，沉在中间的是天井——天井里长着一棵巨大的柏树，印象中似乎还跟鲁迅先生存在着什么七弯八拐的关系。我在三层的走廊里一圈接一圈地走着，像一个被某种力量困住的人，起点变成终点然后再一次变成起点。我不知道我走了多少圈，好像我的眼中还似是而非地含着泪水。我抬起头凝视着走廊那白皮脱落的屋顶，就像凝视着爱尔兰夜空中无声飘落的雪花。那些斑驳的白色随着我醉酒般的脚步不规则地晃动不止。

> 他听着雪花隐隐约约地飘落，慢慢地睡着了，雪花穿过宇宙轻轻地落下，就像他们的结局似的，落到所有生者和死者身上。

那些干裂的墙皮后来一定落下来了。我想象它们落下的时候正如同雪花。但我并没有亲眼目睹那样的时刻，我暴走在走廊里的日子已经是很多年以前。很多年以前的那个下午，我被乔伊斯毫无预警的节奏换挡撞蒙了。《死者》这篇小说的前半部分——准确说，是前面的大大大部分——写的都是圣诞期间的一场爱尔兰家族聚会，写得细腻，写得传神，但终归只不过是一场聚会，众声喧哗但也仅仅是喧哗。它当然写得妙，今天我作为一个以文学评论为职业的人可以咂出很多种角度和很多条术语来分析这种"妙";但很多年以前我只是一个中文系的学生,对我来说那只是一种可供学习的"妙"、一种"写得很好"的"妙"。如此足够,但也仅此而已。

我所不曾想到的是,这种"妙"竟然只是一种铺垫(在今天,在大多数作家那里,这种"妙"已经可以是作品的全部)。小说最后,加布里埃尔从姨妈温暖热闹的家宅里,走到屋外飘雪无人的街道上,小说自身的节奏竟然也忽地转换了。快节奏、大密度的叙述,忽然变得疏朗起来,然后一步步地、仿佛一桩伟大的阴谋似的,不可挽回地走向那结尾处的神秘庄严。我没有想到,在小说的最后,在整本小说集的最后,在那间没有灯光的旅馆房间里,骄傲和得意退散了、情欲和妒意退散了,甚至连现实意义上的爱都退散了。我们撞上了一个简短的、发生在遥远过去的故事。它无比真实,而又充满了巨大的、近乎终极的象征性。一个男孩爱着一个女孩。在女孩离开前的最后一个夜里,身患重病的男孩冒着大雨站在女孩家的后花园里:

> 我求他赶快回家去,告诉他淋在雨里会要了他的命。可是他说他不想活了。我能清清楚楚地看见他的眼睛,清清楚楚!他站在墙的尽头,那里有一棵树。

绚烂飞舞的刨花之中,忽然扬起了一把锤子,接着,一枚钉子就楔进了大地。这样一个结尾,把前面那么多那么多的文字都收束住了,并且赋予其全然不同的含义。我当时就蒙掉了。

关于《死者》的文化背景解读和技术性分析有很多，我在此不必多谈。我只打算从我当年初读这篇作品时的感受说起：那是一种巨大的失重感。是一个人从地面毫无准备地被拉升到高空。是"脱离尘世"。格丽塔站在楼梯拐角处，倾听着远方的音乐。她在心底里深锁着她的情人告诉她不想活下去时的眼神——她是见到过这眼神的唯一的人，而这眼神原本大概已经被她遗忘。忽然唤醒这回忆的，是一段歌谣。那晚整个爱尔兰都在下雪。

格非教授在分析《死者》时说，如果说《死者》只有一个主题，那么这个主题就是时间。"那是长达三十年一成不变的聚会所累积起来的'铺满悲哀的过去'，也是静静矗立在漫天大雪中的雕像向加布里埃尔所暗示的未来。主人公加布里埃尔面临着两种截然不同的生活状态，其一是卑琐，自我欺骗，夸夸其谈。问题是，加布里埃尔本人能够清晰地看到自己身上的卑琐，从而充满自责与愧恨。……除了这种愧悔交加的卑琐生活，加布里埃尔显然在眺望另一种生活，它是什么？加布里埃尔一时无法回答，他不断地把目光投向窗外，而窗外除了飞扬的大雪，雪中的树林与雕像，别无所有，在这里，'雪'又成了另外一个象征。"（见格非《卡夫卡的钟摆》一书，华东师范大学出版社2004年版）

那个时候，我还没有读到格非的这段分析，但我隐约体味到了加布里埃尔所面对的困惑，那也是我的困惑：倘若一个人注定要在具体的、卑琐而庸常的当下时间里困住，他该如何从过往或未来之中，寻找到足以安抚他灵魂的永恒性？另一种生活是否是存在的,哪怕只有一瞬间?要如何才能触碰到那样的瞬间:那挣脱了地心引力甚至生死规则的一瞬间,就像格丽塔站在楼梯拐角倾听歌谣的时刻,就像加布里埃尔站在旅馆窗前眺望大雪的时刻?

当然,大三那年,我还无法把我的感受具化为上述文字。我只能清楚地记起自己当时真实并且是全部的感想,那就是:如果有朝一日,我也写出了一篇这样的东西来,我就不怕死了。

让今天的我来翻译一下:真正伟大的文学,正如同格丽塔倾听到的那曲歌谣,能够唤醒和召回那些遗失在岁月里的东西。它们没有征服生死,它们超越了它。

这是我选择文学这条路的原因。

这是人类依然需要形形色色的精神生活的原因。

这是我在那一天弄明白了的事。我未来的日子因此而被决定。

四

在那以后,又是很多年过去。我去北京读研究生,硕士毕业后幸运地获得了一份专业高度对口的工作,就此端起了文学的饭碗。

这一切是夙愿得偿。对此我从不否认。但夙愿得偿绝不等于一了百了,对于我们这种人来说尤其如此:如果一个人,仅仅因为具体愿望的实现,就真的解决了他的所有问题,那么他多半是不配搞文学的。

道理很简单,文学要面对的问题,是永远解决不了的那些。文学就是要"作",作家也是"作"家。声调阴平(一声),"作妖"的"作"。

2021年夏天,我遭遇了一场重大的内心危机。巨大的自我矛盾和自我厌弃,以一种颇为突然的方式包围了我。有股汹涌的力量在推搡着,我不得不开始思考很多原本没有去思考,或者说一直躲着不去思考的事情。具体的缘由、内容不必去说,倒是不妨说说结果:有一段时间我变得睡眠极少,进食则更少(基本减到了原来的三分之一);那时我因工作任务居住在外,每天晚上搞定工作内容后定要熬到凌晨,在客房里关掉灯光、脱到赤裸,然后端坐在椅子里,面对窗外的暴雨闪电疯狂抽烟,烟灰缸里不倒水而是倒威士忌——当然,倒进去灭烟的只是零头,大部分威士忌都被我在那些夜里独自喝掉了。三周之后,我的体重干脆利落地掉了10斤以上:我身高176厘米,向来保持锻炼、坚持每周踢球,原本体重一直徘徊在75公斤上下,三周后的触底数据是68公斤。

摒除一切具体的外力因素,我试图从自己的内心深处寻找危机的根源。我想,年龄或许是因素之一,尽管这一因素充其量也只能算是导火索。此事彼事,万绪千头,说到底都是跟自己过不去,而我在这样一个年纪上必须要做出决定,是不是得学着跟自己"过得去"。

我这一年32岁。

有同龄的小伙伴把这种感觉称作"中年危机"。我觉得没那么凄惨,这应该叫"壮年危机"。谁说壮年就不能有危机？"壮年听雨客舟中。江阔云低、断雁叫西风"（蒋捷《虞美人·听雨》），既得应付世界还得应付自己，躲不掉、跑不脱，总归到了该给自己一个说法的时候。你得承认人生的缺憾。你得辨识命运的掌纹。甚至，你得琢磨你自己能力的限度，得承认自己其实就是个普通人——普通不是罪过，但如果明明普通还偏不认命，那多半是要遭殃倒霉的。

老实说，承认这些，对我来说挺难。

那些夜晚，我叼着烟、光着腚，每天跟自己死磕这些问题：服不服？认不认？要认，该怎么认？要是不认，从哪些地方不认？

夏天眼看要过去了，而我却像只恬不知耻的哈姆雷特蚂蚱，满脑子都是"蹦跶或不蹦跶"。

简直是不可救药。

可想而知，我变得很不正常。常规的生活环节里我竭力显得正常，但我怀疑大家也都看出了我的不正常，只是不敢戳穿。回到屋里把门一关，不正常就可以明目张胆起来。这种不正常的表征之一是，我开始心血来潮地重读一些文学作品——把自己一脑袋扎进去的那种重读法。比如，我开始重读大学时读过的《战争与和平》。重读我前面写到过的《米格尔街》（《B.华兹华斯》是《米格尔街》里的一篇）。也包括诗歌，我开始细细重读希腊诗人卡瓦菲斯的诗集。

在这里我想讲的就是卡瓦菲斯。重读卡瓦菲斯的过程中，我偶然间在他 34 岁写的《一个老人》、37 岁写的《城市》、56 岁写的《停下来》、58 岁写的《我给艺术带来了》之间，意识到某种主题性的隐秘关联。这或许是永远困扰着这位诗人的主题,或许也是永远困扰着所有诗人的主题——爱,衰老,线性物理时间的不可挽回,人对自我的期待及其自身不可超越的有限性。但有趣的是,随着年龄的增长,卡瓦菲斯对这些主题的理解、与这些死结相处的姿态,似乎在变得越来越软、越来越暖、越来越审美化。那些回忆、那些不甘、那些后悔、那些对自我的这般那样的不满意,曾经都是那么尖锐、那么绝望,但最终都在不知不觉间玉化了。它们成为了诗的琥珀。

——诚然,一个人注定会在"老年那可悲的陈腐中",想到"当年拥有力量、口才和外表时"种种被荒废的可能(《一个老人》);诚然,即便那些可能性被一一实现,一个人也只是徒劳地发现"你不会找到另一个新的国家,不会找到另一片海岸。/这个城市会永远跟着你"(《城市》);但所有这些局限、所有这些不可抗拒的命运,终究会变成画面——美好的画面——"在这首诗里停下来"(《停下来》)。因为,"艺术懂得如何构造美的形状,/几乎是不知不觉地使生命圆满"(《我给艺术带来了》)。

当然,还有最著名的那首:《伊萨卡岛》。

《伊萨卡岛》讲的似乎是一个"买珠还椟"(注意,并不是成语"买椟还珠",我把两个字交换了位置)的故事。"椟"是作为形式和实体的伊萨卡岛;"珠"是我们期待从伊萨卡身上获得的一切。在卡瓦菲斯笔下,启程前往伊萨卡岛的旅人,最终并不需要在伊萨卡岛上获得他打算要获得的东西("一路所得已经教你富甲四方,/用不着伊萨卡来让你财源滚滚"),甚至伊萨卡岛很可能会使他失望("如果你发现它原来是这么穷")。然而,"那可不是伊萨卡想愚弄你",因为"是伊萨卡赋予你如此神奇的旅行,/没有它你可不会启程前来。/现在它再也没有什么可以给你的了"。真正富有了旅行者的,是"你的道路漫长",是旅程本身。这漫长而充满发现的道路,甚至安抚了那些最根本性的恐惧——让我们说得更加直接一些吧,安抚了死亡——因为"既然那时你已经变得很聪慧,并且见多识广,/你也就不会不明白,这些伊萨卡意味着什么"。注意,是复数——"这些伊萨卡"。

于是,过程与结果的逻辑关系被悄悄置换了。而整首诗所写到的,其实就是一场伟大的"物物交换"。"伊萨卡"所拥有的东西(我们暂且拿一个大词来称呼它:终极性的意义),被换给了"去伊萨卡"(set out for Ithaka)。进而,当个体的人入场,他也会以自己力所能及的方式参与其中——会老会朽的"人",以生命的物理时间为交换物("那时当你上得了岛你也就老了"),从旅程之中把自己的那份"伊萨卡"兑换出来。

问题是,旅人用生命兑换出来的东西,真的就是他所想要的吗?谁又能够确切地知道,自己要去的伊萨卡岛是什么样子,甚至,自己真正想去的是哪一座伊萨卡岛呢?

这简直就像开盲盒一样。《伊萨卡岛》写的是生命的美好,却也暗示了生命的荒唐。卡瓦菲斯不可能不知道这些。但他——这个在我看来一直压抑着痛苦、以致充满了自戕性的残酷的诗人——却依然选择了祝愿:"愿你的道路漫长,/充满奇迹,充满发现。"祝愿,也是和解。这是世间最动人的事物:痛苦者的温柔。在这温柔里，旅人与伊萨卡岛之间的恩怨勾销了，码头上烟火热情，陌生人挥舞手帕。毕竟，从更本质的意义上看，在这场交易之中，旅人和伊萨卡岛都只是货币；真正的运动是循环往复的：它终究只永恒地、不可解脱地发生于"在"与"虚无"之间。

我想到了我自己。也许，一个人并不必害怕跟自己较劲。甚至，他都不必刻意去寻求治愈、寻求安宁。每个人都要在自己的矛盾性里，寻找他的伊萨卡岛。每个人都要踏着自己的尸体或者胚胎，驶向命中的伊萨卡们。

至于这场旅行是否如意，甚至这位旅人是否真的喜欢他自己，其实并不重要。因为——

让我顺从艺术：
艺术懂得如何构造美的形状，
几乎是不知不觉地使生命圆满，
把各种印象混合起来，把日子和日子混合起来。
——（希腊）卡瓦菲斯《我给艺术带来了》

我愿意相信，它们终将混合起来。就像我愿意相信，艺术终将藉由我的手，构造出美的形状。

因此，即便我最终仍是一个无谓却真实的赝品，我依然决定面朝大海扔出属于我的"钉子"。这是我依然在写的原因。我是 L. 华兹华斯。